天沭鬼王

천목귀왕 1

초판 1쇄 인쇄일 2015년 10월 16일 | **초판 1쇄 발행일** 2015년 10월 20일

지은이 청 울 | **펴낸이** 곽중열 | **담당편집 팀장** 이범수
편집부 신연제 이윤아 김호성 김은경

펴낸곳 (주) 조은세상 | 출판등록 제 2002-23호
주소 경기도 연천군 미산면 청정로 1355
TEL 편집부 02)587-2966 | FAX 02)587-2922
e-mail bukdu@comics21c.co.kr

ISBN 979-11-5832-312-7 | ISBN 979-11-5832-311-0(set) | 값 8,000원

천목귀왕

天目鬼王

청운 신무협 장편소설

NEO ORIENTAL FANTASY STORY

(주)조은세상

청울 신무협 장편소설

1장.
백우결

지리적으로 중원의 끝에 있는 절강성에서도 아래쪽에 위치한 안탕산.

그곳에 있는 수많은 봉우리들 중에서 가장 끝에 박혀 있는 봉우리 위에 젊은 사내가 앉아있었다. 그는 눈을 감고 머리카락까지 풀어헤친 채 바로 옆 바다에서 불어오는 바람을 온몸으로 느끼고 있었다. 그 바람 속에 시큼한 바다 냄새가 가득했지만 사내는 웃으면서 바닷바람을 받아들였다.

그리고 그 사내의 뒤에는 중년인이 우뚝 서서 바닷바람을 정면으로 맞고 있었다. 그런데 중년인은 거세게 불어오는 바닷바람에도 눈 한번 깜빡이지 않았다.

"……."

중년인은 황금색 구름이 새겨진 새카만 갑옷을 입고 있었고 오른 손에는 날 위쪽에 파도가 치는 무늬가 새겨진 도(刀)를 쥐고 있었다. 그리고 그 도에선 농부가 한 여름에 땀을 흘리듯 싱그러운 핏물이 뚝뚝 떨어졌다.

"대단하오!"

절벽 끝에 아슬아슬하게 앉아있던 젊은 사내가 눈을 뜨며 말했다.

"여기까지 쫓아올 줄이야……."

"그 몸으로 여기까지 잘도 올라왔군."

중년인이 퉁명스럽게 말했다.

"과연 각주는 천하제일의 자격이 있소."

"고맙군."

"모두 죽인 것이오?"

젊은 사내는 말을 하며 쓰게 웃었다. 그러자 중년인이 잠시 뒤돌아 자신의 뒤에 널브러져 있는 백여 명의 시체를 흘겼다. 하지만 정면에서 불어오는 바닷바람 때문에 피 냄새는 반대쪽으로 휩쓸려갔다.

"잔인 하구려……."

"저들의 비명소리로 천지가 진동하는데, 너는 단 한 번도 돌아보지 않았다. 누가 누구 보고 잔인하다고 하는 것이냐?"

젊은 사내는 씁쓸히 웃으며 하늘을 올려다봤다.

"이제 보니 각주나 나나 그런 말 할 처지가 아니구려."

지금까지 차분하게 서있던 중년인이 처음으로 표정을 일그러트렸다.

"어째서 나를 배신한 것이냐?"

"……."

"나를 평생 따른다 하지 않았느냐?"

"그러는 각주도 교주님에게 맹세하지 않았소? 그런데 어째서 교주님의 자리를 넘본단 말이오?"

"이대로 가면 구야혈교는 무너진다."

"허튼 소리! 구야혈교는 그 어느 때보다도 강성하오."

젊은 사내가 소리쳤다.

"그 물러 빠진 교주 놈 밑에서 뒤치다꺼리 하는 게 지쳤을 뿐이다."

중년인은 읊조리듯 나직하게 말했다.

"각주는 왕이 될 자격이 없소."

"내가 아니라면 이 세상 그 누구도 자격이 없다."

"왕은 고독한 자리요. 각주는 왕의 고독함을 견딜 수 없소."

중년인은 수중의 도를 들어 젊은 사내의 어깨 위에 얹었다.

"함부로 나를 말하지 마라."

하지만 젊은 사내는 조금도 위축되는 것 없이 자리에서 일어섰다. 그의 어깨 위에 아른거리던 중년인의 도도 같이 따라서 올라왔다.

"무공이라곤 일초 반식도 모르는 몸으로 덤비겠다는 거냐?"

그 말에 젊은 사내가 뒤돌며 활짝 웃었다.

"내 할 일은 이것으로 끝이오."

"……."

"나는 각주를 막을 수 없다고 생각했소. 그래서 내가 미끼가 돼서 각주를 이곳 절강성까지 끌어들였소."

"……."

중년인은 말없이 노려보기만 했다.

"지금쯤이면 교주님도 안전한 곳으로 피신했을 것이오."

"알고 있다."

젊은 사내의 눈동자가 흔들렸다.

"알면서도 나를 따라온 것이오?"

"네가 두려웠으니까."

중년인이 눈썹이 파르르 떨렸다.

"어째서 나를 두려워한단 말이오?"

"난 이 세상 누구보다도 너를 잘 알고 있다. 그래서 네가 두렵다."

"천하제일인이 나 같이 무공도 익힐 수 없는 반병신을 뭐하려 겁낸단 말이오?"

"네 머릿속엔 구야혈교의 일만(一萬) 무학이 있지. 그리고 넌 그걸 가지고 나를 천하제일인으로 만들었고……."

젊은 사내가 빙글빙글 웃었다.

“내가 없어도 각주는 천하제일인이 됐을 것이오.”

“내가 두려워하는 건 너 자신이다.”

“……”

“네가 다른 누군가를 나처럼 천하제일인으로 키운다고 하더라도 나는 지지 않을 자신이 있다. 하지만 너는 다르다. 너는 존재하는 것만으로도 나를 두렵게 한다.”

“이해할 수 없구려.”

중년인은 지그시 미소를 지었다.

“너는 너 자신이기 때문에 모르는 것이다.”

젊은 사내는 씁쓸히 미소를 지으며 두 손을 모아 포권을 취했다.

“어쨌든 그동안 즐거웠소. 혁련굉 각주. 그리고 천하의 주인이 된 걸 축하하오.”

“나도 즐거웠다네. 진도운 부각주.”

혁련굉은 미련 없이 진도운의 목을 베었다.

‡‡

진도운은 눈을 뜨며 상체를 일으켰다. 그리고 몸에서 스르르 흘러내리는 부드러운 감촉을 느끼고 아래를 쳐다봤다. 그러자 새하얗고 두꺼운 이불이 자신의 다리 위에서 뭉쳐 있는 게 보였다.

“뭐지?”

진도운은 이불을 들어 자신의 다리를 내려다봤다. 그리고 다리에서 시선을 올려 배를 쳐다봤다. 갈비뼈가 드러날 정도로 말라있어야 할 몸이 지금은 살집에 뒤덮여 두툼하게 튀어나와 있었다.

"이게 뭐야?"

진도운은 온몸에서 출렁거리는 살을 느끼며 침상에서 일어났다. 그리고 생전 처음 보는 낯선 방 안에 놀라 멈칫했다.

"여긴 또 어디지?"

창문에서 아침 햇살이 쏟아지고 있었고 바닥에는 화려한 무늬가 새겨진 붉은 장판이 깔려 있었다. 그리고 드문드문 보이는 가구는 자연 그대로의 무늬가 생생하게 살아있는 원목 가구들뿐이었다. 게다가 벽에는 그림에 조예가 없는 진도운이 봐도 범상치 않은 도화들이 심심치 않게 걸려 있었다.

"구야혈교에서는 볼 수 없는 방이군."

진도운은 반쯤 멍한 표정으로 다시 침상 끝에 걸터앉았다. 그러다가 문득 침상 옆에 놓여있는 손거울을 발견하고 손거울을 들어 얼굴을 비추어봤다.

"……!"

손거울에는 생전 처음 보는 얼굴이 갇혀 있었다.

"이, 이게 뭐야?"

진도운은 소스라치게 놀라며 손거울을 던졌다. 쿵, 구리로 만들어진 거울이 땅바닥을 찍는 소리가 울렸다. 그러자 문 바깥에서 뜀박질 하는 소리가 들리더니, 문을 벌컥 열고 얇은 천 옷을 입은 여인이 뛰어 들어왔다.

"공자님."

속살이 다 비치는 옷과 교태가 넘쳐흐르는 목소리로 보아 이곳보다는 기루에서나 어울릴 법한 여인이었다.

'기녀로군.'

진도운은 침상에서 일어나 자신에게 달려오는 기녀를 밀치고 활짝 열려 있는 창문 앞에 섰다. 그리고 눈을 부릅뜨며 그 자리에서 얼어붙은 것처럼 꼼짝도 못했다. 그는 창밖 풍경을 보고 지금 자신이 서있는 이곳이 백도에서 가장 고결하다고 추앙받는 백선문의 내부란 걸 깨달았기 때문이다.

진도운은 기녀를 앉혀 놓고 그녀에게 자신이 누군지 물어봤다. 그래서 이 몸의 본래 주인이 백우결이라는 백선문의 제자라는 걸 알아냈다. 그것도 일반 제자가 아닌 백선문에서도 배분이 가장 높은 무산선군(武産仙君) 천수악의 첫 번째 제자라는 걸 말이다.

'이 뚱뚱한 몸으로 무산선군의 첫 번째 제자라고?'

진도운은 그제야 몸 안에 웅크리고 있는 어마어마한 내공을 느꼈다. 그리고 동시에 근육이라곤 찾아볼 수도 없는 물컹거리는 살도 느꼈다.

'이런 몸으로 어떻게 내공을 쌓은 거지?'

진도운은 임맥과 독맥을 제외한 모든 경락이 막혀 무공을 익힐 수 없는 몸이었다. 그 대신 남들은 범접할 수 없을 만큼 총명한 머리를 타고나서 구야혈교의 무고에 있는 모든 무공을 머릿속에 집어넣고 이론적으로나마 통달했다. 하지만 가볍게 뛰기만 해도 숨이 차오르는 몸 때문에 무공을 익힐 수 없었다. 그래서 늘 비쩍 마른 체격으로 살아왔건만, 지금은 반대로 살집이 푸짐했고 단전에도 꼼짝 않고 박혀 있는 막대한 내공이 있었다.

"괜찮아요?"

기녀가 얼굴을 들이밀며 물었다.

"괜찮다."

기녀가 눈을 휘둥그렇게 뜨며 두 손으로 입을 가렸다.

"어머? 지금 말을 놓은 거예요?"

"왜? 말을 놓으면 안 되나?"

"아, 아니요. 그냥 처음 봐서요. 누구를 만나든 항상 말을 높였잖아요."

그 말에 진도운은 인상을 찡그렸다.

'성가시군.'

구야혈교는 문파 이름에 혈이 들어갈 만큼 잔혹한 면이 있었다. 그래서 백도와 흑도, 어느 쪽도 그들을 받아들이지 않았고 그들은 자신만의 길을 걸었다. 그런 구야혈교에서 일평생 거침없이 살아온 진도운이 백도에서도 고지식하기로 소문난 백선문의 제자가 되었다.

'이게 말이 되는 건가?'

진도운은 아직도 믿을 수 없다는 듯 방 안을 두리번거렸다.

"어쨌든 전 이만 가볼게요."

"어딜?"

"기루로 돌아가야죠. 이대로 있다간 또 장문인에게 들키고 말 걸요."

기녀는 입으나 벗으나 다를 것 없는 얇은 천 옷을 입고 밖으로 나갔다.

"도대체 내게 무슨 일이 벌어진 거지?"

진도운은 잠시 멍한 표정으로 침상 끝에 걸터 앉아있었다. 그러다가 문득 고개를 치켜들며 연신 고개를 갸웃거렸다.

"이상하군. 무산선군의 제자 중에 백우결이란 놈이 있던가?"

진도운은 머릿속을 아무리 뒤져봐도 백우결이란 이름을 찾지 못했다. 아무리 생각해도 자신이 아는 무산선군의 제자 중에 백우결은 없었다. 한참 기억을 파내던 도중이었다. 문 밖에서 바닥이 부서져라 세게 밟으며 다가오는 인기척이 있었다.

"대사형!"

이내 문을 발로 차며 안으로 들어온 자는 우람한 체격의 중년 사내였다. 그는 어울리지도 않는 새하얀 무복을 입고 있었고 뭐가 그리 화가 났는지 숨을 거세게 내뿜었다.

"뭐냐?"

진도운이 퉁명스럽게 말했다. 그런데 그 말에 중년인이 눈을 부릅뜨며 입을 쩍 벌렸다.

"대사형. 지금 뭐라 그랬소?"

"뭐냐고 했다."

"마, 말투가……."

"말투가 뭐 어쨌다고?"

중년인은 잠시 어리둥절한 표정으로 서 있다가 이내 고개를 절레절레 흔들며 정신을 차렸다. 그리곤 다시 성난 황소의 모습으로 돌아와 씩씩 콧김을 내뿜었다.

"문파 안으로 기녀를 들이지 말라고 몇 번을 말했소? 장문인에게 그렇게 혼나고도 아직도 정신을 못 차린 게요?"

"이거 원……."

진도운은 멋쩍은 표정으로 가만히 있었다.

"지금 장문인이 찾지만 않았으면 내 가만히 있지 않았을 거요!"

"장문인이 나를 찾아?"

"그렇소. 빨리 옷 입고 장문인의 집무실로 가보시오."

중년인이 몸을 홱 돌려 나가려던 참이었다.

"잠깐만."

중년인은 나가다 말고 다시 뒤돌아보았다.

"장문인의 집무실이 어디지?"

"……."

중년인이 멍한 표정으로 몇 차례 눈을 깜빡였다.

"어젯밤에 술을 너무 많이 마셨나봐. 갑자기 기억이 안 나네."

"하여간……. 어서 옷 입고 나오소. 내가 데려다 줄 테니."

"……."

진도운은 방 안에 널려 있는 옷 중에서 중년인이 입고 있는 옷과 비슷한 옷을 찾아 입었다.

"도대체 얼마나 술을 마셔야 장문인의 집무실을 잃어버리는 것이오?"

"그러게 말이다."

진도운이 쓰게 웃으며 말했다.

백선문은 백도 무림에 위기가 닥칠 때마다 늘 앞장서서 나섰다. 그리고 무림 역사상 흑도에 맞서 가장 치열하게 싸워오며 지난 수백 년 동안 백도 무림을 지켜왔다. 그래서 백도 무림에서 백선문은 성역과도 같은 곳이었다. 그리고 그런 백선문의 정점에 있는 무산선군 천수악은 모든 백도 무림인들이 선망하는 존경의 대상이자 모든 이들이 우러러보는 고귀한 존재였다.

그런 천수악이 백선문에 붙어있는 날은 많지 않았다. 그는 대부분의 시간을 중원을 돌아다니는데 쓰며 천부적인 자질을 타고난 기재들을 골라 제자로 삼았다. 하지만 그가 직접 제자들을 가르치진 않았다. 그는 제자가 될 만한 재목을 발견하면 백선문으로 보내 본인이 작성한 무학 서적을 보고 스스로 수련을 하도록 시켰다. 그 무학 서적에는 천수악의 깨달음이 고스란히 녹아 있어서 모든 이들이 탐냈으나, 웬만한 천재가 아니고선 그 무학 서적의 첫 장도 넘기지 못할 만큼 난해했다.

하지만 그런 무학 서적도 백우결의 관심을 끌지 못했다. 천수악이 그를 가장 먼저 제자로 받아들이며 그는 백선문 사람들의 기대를 한 몸에 받았지만, 정작 본인은 먹고 노는 데에만 관심이 있었다. 그의 뒤를 이어 다른 제자들이 들어와도 그는 늘 태평하게 놀러 다녔다. 그것도 모자라 기루에는 제 집처럼 들락날락거리며 입에다 술병을 붙이고 살았다. 게다가 다른 문파에서 사람이 올 때가 되면 사람들 상대하기 귀찮다는 듯이 늘 숨어있었다. 그렇다 보니 백선문 내에서도 백우결의 존재를 쉬쉬했고 세상 사람들은 천수악에게 백우결이란 제자가 있는지도 몰랐다.

백선문의 건물은 눈으로 쌓아올린 것처럼 새하얗고 지붕은 한 가운데에 있는 대청은 새빨갛고 그 주변에 모여 있는 전각들은 파랬다. 그리고 외곽을 감싸고 있는 자잘한 건물들은 갈색 기왓장으로 뒤덮여 있었다. 그 중에서 장문인인 공부선의 집무실은 대청 바로 옆에 붙어있는 전각으로 주변에 있는 다른 건물보다 겉면이 더 하얗다.

'묘하군.'

진도운은 자신을 사형이라고 부르는 중년인을 바깥에 두

고 혼자 집무실 안으로 들어갔다. 그리고 원탁 위에 차를 두 잔 놓고 차분하게 앉아있는 중년인을 발견했다. 그는 이목구비가 굵직하고 풍채까지 좋아서 산악처럼 근엄해 보였다. 그가 바로 백선문의 장문인인 공부선이었다.

"와서 앉거라."

진도운은 눈앞에 있는 중년인이 장문인이란 걸 직감하고 포권을 올렸다.

"장문인을 뵙습니다."

그런데 갑자기 공부선의 눈썹이 촐싹맞게 들썩였다. 그 위엄 있는 얼굴에 어울리지 않는 표정이었다.

"오랜만에 인사를 받아보는구나."

"……."

진도운은 속으로 한숨을 삼키며 다가가 앉았다.

'도대체 이놈은 평소 행실이 어쨌길래 장문인이 이런 간단한 포권에도 놀라는 거지?'

공부선은 진도운이 자리에 앉자마자 그의 앞에 놓인 찻잔을 채워주었다. 알싸한 차향이 올라오며 금세 방 안을 채웠다. 하지만 그 향에 비해 찻잔에 담겨있는 액체는 색이 옅었다.

"죽엽차로군요."

진도운은 차분하게 찻잔을 들고 한 모금 마셨다. 단숨에 입 안을 채우는 진한 향이 일반 객잔에서 나오는 싸구려 죽엽차하고 차원이 달랐다.

"향이 좋습니다."

"차도 마시는지 몰랐구나."

공부선은 찻잔을 들고 있는 진도운에게서 시선을 떼지 못했다.

"갑자기 차가 마시고 싶어졌습니다."

진도운은 어색하게 웃으며 재빨리 변명했다.

"의외구나. 내가 항상 차를 따라도 쳐다보지도 않던 네가……."

"어쩐 일로 저를 부르신 겁니까?"

진도운은 재빨리 화제를 바꿨다.

"서문세가에서 부탁할 게 있다며 잠시 들른다고 하는구나."

"그렇습니까?"

"이번에도 숨어 있을 생각이냐?"

그 말에 진도운은 싱긋 웃었다.

'내가 왜 백우결이란 이름을 못 들어봤는지 알겠군. 문파 밖에서 손님이 찾아오면 이 백우결이란 놈은 늘 숨어있던 거야.'

진도운은 고개를 끄덕였다.

"예."

"언제까지 숨어 있을 셈이냐?"

"……."

진도운은 뭐라 대답해야 할지 몰랐다. 아직 백우결에 대

해 아는 게 없어서 피하는 것뿐이었는데, 공부선의 눈엔 다르게 보였나 보다.

"너는 천 사숙의 첫째 제자이다. 응당 백선문을 방문하는 손님이 있으면 네가 나서서 맞이해야하지 않겠느냐?"

"아직은 아닙니다."

괜히 이런저런 사람을 만나다가 백우결의 몸속에 자신이 있다는 걸 들키기라도 한다면…….

'뼈도 못 추릴 것이다.'

하지만 그런 진도운의 속마음을 모르는 공부선은 나직이 한숨을 내쉬었다.

"알겠다. 이만 나가보아라."

공부선은 더 이상 할 말이 없다는 듯 고개를 숙였다.

"그럼……."

진도운은 목인사를 하며 자리에서 일어났다. 그리고 뒤돌아 나가려다 말고 다시 공부선을 쳐다봤다.

"장문인."

"할 말이라도 있느냐?"

"혹시 어디 조용한 장소가 있습니까?"

"무슨 일로 조용한 장소를 찾느냐?"

"무공 수련을 하고 싶습니다."

진도운은 머뭇거리다 말했다. 그리고 그 말에 공부선이 찻잔을 든 채로 눈을 크게 떴다.

"지금 뭐라 했느냐?"

“무공 수련을…….”

“정녕 무공 수련을 할 셈이냐?”

“예.”

믿지 못하겠다는 듯 되묻는 공부선을 보고 진도운은 쓰게 웃었다.

‘백우결이란 놈이 그동안 어떻게 살아왔는지 짐작이 가는군.’

몸 상태나 주변인들의 태도로 보아 충분히 알 수 있었다.

“동쪽 외곽에 있는 연무장을 내주마.”

“다른 사람들은 그곳으로 오지 않았으면 합니다.”

“그러마. 내 직접 그 부근으로 얼씬도 하지 말라 일러두겠다.”

장문인은 진도운이 남들이 볼까봐 쑥스러워서 그런 부탁을 하는 줄 알았다. 하지만 진도운은 백선문의 무학도 무학이지만 먼저 머릿속에서 쉴 새 없이 떠도는 구야혈교의 무학을 익히고 싶었다. 그러기 위해선 백선문의 사람들 눈에 띄어선 안 됐다. 하지만 공부선이 그런 사실을 알 리 없었다.

‡

진도운은 무공을 배울 수 없는 몸이었다. 임맥과 독맥을 제외한 모든 경락이 막혀 있어 무공의 근원이 되는 내공을 축적할 수 없었다. 본래 사람은 가지지 못한 것을 동경하는 법, 진도운은 늘 무공을 익히고 싶었다. 그래서 시간이 날 때마다 구야혈교의 서고에 가서 그곳에 존재하는 모든 무학 서적을 머릿속에 집어넣었다. 그렇게나마 무공을 원하는 마음을 달랜 것이다. 하지만 그럴수록 무공을 익힐 수 없는 냉담한 현실에 막혀 스스로가 비참해질 뿐이었다.

새삼스럽게 그때의 기억이 떠올랐는지 진도운은 쓴웃음을 지었다.

'이제 나도 무공을 익힐 수 있다.'

진도운은 연무장으로 향하는 내내 주먹을 불끈 쥐고 있었다.

"사형이 웬일로 무공 수련을 하겠다는 거요?"

장문인의 집무실까지 안내해준 중년인이 이번에도 외곽에 있는 연무장으로 앞장서서 안내하고 있었다.

"그냥 몸이 찌뿌둥해서."

"아이구야. 찌뿌둥할 만하지. 그렇게 뒤룩뒤룩 살 쪄놓고 몸이 상쾌하길 바란 거요?"

"그것도 그렇군."

진도운은 살이 쭉쭉 흘러내리는 자신의 몸을 살펴보며 웃었다. 남들 눈엔 흉하게 보일지 몰라도 자신의 눈엔 한없이 예뻐 보였다.

"대사형. 장문인과 무슨 얘기를 나눴소?"

"서문세가에서 사람이 올 거라는군."

"아, 들었소. 뭐 부탁할 게 있다고 하던데."

"그래서 나보고 또 숨어 있을 거냐고……."

중년인이 머리를 박박 긁으며 인상을 찌푸렸다.

"대사형. 아무리 그래도 사부님의 첫 번째 제자인데 매일 같이 숨어있는 건 너무 하지 않소?"

"……."

"오죽하면 백선문 밖에 나가면 이사형이 사부님의 첫째 제자라는 소리를 듣고 다니겠소?"

"……."

진도운은 피식 웃으며 중년인을 흘겼다. 돌덩이 같은 근육이 몸 곳곳에 박혀 있어서 체격이 상당히 커 보였다.

'적무혁이었던가?'

민가를 습격한 호랑이를 맨손으로 찢어 죽이며 이름을 알린 천수악의 세 번째 제자, 단부사자(斷剖使者) 적무혁. 진도운은 중년인을 보자마자 적무혁이란 이름 세 글자를 떠올렸다.

"적무혁."

진도운은 중년인이 적무혁이 맞는지 확인하려고 말했다.

"왜 그러시오?"

적무혁이 맞았다.

"연무장은 다 와 가나?"

"바로 여기요."

적무혁은 눈앞에 보이는 건물 2채를 지나 구석에 박혀

있는 작은 연무장 안으로 들어갔다. 그 연무장은 아담한 넓이에 비해 꽤 높은 담장으로 둘러싸여 있어 연무장 바깥에선 연무장 안쪽을 보기 힘들었다.

'마음에 드는군.'

진도운은 방긋 웃으며 연무장 안으로 들어갔다.

진도운은 연무장 한 가운데에 서서 연무장 뒤쪽을 살펴봤다. 그곳은 백선문이 끝나는 지점이었고 그 뒤로는 위로 쭉 뻗어있는 오르막길이 있었다. 그리고 그 길을 따라 시선을 올리면 백선문을 뒤에서 감싸 안은 듯이 뻗어있는 산이 보였다.

"받으소."

적무혁이 품속에서 웬 책 한 권을 꺼내 내밀었다. 겉모습은 특별할 게 없는 평범한 책자였고, 표지에는 백선명하(白鮮冥霞)라는 글씨가 적혀 있었다.

"이게 뭐지?"

"하! 이젠 사부님이 남긴 책자까지 까먹은 거요?"

진도운은 눈썹을 들썩이며 그 책자를 받았다.

'이게 무산선군이 제자들에게 남겼다는 무학 서적인가?'

적무혁은 크게 한숨을 내쉬었다.

"다음부터는 내게 그런 거 맡기지 마쇼."

진도운은 피식 웃으며 책자를 자신의 품 안에 넣었다.

“네 거는 따로 있지?”

“여기 있소.”

적무혁은 품속에서 똑같은 모양에 똑같은 글씨가 쓰인 책자를 꺼내 보여주었다. 아무래도 모든 제자들에게 똑같은 책자를 나눠준 것 같았다.

“난 이만 가보겠소. 그리고 이왕 무공 수련하기로 한 거, 열심히 해보쇼.”

진도운은 연무장을 나가는 적무혁의 뒷모습을 바라봤다. 가만 보면 말투만 까칠할 뿐, 모두 백우결을 걱정하는 소리뿐이었다.

혼자 남은 진도운은 한껏 들뜬 표정으로 가부좌를 틀고 앉았다. 그리고 두근거리는 마음으로 단전 안에 몸을 웅크리고 있는 내공 덩어리를 움직여봤다. 그러자 단단하게 굳어있던 내공 덩어리가 연기처럼 흩어지며 경락을 타고 몸 구석구석 힘차게 뻗어나갔다. 경락마다 막힘없이 콸콸 내공이 쏟아져 나오니 몸에서 생기가 넘쳐흘렀다.

‘의외로 몸 안에 쌓인 노폐물은 없군.’

경락이 깨끗하게 뚫려 있어서 내공은 평야를 달리는 말처럼 기경팔맥을 거침없이 내달리고 있었다. 그리고 기경팔맥을 도는 순서가 따로 있는 듯 계속 같은 방식으로만 반복해서 움직였다. 이 몸의 본래 주인인 백우결이 그동안 수련해온 심법 구결에 따라 내공이 움직이는 것이었다.

운공이 지속될수록 정신이 청아해지고 온몸에 현묘한 기운이 머물렀다. 그리고 마치 스스로가 바다라도 된 듯 몸 안에 이 세상 모든 것을 담을 수 있을 것 같았다.

'보통 심법이 아니다.'

구야혈교의 일만 무학을 통달한 진도운조차 놀랄 정도로 뛰어난 심법이었다. 그는 잠시 운공을 멈추고 백선명하를 꺼내 책장을 빠르게 넘겼다. 그리고 청천백혼공(靑天白混功)이라 쓰인 곳에서 멈췄다. 청천백혼공은 백선문의 진산 심법으로 백선문의 제자라면 누구나 배울 수 있었다. 하지만 여기에 적힌 청천백혼공은 세상에 알려진 것과 다른 면이 있었다.

본래 강직하기로 유명한 청천백혼공이 천수악의 손을 거쳐 도가의 내공 심법처럼 만물의 조화를 이루도록 부드럽게 변했다.

'이거로군.'

그 아래에는 지금 바로 자신이 느낀 효능이 그대로 적혀 있었다.

'이제 막 3성이군.'

본래 심법은 정순할수록 성취 속도가 더딘 법, 그래서 도가의 무인들은 젊을 때보다 나이가 들어서 이름을 날리는 경우가 많았다. 그런데 백선명하에 적힌 청천백혼공은 천수악의 손을 거쳐 도가의 것과 비슷하게 바뀌었으니, 어찌 보면 젊은 나이에 3성이면 괜찮은 수준이었다.

'그런데 내공은 왜 이리 많이 축적된 거지?'

그 부분은 심법으로 설명되는 부분이 아니었다.

'어디서 영약이라도 복용한 건가?'

그러면 모든 것이 말이 된다. 몸 안에 기운이 충만해서 살이 오른 것이고 그래서 뚱뚱한 몸집으로도 경락에 노폐물이 하나도 쌓여있지 않은 것이다. 그리고 내공 자체도 샘물처럼 맑고 심도가 있는 걸로 봐서 보통 영약을 복용한 게 아닌 듯 싶었다.

'남 몰래 심법만 수련했나 보군.'

내공은 좋으나 그걸 받치고 있는 그릇이 문제였다. 몸에는 온통 살뿐이었고 근육이라곤 찾아볼 수도 없었다.

'뭐 이런 놈이 다 있지? 이런 내공을 가지고 매일 같이 뒹굴기만 한 건가? 무공이 싫으면 아예 하질 말던가, 어중간하게 심법만 한 건 뭐람?'

점점 이 몸의 본래 주인이 싫어졌다.

'청천백혼공이 기초로 깔린 마당에 심법은 꼼짝 없이 청천백혼공만 사용해야겠군.'

그나마 다행인 건 청천백혼공이 유연하게 변해 백선문의 무공과 성질이 완전히 다른 구야혈교의 무공을 익혀도 무난히 소화할 거란 점이었다.

그래서 그걸 시험해보고자 진도운은 구야혈교의 무공 중에서도 가장 살기가 짙은 귀살류(鬼殺流)의 구결을 떠올렸다. 그것은 본래 구야혈교의 교주에게만 전해지는 무공이

었지만, 진도운은 특별히 예외로 교주에게 직접 구결을 물려받았다.

'왜 물려준 걸까?'

아직도 궁금했다. 분명히 자신에게 구결을 알려주면 자신이 혁련굉에게 전수해줄 거란 걸 생각 못한 것도 아닐 텐데 말이다.

진도운은 잠시 떠올랐던 과거의 기억을 떨쳐버리고 귀살류에 집중했다. 귀살류는 총 7가지 초식으로 이루어진 무공으로 귀살류를 시전하면 온몸에서 잔혹한 살기가 치렁치렁 흘러나왔다. 그래서 귀살류를 시전 하고나면 반드시 상대를 파멸로 이끌었다.

"……."

진도운은 입을 꾹 닫고 자리에서 일어났다. 그리고 천천히 몸을 움직여 귀살류의 초식을 따라 몸을 움직였다. 몸이 움직이면 내공도 덩달아 흐르는 법, 그의 몸에서 살기가 열렬히 타올랐다.

파지지직!

몸을 감싸고 휘도는 살기가 천둥이 치는 것처럼 수차례 번뜩였다.

"……!"

진도운은 재빨리 움직임을 멈추며 내공을 가라앉혔다. 그러자 몸 주변을 배회하던 살기도 순식간에 가라앉았다.

"경이롭군."

하지만 위험했다. 백선문 안에서 이런 살기를 뿌려대다간 괜한 의심만 살 것이다.

"이건 산속에서 몰래 수련해야겠어."

진도운은 백선문 뒤쪽에 있는 산을 보며 혼잣말로 중얼거렸다. 그리고 천천히 미소를 지었다. 이런 정순한 내공을 가지고 귀살류를 펼쳐도 몸에는 아무런 이상이 없었다. 한마디로 성공적이었단 소리다. 만약 천수악이 바꾸어 놓은 청천백혼공이 아니었다면 불가능 했을 일이다.

‡‡

진도운은 그날 새벽녘이 돼서야 연무장에서 나왔다. 그리고 자신이 처음 눈을 떴던 처소로 돌아갔다. 자신이 없는 사이에 시비가 와서 치워놨는지 방 안은 깨끗했다. 진도운은 지친 몸을 이끌고 침상 위에 쓰러지듯 누웠다. 그때 침상이 삐걱거리며 무너질 것처럼 흔들렸다.

"일단 살부터 빼야겠군."

몸에 살이 많으니 조금만 움직여도 땀이 비 오듯 흘렀고 또 체력은 어린 아이 같아서 숨이 금방 차올랐다. 그래서 일각 정도 몸을 움직이고 나면 최소한 반각은 쉬어야했다. 게다가 오늘 하루 무공을 익힐 수 있다는 기쁨에 너무 무리를 한 나머지 온몸이 뻐근했다.

"하……."

진도운은 숨을 길게 늘어트리며 땀 냄새가 나는 그대로 잠이 들었다. 그리고 다음 날, 온몸이 삐걱거리며 엄청난 근육통이 찾아왔다.

"끄아……."

진도운은 눈을 떴음에도 한동안 침상 위에서 신음만 흘렸다.

진도운은 가까스로 몸을 일으켜 처소 밖으로 나왔다. 그는 어제 입었던 옷을 그대로 입은 채 백선문 뒤쪽으로 걸어가더니 연무장을 지나 백선문 밖으로 나갔다. 그렇게 그가 향한 곳은 백선문 뒤에 우뚝 서있는 산이었다.

"허억……. 헉!"

이제 막 비탈길에 들어섰건만 진도운은 숨넘어갈 것처럼 헐떡거렸다. 게다가 한 걸음 내딛을 때마다 온몸이 어찌나 지랄 맞게 아픈지 없던 근육도 생길 판이었다.

"뛰, 뛰지도 않았는데……."

단순히 산길을 걸어 오르는 것만으로도 죽을 만큼 힘들었다. 하지만 진도운은 이를 악물고 멈추지 않았다. 넘어질 것 같으면 주변에 있는 나무를 집으며 한 걸음씩 산길을 올랐다. 그렇게 무려 한 시진을 오르고 나서야 산 중턱에 있는 공터로 들어섰다.

"으……."

진도운은 공터 위에 대자로 뻗었다. 그리고 한동안 숨을 몰아쉬며 꼼짝도 안했다.

"비, 빌어먹을……."

문득 본래 자신의 몸이 떠올랐다. 지금처럼 조금만 격한 운동을 해도 폐가 뒤틀리며 온몸을 쥐어 짜내는 것처럼 고통스러웠다. 그래서 그때는 앞이 보이지 않을 만큼 막막했다. 하지만 지금은 아니다. 오늘 이렇게 아프고 나면 내일은 조금 덜 아플 것이다.

진도운은 얼마 누워있지도 않고 일어나서 부들부들 떨고 있는 몸으로 머릿속에 떠도는 구야혈교의 일만 무학을 하나씩 펼쳐봤다. 힘 하나 없는 주먹질에 허공에선 헛바람만 붕붕 불었다. 그리고 체력적인 한계에 부딪혀 주먹을 휘두르다 말고 그대로 땅바닥에 주저앉았다.

"몸에 힘이 하나도 없군."

그러고 보니 어제부터 한 끼도 안 먹은 사실이 떠올랐다. 갑작스럽게 다른 사람 몸에서 눈을 뜨니 당황해서 먹는 것도 잊었다. 그래서 그는 어쩔 수 없이 몸을 쓰는 훈련을 미루고 가부좌를 틀고 앉아 청천백혼공으로 운기조식에 들어갔다.

몸 안에 지니고 있는 내공은 내공을 처음 느껴보는 진도운이 봐도 막대했지만 청천백혼공이 3성 뿐이라 정작 사용할 수 있는 내공에는 한계가 있었다. 혹여나 무리를 해서라도 내공을 전부 끌어올리면 기혈이 뒤틀리며 심맥이 끊어질 것 같았다. 자칫 잘못하다간 온몸이 망가질 것 같은 기분이 들었다. 그래서 그는 몸에 무리가 가지 않는 선에서만 내공을 사용했다.

한 번 운공에 들어가면 시간 가는 줄 모르고 빠져들기 마련이다. 진도운 역시 운공을 마치고 눈을 뜨자 이미 날이 지고 달이 환하게 떠있었다. 그래서 그는 삐걱거리는 몸을 이끌고 천천히 산을 내려갔다. 그러나 어제처럼 곧장 처소로 가지 않고 백선문에 퍼져 있는 음식 냄새를 따라 식당을 찾아갔다. 이미 다른 사람들은 저녁 식사를 끝내고 각자의 자리로 돌아갔다고 생각했건만, 음식 냄새를 따라 간 곳에는 백선문의 제자들이 우르르 몰려있었다.

'뭐 이렇게 많아?'

진도운은 식당 입구에 몰려 있는 백선문의 제자들을 보고 멈칫했다. 아직 백우결에 대해 아는 게 없어서 사람을 피하고 싶었건만, 식당에 사람이 이렇게 몰려 있을 줄은 몰랐다.

"대사형?"

식당에서 멀찍이 떨어져 있던 진도운의 옆으로 적무혁이 다가왔다. 그도 식당으로 향하는 길인 듯 했다.

"여기서 뭐하고 있소?"

"저녁 식사 하려고 왔는데 사람이 많아서 나중에 다시 오려고."

적무혁이 고개를 갸웃거렸다.

"뭔 소리요? 지금 여기서 식사를 하겠다는 거요?"

"……."

되묻는 적무혁을 보고 진도운은 자신이 또 무슨 실수를 했나 싶었다.

"대사형은 여기 음식 맛없다고 매일 나가서 먹고 왔잖소?"

"이제는 여기서 먹어보려고."

"뭔 일 있소? 어제부터 안 하던 짓을 하고 그러오."

"……."

"이게 무슨 냄새야?"

적무혁이 코를 틀어막으며 말했다. 그제야 진도운은 자신이 백우결의 몸에 들어오고 난 뒤로 한 번도 씻지 않았다는 걸 깨달았다.

"대사형도 참……. 게으른 건 알아줘야하오."

진도운은 쓴웃음을 지었다.

'무공 수련에만 정신이 팔려 있었군. 돌아가면 먼저 옷부터 갈아입고 씻어야겠어.'

그때 적무혁이 앞으로 나섰다.

"이왕 온 거, 어서 갑시다. 빨리 먹고 씻으러 가소."

적무혁이 식당 앞에 나타나자 식당 앞에 몰려있던 사람들이 반으로 갈라지며 길을 내주었다.

진도운은 적무혁을 따라 식당 안으로 들어왔고 간단한

소면과 기름을 최대한 뺀 야채 볶음만 챙겨서 대충 눈에 보이는 자리에 앉았다. 그러자 바로 맞은편에 적무혁이 앉았다.

"그거 밖에 안 드소?"

"이제 먹는 것도 조절하려고."

적무혁의 앞에는 김이 모락모락 나는 만두와 청경채가 떠다니는 국물 요리가 있었다.

"사람이 갑자기 달라지면 죽는다고 하더이다. 너무 무리하지 마소."

"그러마."

적무혁은 만두를 한 입에 털어놓고 국물 요리를 벌컥벌컥 들이켰다. 그리고 진도운은 천천히 소면을 오래 씹으며 간간히 야채 볶음을 곁들었다.

'뭐지?'

진도운은 한참 식사에 빠져 있던 도중에 주변에서 자신을 쳐다보는 시선들을 느꼈다. 그리고 식당 안에 사람들이 바글바글한데 정작 본인 주변에만 텅 비어있었다는 것도 느꼈다.

"신경 쓰지 마소."

주위를 두리번거리는 진도운을 보고 적무혁이 한 마디 했다.

"우리를 피하는 것 같군."

"아무래도 배분 차이도 있고……."

배분만 따지면 장문인과 같다 할 수 있지만 마냥 배분 때문이라고 보기엔 지나치게 피하고 있었다.

"나 때문인가?"

진도운은 주변에서 시도 때도 없이 자신을 곁눈질 하는 걸 느꼈다.

"그럼 나 때문이겠소?"

"내가 뭘 했기에?"

"생전 오지 않던 식당에 왔잖소? 그리고 어제부터 대사형이 무공 수련을 시작했다는 말이 문파 내에 돌고 있소."

"그게 그리 놀랄 일인가?"

적무혁은 입을 삐죽 내밀며 진도운을 빤히 바라봤다. 그의 험상궂은 얼굴과 어울리지 않는 표정이었다.

"나도 놀랐소. 나도. 그런데 다른 사람들은 오죽하겠소?"

"그렇단 말이지."

진도운은 머쓱하게 웃으며 소면을 입에 넣었다.

"무공 수련은 할 만 하오?"

"그럭저럭."

"몸을 안 쓰다 쓰면 처음에는 엄청나게 고통스러울 거요. 그래도 참고 하소."

"그래야지."

그 뒤로 묵묵히 식사를 마친 진도운은 자리에서 일어나다 말고 다시 앉았다.

"어제 아침에 내 방에서 나가던 기녀를 봤지?"

"뒷문으로 몰래 빠져나가이더이다. 그런 일이 한 두 번도 아니고……. 아마 본문의 제자들은 다 알거요. 대사형 앞에서 모르는 척 하는 것뿐이지."

"그 뒤로 어디로 갔는지 봤나?"

"그야 홍문루로 돌아가지 않았겠소? 갑자기 그런 건 왜 물으시오? 나보다 더 잘 아시는 분이."

"내가 그동안 홍문루로만 다녔던가?"

적무혁이 한숨을 내쉬었다.

"사형이 하도 술 마시고 이곳저곳 돌아다니니까 장문인이 차라리 찾기라도 좋게 한 군데만 다니라고 해서 홍문루만 다니지 않았소?"

"……."

"왜 그런 걸 묻소? 갑자기 홍문루가 지겨워지기라도 했소?"

"아니다."

진도운은 또 적무혁이 이것저것 캐묻기 전에 자리에서 일어났다.

처소로 돌아온 진도운은 가장 먼저 물을 받아놓은 대야에 들어가 몸을 씻고 나왔다. 그리고 지난 이틀 동안 입고 있던 옷은 시비가 가져가고 그와 똑같은 옷을 챙겨서 문 앞에 두었다. 하늘색 구름이 등에 박혀 있는 하얀 무복이었다. 그런데 진도운은 그 옷을 침상 옆에 챙겨 두고 방 한쪽에 있는 옷장에서 가벼운 장삼만 걸친 채 밖으로 나왔다.

한밤중의 거리는 술에 취한 남자들과 그들을 유혹하는 기녀들로 꽉 차 있었다. 그리고 하늘에선 알록달록한 등불이 떠다니며 몽환적인 분위기를 자아냈다. 그래서 거리로 들어가면 분위기에 취해 술을 마신 것처럼 몸이 나른해졌다. 그럼 그때를 노리고 기녀들이 양옆에서 달라붙었다.

하지만 진도운은 기녀들의 손을 뿌리치고 곧장 홍문루로 향했다. 홍문루는 거리에서도 가장 눈에 띄는 곳에 있었고 또 이 거리에서 규모가 가장 커서 거리 밖에서도 보였다.

홍문루는 다른 기루와 달리 입구 앞에서 손님들을 유혹하는 기녀들이 없었다. 또한 처마 밑에 달린 등불도 은은한 빛을 내는 것이 주변에 있는 싸구려 기루와 다르게 상당히 고급스러워 보였다.

"홍문루라……."

홍문루는 이곳뿐만 아니라 중원 각지에 지부를 둔 유명한 기루였다. 그리고 이곳에서 술 한 잔만 마셔도 네 식구 3달 생활비가 날라 간다는 말이 있을 만큼 비싼 곳이었다. 진도운도 구야혈교 시절 가끔씩 들리던 곳이어서 이곳이 얼마나 비싼 곳인지 잘 알고 있었다.

'돈이 어디서 나서 이런 곳을 들락날락 거렸지?'

진도운은 문을 열고 안으로 들어갔다. 그러자 기루와는 어울리지 않는 화사한 꽃밭과 풀로 감싸인 돌담길이 나타났다. 그리고 돌담길은 땅바닥에 박혀서 안쪽으로 쭉 이어졌고 그 돌담길 끝에선 제법 수준 높은 가락이 연주되고 있었다. 잠시 기루라는 것을 잊게 만들 정도로 고즈넉한 분위기였다.

"어느 지부나 똑같군."

진도운이 돌담길을 밟고 채 몇 걸음 떼지도 않았건만 안쪽에서 낯익은 여인이 방긋 웃는 얼굴로 뛰어왔다.

"공자님."

그녀는 어제 아침 진도운이 백우결의 몸에서 눈을 떴을 때 만났던 기녀였다.

"어제는 왜 안 오셨어요?"

그녀는 진도운의 팔을 감싸 안으며 콧소리를 흘렸다.

"제가 보고 싶지 않으셨나요?"

"어제는 좀 바빴어."

"설마, 저를 두고 다른 기루에 간 건 아니죠?"

그녀는 펑퍼짐한 치맛자락에도 숨길 수 없는 굴곡진 몸매를 살살 흔들어댔다.

"내가 그동안 만났던 기녀들을 모두 봤으면 싶은데."

"네? 무슨 소리를 하시는 거예요? 항상 저만 찾았잖아요."

"그랬나?"

"이젠 다른 기녀를 보고 싶은 건가요? 공자님이 그러시면 저 섭섭해요."

그녀는 일부러 자신의 가슴이 닿도록 진도운의 팔을 꽉 껴안으며 안으로 끌고 갔다. 그녀는 일반 손님들이 있는 건물을 지나 뒤쪽에 있는 별채로 들어갔다. 별채 앞에는 작은 연못과 매화나무가 있어 제법 운치가 좋았다.

"늘 마시던 걸로 준비해올게요."

기녀는 진도운을 별채까지 안내하고 나서 밖으로 나갔고 진도운은 별채 안에 혼자 앉아서 바깥 풍경을 바라봤다.

"좋군."

진도운은 그동안 백우결이란 이름을 들어본 적이 없었다. 그런데 이 기녀는 백우결이 천수악의 첫 번째 제자라는 것까지 알고 있었다. 그렇다는 것은 아마도 백우결이 술에 취해 이 기녀에게 자신에 대해 꽤 많은 걸 털어놨다는 뜻이리라. 그래서 진도운은 백우결에 대해 더 알아보고자 이 기녀를 찾아온 것이다.

"기녀를 여러 명 만나고 다녔으면 이 사람 저 사람 만나러 다니느라 피곤했을 텐데 한 명이라 하니 다행이야."

얼마 지나지 않아 그녀가 술상을 든 시비들과 함께 안으로 들어왔다.

'뭐 이리 많이…….'

혼자 먹는 술상이건만 시비 2명이 달라붙어서 겨우 들 수 있는 큰 상에 기름진 음식을 가득 채워왔다.

'하긴, 이 정도는 먹어야 백우결처럼 살이 찌겠지.'

시비들은 술상을 내려놓고 나갔고 시비가 나가자마자 기녀는 진도운의 어깨에 기대며 술병을 들었다.

"먼저 무아주 한 잔 따르겠사옵니다."

무아주는 홍문루에서만 파는 술로 평소 백우결이 즐겨 마시던 술이었다.

"술은 됐다."

"네?"

그녀가 눈을 휘둥그렇게 뜨며 진도운의 어깨에서 머리를 뺐다.

"제가 무슨 실수를……."

그녀는 갑자기 다소곳이 자세를 잡으며 말했다.

"당분간 술은 자제할 생각이다."

"그러시다면 어쩔 수 없지요."

안색이 어두워지는 그녀를 보고 진도운이 피식 웃었다.

"그리 섭섭하더냐?"

"암요. 그동안 공자님을 모시는 낙으로 살아왔는데, 이제 못 본다고 생각하니."

그녀는 울상을 지으며 다시 진도운의 어깨에 기댔다.

"우리가 언제 처음 만났던가?"

"한 5년 됐지요."

"그럼, 나에 대해 꽤 많은 걸 알고 있겠군."

"아마 저만큼 공자님을 잘 아는 사람은 없을 걸요."

그녀는 배시시 웃으며 말했다.

"그래? 그럼 어디 한 번 말해보아라."

"네?"

"나에 대해 아는 걸 쭉 읊어보라고."

"음……. 먼저 천수악 대협의 제자시고."

"그리고?"

"만금성의 후계자시고."

"……!"

진도운은 뺨을 씰룩거렸다. 하마터면 비명까지 튀어나올 뻔했다. 만금성(滿金省)이 어디던가? 힘의 논리로 돌아가는 무림에서 당당히 황금으로 정점에 오른 곳이 아닌가? 심지어 황제보다도 재산이 많고 황금으로 바다까지 채운다는 말이 있을 정도로 막대한 부(富)를 축적한 그곳, 만금성의 이름이 일개 기녀의 입에서 나올 줄 몰랐다. 더군다나 만금성의 후계자가 백우결이라니.

'구야혈교와 더불어 도외이신(道外二神)의 한 자리를 차지한 곳…….'

만금성은 구야혈교처럼 백도와 흑도, 어느 쪽에도 속해 있지 않았다. 그래서 구야혈교와 같이 도외이신(道外二神)이라 불렸지만 그들은 처음부터 본인들 스스로가 중립을 지켰다. 바로 그 점이 구야혈교와 달랐다. 구야혈교는 백도와 흑도에서 모두 외면 받은 반면 만금성은 백도와 흑도, 양쪽에서 모두 원했다.

'만금성의 후계자라면…….'

10년 전에 작금의 황제가 만금성을 방문하고 나서 성주의 아들은 술과 여자에 빠져 다른 일에는 게을러빠진 곰이라 비난했다. 그래서 그 뒤로 얼굴도 알려지지 않은 만금성의 후계자에게 나태금웅(懶怠金熊)이란 별호가 붙었다.

'오죽하면 황제가 그런 비난을 했겠는가?'

진도운은 자신이 무공을 수련한다고 했을 때 주변 사람들이 지나치게 놀라하던 반응을 이제야 이해할 수 있었다. 그리고 백우결이 이곳 홍문루를 제 집처럼 드나들 수 있었던 이유도 알 수 있었다.

'어떻게 이런 놈이 무산선군의 제자가 된 거지?'

진도운은 이마를 만지작거리며 인상을 구겼다.

"그만할까요?"

그녀가 눈치를 살피며 말했다.

"아니. 계속해. 사소한 것까지 하나도 빼지 말고."

"갑자기 그런 건 왜 물어요? 무슨 일 있어요?"

"그냥 궁금해서."

"뭐가요?"

"다른 사람들이 날 어떻게 보고 있는지 궁금했어."

그녀가 갑자기 손을 모아 진도운의 뺨을 감싸 안았다.

"누가 우리 공자님을 심난하게 만들었을까?"

"……."

그녀의 따스한 손길에도 진도운의 표정은 변화가 없었다.

"공자님은 아주 게을러요."

그녀는 진도운의 얼굴을 감싸 안은 채 말을 이었다.

"그리고 술과 여자를 좋아하죠."

"새삼스럽게."

진도운도 익히 아는 사실들이었다.

"저 같이 천한 기녀에게도 말을 높였죠. 저 뿐만 아니라 상대가 조그만 한 어린 아이들이라도 늘 말을 높였답니다. 그리고 말투도 차근차근해서 늘 여유로워 보였죠."

"……."

진도운은 문득 어제 자신이 입을 열었을 때 주변 사람들이 놀랐던 광경이 떠올랐다.

"그리고 모든 걸 귀찮아했어요. 심지어 여기까지 오는 것도 귀찮다고 저보고 백선문 안으로 오라고 했죠."

진도운은 쓴웃음을 지었다.

"그래서 백선문에서 난리 났었잖아요. 장로님들이 노발대발하시면서 공자님을 내쫓겠다고 난리를 쳤죠. 장문인이 말리지 않았으면 공자님 진짜로 쫓겨나겠다 싶었죠."

"그랬지."

진도운은 아는 척 말했다.

"음……. 또 뭐가 있을까?"

그녀가 고개를 갸우뚱거리며 말했다. 그 모습을 보며 진도운은 피식 웃었다.

"나에 대해 많이 알고 있군."

"그럼요. 제가 편하다고 이것저것 다 말씀하셨잖아요."

진도운은 말없이 고개를 끄덕이다가 돌연 고개를 삐딱하게 꺾었다.

"이상한데……."

"뭐가요?"

그녀가 눈을 초롱초롱 빛내며 물었다.

"다른 건 그렇다고 치더라도 내가 만금성의 후계자라고 말한 걸 곧이곧대로 믿었단 말이야?"

"그럼요."

"어째서? 믿기 쉬운 말은 아니잖아."

"천수악 대협의 첫 번째 제자시잖아요. 그런 분이 거짓말을 할 리 있겠어요?"

진도운은 허탈하게 웃으며 고개를 끄덕였다.

"그것도 그렇군."

"더 물을 건 없어요?"

"일단은."

진도운이 볼 일 다 봤다는 식으로 자리에서 일어났다가 멈칫했다.

"왜 그러세요?"

그녀가 진도운의 안색이 굳는 걸 보며 물었다.

"급하게 나오다 보니 돈을 안 챙겨왔군."

"돈은 일전에 낸 게 아직 남아있어요."

"그랬나?"

"오늘 왜 이러실까? 항상 며칠 분을 미리 지불하시면서."

진도운은 애써 웃으며 별채 밖으로 나갔다. 그리고 그가 홍문루 밖으로 나갈 때까지 기녀가 옆에 찰싹 붙어있었다.

"그만 들어가 봐라."

진도운이 그녀를 밀어내며 혼자서 거리로 들어갔다. 그녀가 사람들 속으로 사라지는 진도운의 뒷모습을 바라보다가 다시 홍문루 안으로 들어갔다.

진도운은 백선문 안에 있는 처소로 돌아오자마자 침상 위에 누웠다. 그리곤 눈을 멍하게 뜬 채 방금 전에 기녀와 나누었던 대화를 떠올렸다. 대부분이 자신과 알고 있는 것과 다를 게 없었다.

'만금성의 후계자라는 것만 빼곤…….'

오늘은 그게 제일 큰 수확이었다.

'피곤하군.'

침상 위에 누워있으니 피로가 한 번에 몰려온 듯 눈꺼풀이 스르르 내려왔다. 그렇게 잠이 들기 직전에 진도운이 돌연 이마를 부여잡고 상체를 일으켰다.

'뭐지?'

머리가 지끈 아파오며 잠이 확 깼다. 그리고 머릿속이 뜨겁게 달아오르더니 이내 조각난 기억이 떠올랐다.

두꺼비처럼 생긴 노인이 누런 이를 드러내며 발버둥치는 나를 내려다봤다.

"껄껄. 가만히 있으라니까."

"저, 저리 가시오!"

하지만 나는 발가벗은 몸으로 돌상 위에 누워 손과 발이 묶인 채 꼼짝 못하고 있었다. 그런 내 몸에 노인이 기다란 침을 놓기 시작했다.

"가만히 있으면 내가 무림 역사에 다시없을 불세출의 고수로 만들어줄게."

"누가 그런 게 되고 싶다고 했소?"

"네 아비가 원하잖아."

"내가 싫소."

"끌끌. 네 생각 따위를 누가 신경 쓴다고……."

노인은 내 몸에 대침을 쉴 새 없이 놓았다. 그리고 내 몸에 꽂히는 대침이 늘어날수록 내 몸은 점점 이상하게 변해 갔다.

"끄으……."

단단하게 굳어있어야 할 뼈가 물컹하게 변하며 파도처럼 요동치기 시작했다.

"골격이 바뀌고 있는 거다. 바뀌고 나면 키도 좀 커져 있을 테고 뼈도 단단해져 있을 거다."

노인은 잔뜩 흥분해 있는 눈으로 나를 내려다보고 있었다.

"뭘 그렇게 인상 쓰고 있어? 웃어. 웃으라고! 그 고통을 즐기란 말이야!"

"으으……."

"골격은 시작일 뿐이야. 아직 다른 부위도 많이 남았어. 그 모든 과정이 끝나면 넌 지금껏 무림에 없었던 최초의 왕이 되는 거야."

나는 몸속에서 요동치는 골격 때문에 머릿속이 하얗게 질려 있었다. 그래서 노인의 말이 제대로 들리지 않았다.

"이 세상 어떤 인간이 이런 몸을 가지고 있겠어? 오직 너만 갖는 거야. 그러니까 기뻐하라고!"

노인은 자신의 얼굴을 들이밀며 광기에 찬 표정으로 말했다. 그래서 나는 노인의 얼굴을 피해 반대쪽으로 고개를 돌렸다. 그리고 어둠 속에서 무심하게 팔짱을 낀 채 나를 내려다보는 중년인을 보았다.

"아버지?"

나는 믿을 수 없다는 듯이 말했다. 그리고 온몸이 부서질 것 같은 고통 속에 의식을 잃었다.

진도운은 눈을 부릅뜨며 거친 숨을 몰아 내쉬었다. 다행히도 더 이상 머리가 뜨겁지 않았지만, 마지막에 자신이 아버지라 불렀던 중년인의 얼굴이 머릿속에서 떠나질 않았다.

"만금성의 성주다."

구야혈교의 일로 교주를 따라갔다가 몇 번 본 적이 있었다.

"그럼 이건……."

백우결의 몸에 남아있는 기억이었다. 그 기억은 지금도 머릿속에서 생생하게 남아있어서 몇 번이고 곱씹어볼 수 있었다.

"기녀의 말이 맞았군. 백우결은 만금성의 후계자였어."

진도운은 한동안 멍한 얼굴로 침상 위에 앉아있었다.

‡‡

전날 밤, 불현 듯 떠오른 백우결의 기억 때문에 잠이 오지 않을 것 같았다. 그런데 몸에 쌓인 피로가 상당한지 곧바로 잠이 들었고 아침 햇빛과 함께 눈을 떴다.

"여전히 뻐근하군."

진도운은 이곳저곳 안 쑤시는 곳이 없는 몸을 이끌고 처소 밖으로 나왔다. 그리고 어제 저녁 식사를 했던 식당으로 향했다. 그런데 오늘은 늦게 온 듯 식당에는 사람이 없었다. 기껏해야 구석에서 조용히 식사를 하는 2명뿐이었다. 그들마저도 진도운이 들어오자 힐끗 쳐다보기 바빴다. 진도운은 애써 그 시선을 무시하며 소면과 나물무침만 들고 바로 앞에 있는 식탁에 앉았다.

'허기만 가실 정도로 먹어야 한다.'

진도운은 소면에 젓가락을 꼽고 들어 올리려는 찰나 누군가 소녀처럼 방실방실 뛰면서 다가와 자신의 맞은편에 앉는 걸 보고 다시 젓가락을 내려놓았다.

"……."

진도운은 말없이 맞은편에 앉은 누군가를 쳐다봤다. 그는 곱상한 얼굴에 머리카락을 풀어헤치고 다니는 젊은 사내였다. 그리고 그가 의자에 앉자 검집이 땅에 닿는 소리가 들렸다.

"히히. 대사형. 나 안 보고 싶었나?"

젊은 사내는 헤벌쭉 웃으며 두 손으로 턱을 괴고 진도운을 뚫어져라 쳐다봤다. 하지만 진도운은 표정 하나 변하지 않고 그 시선을 마주봤다.

'백광야차(白狂夜叉) 사공비.'

그는 무산선군 천수악의 다섯 번째 제자이자 광서성에서 검으로 둘째가라면 서럽다는 사공세가의 사람이었다.

'한때 사공세가의 소가주였지만 제정신이 아니라는 이유로 소가주 자리를 박탈당하고 가문에서도 쫓겨났지. 그리고 거리를 전전하던 그를 무산선군이 제자로 삼았고…….'

그건 무림에서 모르는 사람이 없을 만큼 유명한 일화였다.

'사공세가에선 끝까지 모른 척 했지.'

그 일로 한때 사공세가가 상당한 비난을 받기도 했었다. 하지만 사공세가는 그때도 끝까지 침묵했다.

"대사형은 나 본 거 안 기쁘나?"

사공비가 고개를 좌우로 갸우뚱거리며 말했다.

"기쁘다."

"응? 응? 왜 말 놓나?"

"너도 놨잖아."

"그렇지만 대사형은 안 놨다. 왜 말 놓나?"

진도운은 귀찮다는 듯이 이마를 문질렀다.

"나도 이제부터 말 놓을 거다."

"히히. 알았다. 대사형 말 놔도 된다. 대사형 나보다 나이 많으니까 괜찮다."

진도운은 피식 웃으며 소면을 한 젓가락 들고 입에 넣었다.

"소면 맛없다. 밋밋하다."

"그래도 먹어야지. 어쩌겠어."

"그래도 먹어야지. 어쩌겠어."

사공비는 실실 웃으며 진도운의 말을 따라했다. 그리곤 진도운과 똑같이 소면과 야채볶음을 가지고 와서 허겁지겁 먹기 시작했다.

"맛없다. 그래도 먹는다."

"그래. 먹어라."

"히히."

사공비는 먹는 내내 맛없다는 소리를 하며 소면을 끝까지 다 먹었다. 진도운은 어이가 없다는 듯 그 광경을 보다가 제 식사를 마치고 식당을 나갔다.

"대사형 같이 가자."

사공비가 쪼르르 달려오며 말했다.

"어디 가는 줄 알고?"

"어디든 괜찮다. 대사형 가면 나도 간다."

"됐어. 나 혼자 갈 거니까 오지 마."

"싫다. 나도 갈 거다."

"저리 안 가?"

진도운이 신경질적인 투로 말하자 사공비가 갑자기 울먹거리며 그 자리에서 주저앉았다.

"으아아앙. 대사형이 나 버린다. 나 버리고 혼자 간다."

그는 진짜로 울기 시작했다.

진도운은 백선문 한 가운데에서 어린 아이처럼 울고 있는 사공비를 가만히 내려다봤다.

'제정신이 아니란 건 알았는데…….'

그때 뒤늦게 식당으로 향하던 적무혁이 귀를 틀어막은 채 다가왔다.

"뭐하는 거요?"

"재 봐."

"울고 있잖소. 대사형이 좀 달래 보소."

"내가 왜?"

"왜긴. 막내가 언제 대사형 말고 다른 사람들 말 듣는 것 봤소?"

진도운은 골치 아프다는 듯이 이마를 긁적였다.

"그만 울어."

"으아아앙! 대사형이 나 버렸다."

사공비가 더 큰 소리로 울었다.

"그치라고."

"대사형이 나랑 안 놀아준다. 으앙!"

"같이 갈 테니까……."

뚝.

진도운이 채 말을 다 하기도 전에 사공비가 울음을 그쳤다.

"하, 뭐 이런……."

진도운은 어이가 없다는 듯 말을 잇지 못했다. 그리고 사공비는 언제 울었냐는 듯 아무렇지도 않은 표정으로 일어나 바지에 묻은 흙먼지를 털었다.

"나도 간다. 대사형 나 버리지 마라."

"알았다. 알았어."

옆에서 그 광경을 보고 있던 적무혁이 한숨을 쉬었다.

"막내야. 대사형이 그렇게 좋냐?"

"좋다. 세상에서 제일 좋다."

그 말에 적무혁이 진도운을 노려봤다.

"이런 애를 떨궈놓고 가려고 했소?"

"무공 수련 때문에 그렇지."

"그래도 그렇지. 언제는 데리고 다니면서 자질구레한 일까지 다 시켜놓고 이제 와서 귀찮다고 버리고 가는 게요?"

"그런 거 아니라니까."

진도운은 고개를 돌리며 적무혁의 눈빛을 피했다. 그에 적무혁은 못 마땅하다는 듯 고개를 절레절레 흔들었다.

"하여간 대사형도 참……. 이번에 막내가 감숙성까지 갔다 오면서도 대사형 보겠다는 일념 하나로 여기까지 쉬지도 않고 왔답니다. 그러니까 잘 좀 챙기소."

"감숙성엔 왜?"

"왜겠소?"

백도 문파에서 도움을 청하면 백선문은 늘 사람을 보내 도와주었다. 그건 수백 년 동안 이어진 전통이었고 또한 백도 무림에서 백선문을 숭고하게 여기는 이유이기도 했다.

"아, 그랬지. 참."

"대사형도 어서 수련해서 남들도 좀 도와주고 그러소. 어떻게 백선문의 제자가 돼서 좋은 일 한 번 안 하오?"

"잔소리는……."

진도운은 머쓱한 표정을 지으며 돌아섰다. 그러자 사공비가 폴짝 뛰며 따라붙었다.

2장. 비동

진도운은 산 중턱까지 오르며 죽을 것처럼 숨을 헐떡였지만 그래도 이번엔 산 중턱에 오르고도 눕지 않았다. 진도운은 미약하게나마 체력이 늘어난 걸 느끼고 미소를 지었다. 그런데 같이 산을 올라온 사공비의 얼굴에선 땀 한 방울 찾아볼 수 없었다.

"대사형. 지금 뭐하나?"

"산 올랐잖아."

"그런데 왜 내공 안 쓰고 오르나?"

"그래야 살도 빠지고 근육도 생기지."

사공비가 고개를 갸웃거렸다.

"꼭 무공 수련하는 것처럼 들린다."

사공비는 그동안 백선문에 없어서 백우결이 무공 수련을 시작했다는 소리를 듣지 못했다.

"그래. 무공 수련하는 중이다."

사공비가 눈을 휘둥그렇게 떴다.

"무공 수련한다? 정말 한다?"

"그래."

사공비가 검지로 진도운의 뺨을 콕 찔러봤다.

"대사형 맞나? 정말 대사형 맞나?"

"……."

"내가 아는 대사형은 무공 질색한다. 대사형 변했다. 꼭 대사형 아닌 거 같다."

사공비가 빤히 바라보며 말했다. 그러자 진도운이 당황해서 사공비의 손가락을 쳐냈다.

"저리 가. 방해되잖아."

"대사형. 운공 해야 된다. 그럼 체력 다시 돌아온다."

"나도 알아. 그런데 네 앞에서 어떻게 운공을 해?"

운공 중에 사소한 방해라도 받으면 자칫 내공이 역류하며 주화입마에까지 들 수 있다. 그런데 사공비는 진도운 앞에서 보란 듯이 가부좌를 틀고 앉았다.

"난 대사형 앞에서 운기조식 할 수 있다."

"뭐?"

"대사형 괜찮다."

사공비는 그대로 운기조식에 들어가며 평온한 얼굴을 해

보였다.

'해맑은 아이로군.'

진도운은 피식 웃으며 땅바닥에 앉았다. 그리고 될 되로 되라는 식으로 청천백혼공을 운용해서 피로를 싹 걷어냈다.

"대사형. 운기조식 끝났나?"

진도운은 눈을 뜨자마자 바로 코앞에서 아른거리는 사공비의 얼굴을 보았다.

"끝났다."

진도운이 자리에서 일어나며 말했다.

"그럼 또 산에 오를 거나?"

"아니. 여기서 초식 수련을 시작할 거다."

"좋은 생각이다. 초식을 따라 몸을 움직이면 자연스럽게 근육이 붙는다."

진도운은 고개를 삐딱하게 꺾으며 가만히 서있었다. 본인이 수련하고 싶었던 건 구야혈교의 무공이었는데, 사공비가 눈에 불을 켠 채 쳐다보고 있으니 구야혈교의 무공을 수련할 수 없었다.

'성가시군.'

진도운이 어찌 해야 할지 고민하고 있을 때 사공비는 주변 나무에서 기다란 나뭇가지 하나를 꺾어왔다.

"나도 수련한다."

"너도 한다고?"

"나도 한다."

사공비는 나뭇가지를 검 삼아 기수식을 잡고 허공에 휘두르기 시작했다.

'수천검(囚天劍)이군.'

그것은 백선문의 검법으로 백선명하에도 적혀 있을 만큼 뛰어난 검법이었다. 검을 딱딱 끊어 치며 공간을 내주지 않고 상대를 쉴 새 없이 몰아치며 검의 형세 안에 가두는 것이 수천검의 특징이었다.

사공비는 내공도 쓰지 않고 나뭇가지로만 수천검을 완벽하게 펼치고 있었다.

'저 나이에 절정에 이르다니…….'

진도운은 집중해서 사공비의 움직임을 바라봤다.

휙휙.

현란하게 움직이는 사공비의 손을 따라 나뭇가지가 부러질 것처럼 휘며 허공을 후려쳤다. 그런데 산을 오를 때도 땀 한 방울 흘리지 않던 사공비가 지금은 땀을 미친 듯이 쏟아내고 있었다.

'검에 몰입하고 있군.'

내내 감탄하며 지켜보던 진도운이 문득 사공비의 손목을 보고 고개를 갸웃거렸다.

'뭐지?'

사공비는 손목에 돌덩이를 올려놓은 것처럼 손목을 떨고 있었다.

"잠깐."

진도운의 말에 사공비가 나뭇가지를 멈췄다.

"왜, 왜 그러나? 허억, 헉."

사공비의 호흡이 거칠어졌다.

"손목이 아프면 팔 전체를 움직여서 손목에 가는 부담을 줄여."

"응? 응? 뭔 소리를 하는 거냐?"

"이리 줘봐."

진도운이 답답하다는 듯 나뭇가지를 뺏어들고 사공비와 똑같은 자세를 취했다.

"수천검의 원리가 검을 둥그렇게 휘둘러서 그 안에 상대를 가두는 거잖아. 그러려면 검으로 상대의 전 방위를 쳐내야해서 손목에 무리가 가고."

"그렇다."

"그때 손목 힘으로 하지 말고 팔을 쓰라고. 이렇게."

진도운은 팔을 채찍처럼 크게 휘둘러서 나뭇가지를 움직였다. 그러자 그의 나뭇가지가 눈앞에 있는 공간을 모조리 집어삼켰다. 그때 진도운이 자신의 나뭇가지 안에 가둔 공간은 사공비가 가둔 것보다 배 이상은 커보였다.

"팔을 움직이니 그만큼 검이 더 크게 움직여서 가둘 수 있는 공간도 커지지. 그리고 손목에 들어가는 압박도 팔 전체로 분산되니 별로 아프지 않고."

진도운은 어설프게나마 수천검을 흉내 내고 있었다. 그

런데 그걸 보는 사공비는 입만 쩍 벌린 채 아무 말도 하지 못했다.

"봤지?"

진도운이 수천검을 멈추고 나뭇가지를 건넸다. 그런데 사공비는 반쯤 넋이 나간 표정으로 눈만 깜빡 거리고 있었다.

"왜 그래?"

"대사형. 지금 뭐 한 거냐?"

"뭐가?"

"어떻게 그렇게 크게 수천검을 펼칠 수 있었냐?"

"방금 말했잖아. 팔 전체를 움직이라고. 그럼 자연스럽게 검이 움직일 수 있는 범위도 늘어나서 한 번에 두, 세 사람도 가둘 수 있지."

"……."

사공비는 눈만 동그랗게 뜬 채 가만히 서있었다.

"왜 그러고 서있어? 나뭇가지 받지 않고."

"대사형. 대단하다. 어떻게 그런 생각을 했냐?"

"뭐 어려운 일이라고."

"나 못한다. 대사형 한다. 나 안 대단하다. 대사형 대단하다."

사공비는 감탄 어린 얼굴로 박수를 쳤다.

"나 원……."

본래 초식이란 틀과 같아서 한번 무공을 배우고 나면 대게 그 틀 안에 갇혀 벗어나질 못한다. 마치 우물 안의 개구리처럼 우물 밖으로 벗어나질 못하고 우물 안에서만 움직이고 생각하는 것이다.

반면 진도운은 무공을 배운 적이 없으니 처음부터 틀 안에 갇힌 적도 없었다. 게다가 이론적으로나마 구야혈교의 무공을 통달하면서 무공에 관한 편견을 초월한 상태다. 몸은 이제 막 걷기 시작했는데, 머리로는 나는 법까지 알고 있는 셈이랄까? 하지만 진도운은 그게 얼마나 높은 경지의 깨달음인지 인식하지 못하고 있었다.

"대사형. 이것도 봐줘라."

사공비는 진도운의 손에서 나뭇가지를 빼어들고 무작정 나뭇가지를 움직였다.

쉬익-휙! 휙! 휙!

부드럽게 흘러가던 나뭇가지가 돌연 거칠게 허공을 썰기 시작했다. 무참하게 베인 공기가 뒤늦게 파르르 울렸다.

그 광경을 본 진도운이 눈썹을 들썩였다.

'공기의 결을 따라 움직였군. 일격에 상대가 두 동강 나겠는 걸.'

그 역시 백선명하에 있는 검법으로 단사검(斷思劍)이라는 일초식 검법이었다. 그것은 단순히 내려치는 동작으로 그만큼 강력한 힘이 실린 검법이었다.

"줘봐."

나뭇가지를 건네받은 진도운은 단사검을 펼치면서 나뭇가지가 가는 방향으로 허리를 틀었다. 그래서 본래 일직선으로 내려찍는 단사검이 사선으로 어긋난 채 내려갔다.

그런데 이번에는 진도운이 반대편으로 허리를 돌리며 아래로 내려온 나뭇가지를 그대로 위로 휘둘렀다. 그것도 내려왔단 방향을 그대로 따르지 않고 제 마음대로 방향을 꺾었다. 거기서 끝이 아니었다. 허리를 이용해서 몇 번이고 단사검을 연속해서 펼쳤다. 그리고 그 모든 게 하나의 초식처럼 부드럽게 이어졌다.

"끝내준다!"

사공비가 땅바닥에서 폴짝 뛰어오르며 방방 뛰기 시작했다.

"일초식 무공은 한 번에 상대의 목숨을 앗아간다는 요람으로 만들어졌기 때문에 한 번 펼치고 나면 동작에 공백이 생기지."

"맞아. 맞아."

"하지만 내가 방금 한 것처럼 허리를 이용하면 쉬지 않고 펼칠 수 있어. 게다가 허리힘까지 들어갔으니 초식도 더 날카로워질 테고."

사공비가 고개를 힘차게 끄덕였다.

"그렇구나."

"자, 그럼 넌 저기 가서 수련해."

진도운이 풀숲으로 나뭇가지를 던지며 말했다.

"싫다. 대사형하고 같이 수련 할 거다."

"넌 저기로 가라. 난 반대쪽으로 갈 테니. 딱 반 시진만 따로 떨어져 있자."

"싫다."

진도운은 그 말을 들은 척도 안하며 돌아섰다.

"반 시진 안에 네 얼굴이 보이면 다시는 너와 말도 섞지 않을 거다."

"……."

그 말에 사공비가 처음으로 몸을 움찔 떨며 제 자리에서 머뭇거렸다.

"바, 반 시진이다. 딱 반 시진."

"그래. 딱 반 시진."

진도운은 뒤도 돌아보지 않고 반대편 숲속으로 들어갔다. 그리고 냅다 뛰며 공터 뒤에 있는 숲속을 가로질러 갔다. 그쪽은 사람들이 잘 가지 않는 곳으로 나뭇가지도 뾰족하게 튀어나와 있었고 산길도 울퉁불퉁했다. 하지만 진도운은 사공비에게서 멀어져야 한다는 일념 하나로 멈추지 않았다.

"허어, 헉!"

나뭇가지를 쳐내며 앞으로 쭉쭉 나아가던 진도운의 몸이 불쑥 아래로 꺼졌다. 길이 끝나는 지도 모르고 달리다가 발을 헛디뎌서 내리막길로 굴러 떨어진 것이다.

"으아아아악!"

사정없이 굴러 떨어진 진도운은 나무에 등이 부딪히고 나서야 멈출 수 있었다. 그런데 등을 부딪쳐서 그런지 진도운은 누워서 꼼짝도 못했다. 그렇게 얼마나 지났을까? 멀리서 익숙한 목소리가 들려왔다.

"대사형! 대사형, 괜찮나?"

아직 반 시진은커녕 일각도 안 지났건만 벌써부터 사공비의 목소리가 들렸다. 하지만 지금 같은 상황에선 오히려 그의 목소리가 반갑기만 했다.

"여기다!"

진도운은 있는 힘껏 소리쳤다.

"대사형!"

사공비가 진도운이 방금 전에 굴렀던 내리막길을 타고 내려왔다. 그런데 진도운을 앞에 두고도 고개를 두리번거리며 '대사형.' 이란 말만 반복해서 소리쳤다.

"여기라고!"

진도운은 목청껏 소리를 질렀다. 하지만 사공비는 대꾸도 안 하며 다른 곳으로 휙 가버렸다.

"뭐, 뭐야?"

진도운은 당황한 얼굴로 산속을 쩌렁쩌렁하게 울리는 사공비의 목소리를 듣고만 있었다.

"왜 그냥 가는 거야?"

진도운은 허리를 부여잡고 힘겹게 일어섰다. 그리고 나

무 옆에 콕 박혀 있는 바위에 등을 기대고 섰다. 그런데 바위가 울퉁불퉁 한 것이 등을 쿡 찌르는 것만 같았다. 그에 진도운은 인상을 찌푸리며 뒤돌아봤다. 그리고 바위에 누군가 인위적으로 조각해놓은 구름무늬를 보았다.

"이, 이건……."

지금 자신의 옷에 새겨져 있는 구름무늬와 똑같았다.

"백선문의 상징인데."

진도운은 바위에 조각된 구름무늬를 한 눈에 담기 위해 뒤로 몇 걸음 물러섰다. 그런데 눈앞에서 갑자기 바위가 사라지는 게 아닌가?

"뭐, 뭐지?"

진도운은 당황해서 앞으로 한 발자국 내딛었다. 그러자 다시 그 바위가 보였다.

"설마?"

진도운은 다시 뒤로 몸을 빼며 재차 눈앞에서 바위가 사라지는 걸 확인했다. 바위뿐만 아니라 그 옆에 있던 나무도 같이 사라졌다. 그리고 앞으로 몸을 숙이면 나무와 바위 둘 다 나타났다.

"진법이군."

바깥쪽에서 안쪽이 보이지 않게 만든 진법이었다. 그래서 방금 전에도 사공비가 자신을 못 보고 지나친 것이다.

"이런 산속에 웬 진법이……."

진도운은 바위 주변을 맴돌며 샅샅이 훑어봤다. 하지만 구름무늬가 새겨진 거 말곤 특별할 게 없었다. 그래서 그 바위에 다시 등을 기대며 땅바닥에 앉았다.

'나무에 너무 세게 부딪쳤나.'

그래도 조금씩 통증이 가라앉는 걸 느끼며 차분하게 숨을 골랐다. 이대로 일각만 있으면 허리 통증은 완전히 사라질 것이다. 그런데 그때 진도운이 기대고 있는 바위가 돌연 반으로 쫙 갈라지더니 진도운의 몸이 뒤로 훌랑 넘어갔다. 그리고 다시 바위가 하나로 합쳐지며 아무 일도 없었던 것처럼 우두커니 서있었다.

진도운은 등을 기대고 있던 바위가 사라지며 갑자기 나타난 계단 위를 굴렀다. 하지만 이번에는 세 계단 정도 구르고 나서 손으로 계단을 짚으며 멈출 수 있었다.

"뭐, 뭐야?"

그는 당혹스러운 얼굴로 계단 위에서 비스듬히 누워 있었다. 그리고 천천히 몸을 일으키며 주변을 둘러봤다. 빛 한 줄기 들지 않아 사방이 어두웠고 또 공기가 습해서 몸이 끈적거렸다. 그리고 어쩌다 옆에 있는 벽을 짚었다가 손에 묻은 이끼를 보고 다시 손을 뗐다.

"여긴 어디지?"

쉴 새 없이 고개를 돌리던 진도운은 문득 아래쪽에서 새어나오는 불빛을 보고 계단을 내려갔다. 계단은 돌로 대충 만들어놓은 듯 밟을 때마다 발바닥이 아팠다. 그리고 계단

끝에 도착하자 앞으로 쭉 뻗어있는 통로가 나타났다. 빛은 그 안쪽에서 새어나오고 있었다.

저벅저벅.

진도운은 망설임 없이 안쪽으로 들어갔다. 가까이 갈수록 빛이 밝아졌다.

통로 끝에 도달한 진도운의 앞에 커다란 동굴이 나타났다. 동굴 자체는 자연스럽게 생겨난 듯 천장에는 고드름처럼 달려있는 종유석이 가득했다. 그리고 그 사이에 환하게 빛을 쏟아내는 구슬들이 듬성듬성 박혀 있었다. 하나만 있어도 땅값 비싼 북경에서 집 여러 채는 살 수 있다는 야명주였다.

하지만 그것보다도 시선을 끄는 게 있었다. 그것은 바로 동굴 벽 한 가운데에 그려진 구름 모양의 벽화였다. 그리고 그것은 지금 진도운이 입고 있는 옷에 떠다니고 있는 구름과 똑같았다.

구름 벽화 앞에 돌로 만든 침상이 있었고 그 위에 세 장의 종이가 나란히 놓여있었다. 종이의 상단은 글씨로 가득했고 하단에는 손이 그려져 있었다. 그리고 손 그림은 종이마다 달랐다. 하나는 손목부터 손등까지 일자로 세우고 손가락까지 모은 수도(手刀)였고 다른 하나는 거미 다리처럼 손가락이 구부러져 있었다. 그리고 나머지 하나는 빈틈없이 꽉 말아 쥔 주먹이었다.

진도운은 손 그림 위에 있는 글씨로 시선을 올렸다. 한

번 글씨를 싹 훑어본 진도운은 그게 무공의 구결이란 걸 알아냈다.

'세 장의 종이에 모두 비슷한 구결이 적혀 있다.'

구결은 끝에만 다를 뿐 나머진 똑같았다.

'이상하군.'

머리로 무공에 통달한 진도운조차 읽기만 해서는 이해가 되지 않았다. 그래서 진도운은 그림을 따라 손을 움직이며 구결이 적혀있는 대로 내공을 운용해보았다. 머리로 이해가 되지 않으니 몸으로 직접 시전해보기로 한 것이다.

먼저 손을 펴서 수도로 만들고 그 위에 적혀 있는 구결을 따라 내공을 운용해보았다. 그러자 단전에서부터 용솟음치는 내공이 팔을 타고 한 줄기 빛살처럼 뻗어가 손가락 끝으로 나왔다.

쾅!

정면에 보이는 벽 한 가운데에 얇고 긴 타원형의 구멍이 뚫렸다. 손가락 하나가 들어갈 만큼 얇은 구멍이었다. 하지만 진도운의 얼굴은 새하얗게 질려 있었다.

'벽과 상당히 떨어져 있건만…….'

그 먼 거리를 꿰뚫고 벽까지 닿은 것이다. 이것은 벽공장처럼 날아간 게 아니라 손에서부터 벽까지 내공이 쭉 이어진 것이다.

'만약 벽에 다 대고 시전 했다면.'

진도운은 온몸에 소름이 쫙 끼치는 걸 느꼈다. 그리곤 벽 앞으로 다가가 방금 전처럼 손을 세우고 손가락 끝을 벽에 갖다 댔다.

쿠웅.

이번에는 소리가 좀 길게 났다. 진도운은 천천히 손을 빼며 벽에 난 얇고 긴 구멍을 보았다. 가까이서 보니 마치 칼로 찔러 넣은 것처럼 날카로워 보였다. 진도운은 구멍 안을 들여다봤다.

"……!"

끝이 보이지 않을 만큼 깊게 뚫려 있었다. 그리고 소름끼치도록 매끈하게 뚫려 있었다. 도저히 손으로 뚫어낸 구멍이라 믿기지 않았다. 그리고 마치 불로 지지고 나서 물을 뿌린 것처럼 새하얀 연기가 흘러나오고 있었다.

"이런 무공이 있다니……."

진도운은 다시 침상 앞으로 돌아가 가운데에 놓여 있는 종이를 들여다봐다. 그리고 이번에도 똑같이 매의 발처럼 손가락을 구부렸다.

"조법이군."

손 모양만 봐도 알 수 있었다.

진도운은 이번에도 손 그림 위에 있는 구결을 내공을 움직였다. 방금 전에 수도로 펼쳤던 것과 묘하게 다른 부분이 있었다.

싸아아악!

마치 손에서 독이 뿜어져 나오는 것처럼 지독한 기운이 흘렀다. 그래서 손을 둘러싼 공기가 타들어가며 몹시 괴로워하는 소리를 냈다.

"백도의 무공이 이렇게도 잔악했던가?"

몸 안에서 내공이 움직이는 것만 봐도 어떤 조법인지 알 수 있었다. 진도운은 손 모양과 내공을 그대로 유지하며 다시 벽으로 다가갔다. 그리고 손을 크게 휘둘렀다.

콰콰콰콰콰앙!

엄청난 굉음과 함께 벽에 할퀸 자국이 생겼다. 그것도 손가락을 따라 다섯 줄기가 나란히 쭉 뻗어있었고 그 자국에서 하얀 연기가 모락모락 피어나고 있었다. 방금 전에 수도로 펼쳤던 무공과 똑같은 현상이었다.

"대단하군!"

진도운은 잔뜩 흥분한 얼굴로 침상으로 돌아가 마지막 종이를 들고 다시 벽 앞에 섰다. 이번에는 한 손에는 종이를 들고 다른 한 손으로는 주먹을 쥐었다. 그리고 종이에 있는 구결을 따라 내공을 움직였다. 그러자 단전 안에서 내공이 용솟음치더니 회오리처럼 돌며 팔을 타고 주먹으로 뻗어갔다. 진도운은 그때를 맞춰 주먹으로 벽을 쳤다.

콰앙-콰르르르!

가마솥 뚜껑을 뒤집어 놓은 것처럼 벽이 움푹 파였다. 그런데 그 크기가 진도운의 상체보다 컸고 이번에도 어김없이 움푹 파인 곳에서 하얀 연기가 올라왔다. 주먹을 기점으

로 둥그런 칼바람이 일어나더니 주변에 있는 벽까지 갈가리 찢어놓은 것이다. 그래서 그 주먹이 멈춰 있는 곳 아래에는 돌 부스러기가 수북이 쌓여있었다. 그런데 지금까지 들 떠 있던 진도운의 얼굴이 차분하게 가라앉았다.

"도대체 누가 이런 무공을 만든 것이지?"

벽 한 가운데에 있는 구름 벽화로 보아 이곳은 백선문과 관련된 곳임이 틀림없었다. 그런데 방금 자신이 펼친 무공은 백선문의 무공이라기엔 너무나도 살벌했다.

진도운은 멍한 얼굴로 침상 앞으로 돌아와 자신이 들고 있던 종이를 원래 자리에 내려놓았다. 그리고 나란히 놓여 있는 세 장의 종이를 쭉 훑어봤다. 그러다가 문득 종이 아래 있는 침상에 눈이 갔다. 단순이 종이 세 장을 놓기에는 많이 커보였다. 진도운은 종이 세 장을 팔로 싹 밀어내고 돌로 만들어진 침상을 빤히 바라봤다. 그러다가 문득 침상 끝이 툭 튀어나온 걸 보고 그 부분을 손으로 밀었다.

드르륵.

쉽게 밀리는 것이 아무래도 뚜껑 같았다. 그리고 그 아래 있는 건…….

"관이군."

침상이 아니었다. 그 안엔 상당히 풍채가 좋은 노인이 눈을 감고 누워있었다. 그리고 진도운이 입고 있는 옷과 비슷한 복장을 하고 있었다. 노인 역시 백선문의 사람인 듯 했다.

숨소리가 들리지 않는 걸로 보아 노인은 이미 죽은 듯 했다. 그리고 두 손을 배 위에 곱게 포개고 있었는데 그 사이에 책 한 권이 있었다. 진도운은 조심스럽게 그 책자를 빼내 겉표지에 적힌 천목수(天沐手)란 세 글자를 보았다.

진도운은 표지를 넘겨 그 안을 들여다봤다. 꽤나 오래된 듯 종이는 누렇다 못해 갈색으로 물들어 있었다. 그런데 책장을 넘기며 내용을 살피던 진도운이 돌연 땅바닥에 떨어져 있는 종이 세 장을 들어 책 안에 있는 글씨체와 비교해 봤다.

"똑같군."

한 사람이 작성한 게 분명했다. 하지만 천목수란 책 안에는 무공 구결이 적혀 있지 않았다. 그곳에는 한 사람의 인생이 담겨 있었다.

백선문은 수백 년 전에 혜성처럼 등장한 신진 고수 청선이 세운 문파라고 알려져 있다. 하지만 그에겐 세상 사람들이 모르는 아우가 한 명 있었다. 그 아우의 이름은 청백이었고, 백선문은 그 형제의 이름에서 한 글자씩 따서 만든 이름이었다.

청선은 수백 년이 지난 당금 무림에도 모르는 사람이 없을 만큼 입지전적인 인물이었다. 어느 날 홀연히 무림에 등장해서 맨 손으로 백선문을 세우고 백선문을 백도 무림의 정상에 올려놓았다. 하지만 그 이면에는 이름조차 알려지지 않은 청백의 희생이 있었다.

사실 백선문은 청선 혼자가 아닌 청백과 함께 세운 문파였다. 하지만 청백은 태양이 둘일 수는 없다며 본인은 달이 되길 자청했다. 그래서 그는 세상의 빛이 닿지 않는 음지로 들어가 백선문의 그림자가 되었다. 그리고 그때 그가 청선 몰래 백선문 안에 설치한 조직이 바로 시나귀(弑懦鬼)였다. 시나귀는 나약한 자신을 죽이고 스스로 귀신이 된다는 뜻으로 청백이 그때 당시 자신의 의지를 반영해서 만든 이름이었다.

시나귀는 장문인인 청선조차 모를 정도로 철저하게 숨어서 활동했고, 그 은밀함을 유지하기 위해 청백 혼자만 활동하는 1인 조직으로 운영되었다. 그도 그럴 수밖에 없는 것이 청선과 청백은 서로 추구하는 바가 달랐다. 청선은 강직한 성정에 모든 걸 투명하고 반듯하게 처리하는 반면 청백은 손에 피를 묻히기를 거리껴 하지 않았다. 청백 본인 스스로도 그런 점을 잘 알았기에 스스로 일선에서 물러난 것이다. 그리고 시나귀는 청백의 그런 성정대로 운영되었다.

청선이 앞에서 백선문을 이끌 때, 그의 뒤에는 시나귀가 있었다. 시나귀는 백선문에 방해가 되는 존재가 있으면 백선문을 지킨다는 미명 아래 상대를 처단했다. 청백은 무슨 일이 있어도 청선의 손에 피를 묻히게 하지 않았다. 남들이 비난 할 만 한 더러운 일들을 모두 제 손으로 처리했다.

"……스승님은 자신만의 방식대로 백선문을 지킨 것이다."

진도운은 책을 소리 내서 읽다가 일순간 멈칫했다. 그리고 다시 한 번 자신이 읽은 구절을 찾아 눈으로 확인했다. 여전히 똑같은 말이었다.

"청백이 스승이었다고?"

그제야 이 책은 청백의 제자가 썼다는 걸 알 수 있었다.

청백은 시나귀로 활동하면서 백선문의 흔적을 남기지 않기 위해서 새로운 무공을 창안했다. 청백은 먼저 백선문의 무공을 모조리 해부해서 백선문의 색을 배제하고 백선문 무공의 정수만 뽑아 언제 어디서든 출 수 할 수 있도록 두 손으로 펼치는 3초식의 무공으로 다시 만들었다.

먼저 손을 수도처럼 펴서 시전 하는 건 천목도(天沐刀)라는 1초식으로 천목수의 시작이었다. 그리고 손가락을 구부리고 할퀴듯이 사용하는 무공은 2초식인 천목조(天沐爪)였다. 마지막으로 주먹을 쥐어서 둥그런 칼바람을 일으키는 건 3초식인 천목권(天沐拳)이었다. 이 모든 걸 일컬어 하늘마저 다스린다는 손이라 하여 천목수(天沐手)라 칭했다. 그리고 그 모든 과정이 책에는 아주 상세하게 적혀 있었고 책에서 가장 많은 부분을 차지했다. 그제야 왜 책의 제목이 천목수였는지 알게 되었다.

거기까지 읽은 진도운은 잠시 책에서 시선을 떼고 바닥에 떨어져 있는 세 장의 종이를 보았다.

본래 진도운은 백선문의 무공 중에서 청천백혼공을 제외한 나머지 무공들을 제대로 수련할 생각이 없었다. 백선문이 백도의 정점에 올라있는 문파라고는 하나 이미 자신의 머릿속엔 구야혈교의 일만 무학이 들어있었기 때문이다. 그래서 백선문의 무공들은 그저 자신의 정체를 숨기는데 사용하게끔 대충 훑고 지나갈 생각이었다. 그런데 천목수는 달랐다. 천목수는 일만 무학을 제쳐두고서라도 배우고 싶게 만들었다.

진도운은 자신의 머릿속에 있는 구야혈교의 일만 무공 중에서 귀살류가 최고라고 생각했다. 아니, 구야혈교의 사람으로 전 무림을 돌아다녀도 귀살류보다 뛰어난 무공을 보지 못했다. 그리고 심지어 자신의 목을 벤 혁련굉을 천하제일인으로 만들어준 무공도 귀살류였다. 그런데 그런 귀살류에 버금가는 무공이 지금 눈앞에 있었다. 천수악의 깨달음이 담겨 있는 백선명하조차 귀살류에 비할 바가 못 됐건만 천목수는 당당히 귀살류와 같은 반열에 올라있었다. 그때 문득 진도운은 머릿속으로 생각했다.

'천목수와 귀살류를 같이 펼칠 순 없는 걸까?'

천목수와 귀살류는 서로 다른 문파의 무공이었지만, 한 몸으로 두 무공을 펼칠 수 있을 것 같았다. 물론 그 바탕에는 세상의 모든 걸 하나로 조화시키는 청천백혼공이 있었다.

진도운은 잠시 책을 내려놓고 귀살류의 구결대로 내공을 움직였다.

파지지직!

그의 몸에서 벼락이 치듯 살기가 번쩍였다. 그는 그 상태로 귀살류의 초식을 따라 몸을 움직였다. 그의 동작 하나하나에 공기가 심하게 요동쳤다. 그가 뿜어내는 살기를 감당하지 못한 것이다.

진도운은 귀살류를 펼치는 도중에 중간 중간 천목수의 초식을 끼어넣었다. 그런데 놀랍게도 마치 하나의 무공처럼 부드럽게 이어졌다. 살기가 넘치는 귀살류 속에 강직한 기운의 천목수가 섞여들자 그것은 훌륭한 변화가 되었고 또 서로 잘 맞물려서 무공의 위력도 덩달아 상승했다.

진도운은 호흡과 함께 내공을 진정시켰다. 그리고 잔뜩 상기된 얼굴로 자신의 두 손을 내려다봤다. 두 무공이 조화를 이루니 그 위세가 끝도 모르고 높아졌다.

진도운은 다시 책을 집어 그 다음 장부터 읽기 시작했다.

"구도하?"

그 다음 장에선 자신이 청백의 제자이며 이름이 구도하라는 걸 밝히고 있었다.

구도하는 청백의 눈에 띄어 2대 시나귀가 되었고 청백의 모든 걸 물려받았다. 하지만 그는 청백과 달리 혼자서 시나귀를 꾸려나갈 수 없다고 생각했다. 이미 백선문은 정상에

올라 중원 전역에서 백선문을 끌어내리고자 달려들었기 때문이다. 그래서 혼자선 중원 전체를 감당할 수 없다는 걸 깨닫고 시나귀의 인원을 늘렸다.

그는 백선문에서 비밀리에 제자들을 뽑아 천목수의 3초식 중에서 앞의 2초식만 전수해주며 시나귀로 키운 다음 중원 전역에 골고루 보냈다. 그리고 시나귀들은 중원 전역에서 사람들 속으로 숨어들었다. 어떤 이는 다른 문파에 들어가기도 했고 또 어떤 이는 상단에 들어가기도 했다. 그렇게 각자의 삶을 살아가며 백선문에 방해가 되는 존재를 발견하면 은밀히 제거해나갔다. 그리고 그런 시나귀들을 이끄는 구도하는 본인 앞에 대(大)자를 붙여 대나귀라 칭했다. 그렇게 조직 구조가 완성됐다.

계획은 성공이었다. 백선문은 백도 무림의 정상에서 굳건하게 자리를 잡았고 시나귀들은 본인들이 있는 곳에서 제자를 받아 시나귀의 명맥을 이어나갔다. 그리고 시나귀 한 명당 오직 한 명의 제자만 받아 시나귀의 존재를 철두철미하게 감췄다.

책장을 넘기던 진도운이 멈칫했다. 책에 적혀 있는 글씨체가 달라졌기 때문이다. 첫 문장을 읽어 보니 구도하로부터 꽤 먼 후인인 듯 보였다. 그 자는 자신을 22대 대나귀라 밝혔다. 그런데 정작 책 안에 적힌 내용은 자신의 스승인 21대 대나귀에 관한 것들이었다.

시간이 흐르면서 중원 각지에 퍼져 있는 시나귀들은 더 이상 대나귀의 말을 듣지 않았다. 그들은 자신들이 살아가는 곳에서 자신들의 삶에 충실했다. 그도 그럴 수밖에 없는 것이 구도하 때는 백선문의 제자를 뽑아가서 말을 잘 들었지만 후대는 모두 자신들이 사는 곳에서 제자를 뽑아 그 충성심이 약해질 수밖에 없었다. 더군다나 모두들 각자의 삶에서 잘 나가고 있는 마당에 누가 그런 위험한 일을 맡겠는가?

결국엔 21대에 이르러 시나귀들이 대나귀의 명령을 거부하는 사태가 발생한다. 그래서 21대 대나귀는 시나귀들을 직접 찾아갔고 힘으로 그들을 굴복시켰다. 천목수의 3초식을 모르는 그들은 대나귀 앞에 하나, 둘씩 무릎을 꿇었다. 비밀을 지키기 위해서라면 그들을 죽여 마땅하나 그들은 다시 한 번 자신들에게 기회를 달라 청했다.

그래서 21대 대나귀는 그들의 맹세를 받고 다시 백선문으로 돌아왔다. 그런데 백선문으로 돌아오는 길에 시나귀들 중 누군가 백선문의 장문인에게 서찰을 보냈다. 그 서찰에는 시나귀들에 대한 폭로와 백선문을 지킨다는 명목 아래 선대로부터 벌여온 온갖 더러운 악행들이 적혀 있었다. 그리고 대나귀를 막지 않으면 이 모든 걸 무림에 공개하겠다고 협박하는 내용도 덧붙어있었다.

결국 장문인은 청선이 그랬듯 21대 대나귀를 찾아 시나귀를 해체하라고 명령했다. 하지만 21대 대나귀는 청백이

그랬듯 장문인의 명령을 거부했다. 그리고 21대 대나귀는 자신의 제자에 의해 죽었다. 그는 22대 대나귀로서 백선문을 위해 자신의 스승을 죽이고 마치 시나귀를 해체시킨 것처럼 꾸몄다.

그리고 그는 스승의 시신을 이곳 시나귀의 근거지에 두었다. 이 비동의 입구에는 남들 눈을 속이는 진법과 바위를 누르지 않는 이상은 문이 열리지 않는 특별한 기관이 설치되어 있어서 다른 사람들의 발길을 막을 수 있었다.

"그걸 내가 우연히 건든 거로군."

진도운은 그제야 모든 걸 알 수 있었다. 이곳은 백선문 안에 있는 비밀 조직인 시나귀의 근거지였고 자신은 시나귀의 근거지에 우연히 들어오게 된 것이다. 그리고 지금 자신의 눈앞에 있는 시신은 21대 대나귀였다.

그 뒤로 더 이상 글씨가 이어지지 않았다. 진도운은 책의 마지막 장을 덮으며 관 속에 들어있는 시신을 가만히 내려다봤다.

"기구한 운명이로군. 평생을 백선문을 위해 살아왔는데, 제자의 손에 죽게 되다니……. 그리고 제자라는 놈은 뭐가 자랑이라고 이런 걸 써놓은 거지?"

진도운은 책자를 다시 시신의 손 안에 끼어 넣고 뚜껑을 들어 관 위에 올렸다. 그리고 처음 자신이 발견한 그대로 세 장의 종이까지 뚜껑 위에 올려놨다.

"그 22대 대나귀의 얼굴을 보고 싶군."

그냥 누군지 궁금했다. 노인이 안쓰럽긴 했지만 그 뿐이다. 자신은 애초부터 백선문의 사람도 아니기 때문에 별 다른 상관도 없었다.

"지금 백선문의 장문인이 23대째인가?"

그럼 어쩌면 22대 시나귀가 남아있을 수도 있었다.

"재미있군."

진도운은 미소를 잔뜩 머금은 채 동굴 안을 둘러봤다. 이곳이 마음에 들었다. 성가시게 따라붙는 사공비를 따돌릴 수 있고 또 마음 놓고 구야혈교의 무공을 수련할 수 있는 최적의 장소였다.

"그리고 여기서 지내다 보면 언젠가 대나귀가 모습을 드러내겠지."

진도운은 몸을 돌려 동굴 밖으로 나갔다.

‡‡

시나귀의 근거지를 발견한 다음 날, 사공비는 아침부터 찾아와 불만 가득한 표정으로 진도운의 처소 앞에서 서성이고 있었다. 바로 어제 진도운이 자신을 놔두고 도망간 것에 대해 그 나름대로 항의하는 중이었다. 그에 진도운은 처소 안에서 창문 밖으로 고개만 내밀고 바깥 동태를 살폈다. 하지만 사공비는 물러설 기미가 안 보였고 진도운은 낮이

돼가도록 처소에서 나오지 못했다. 그런데 그때 뜬금없이 적무혁이 처소로 쳐들어와 진도운을 어깨에 들쳐 메고 밖으로 나와 땅바닥에 내팽겨 치듯이 진도운을 내려놨다. 진도운은 땅바닥에 엉덩방아를 찧듯 주저앉았다.

"뭐냐? 갑자기."

진도운이 땅바닥에서 일어서며 말했다.

"대사형. 방 안에만 숨어있으면 막내가 지쳐서 돌아갈 것 같소? 애는 평생 이러고도 남을 애요."

"맞아!"

사공비가 콧김을 씩씩 뿜어대며 말했다.

"나보고 어쩌라고."

"그냥 데리고 다니소."

"싫어."

"갑자기 왜 그러는 거요? 예전에는 잘만 데리고 다니더니."

인상을 찌푸리던 진도운이 돌연 묘한 미소를 머금은 채 백선문 뒤쪽으로 향했다.

"어디 가는 게요?"

"무공 수련하러 간다."

그 말에 사공비가 퍼뜩 몸을 날리며 진도운을 따라갔다. 하지만 진도운은 일부러 못 본 척하며 산 중턱까지 올라갔다. 그런데 이번에는 적무혁도 같이 산에 올랐다. 그는 도대체 둘이 뭘 하는지 궁금했기 때문이다.

숨을 헐떡이지만 그래도 예전보다 수월하게 산에 오른 진도운은 곧장 비동이 있는 우측 방향을 가리켰다.

"난 저쪽으로 간다."

"나도 저쪽으로 갈 거다."

사공비가 말했다. 그러자 진도운이 반대편을 가리켰다.

"안 돼. 넌 저쪽에 있어."

"싫어."

"자꾸 그러면 너 다시는 안 볼 거다."

"괜찮다. 내가 보면 된다."

"너에게 한 마디도 말 안 할 거야."

"……."

사공비가 입을 삐죽 내밀며 어깨를 축 늘어트렸다. 그리고 점점 유치해지는 둘의 대화에 적무혁이 이마를 짚었다.

"맙소사. 도대체 숨어서 혼자 뭘 하려고 그러오?"

"무공 수련이지."

"어차피 우리는 사부님에게 다 똑같은 무학 서적을 받지 않았소? 그런데 굳이 그렇게 따로 숨어서 수련할 필요 있소?"

"남의 수련을 엿보는 건 굉장히 실례되는 짓이다. 그건 무림인이라면 기본적으로 지켜야 할 도리야."

"얼씨구. 언제부터 무림인이 되셨다고. 그리고 같은 사문끼리 예외도 있잖소. 대연무장에 제자들이 모두 모여 수련하는 것도 모르오? 그리고 혼자 수련하다 보면 막히는 부분이 있을 텐데, 그때 경험 많은 우리가 도와줄 수도 있는 거고."

진도운은 자신도 모르게 피식 웃었다. 이미 그는 머릿속으로 수많은 무공을 통달하면서 어떤 무공이든지 막힘없이 스스로 깨우칠 수 있었다. 그런 그에게 적무혁의 말은 가소로울 뿐이다.

"좋아. 이렇게 하지."

진도운은 근처에 있는 나무에서 나뭇가지 세 가닥을 부러뜨려 가져왔다. 그리고 하나는 자신이 쥐고 나머지 두 가닥은 적무혁과 사공비의 앞으로 던졌다.

"힘으로 밀어붙이거나 내공을 쓰지 않고 오직 초식으로만 비무를 하는 거야. 그래서 내가 이기면 너희들이 내 말을 따르는 거고 너희들이 이기면 내가 너희들의 말을 따르마."

"뭐요?"

적무혁은 어이없다는 되물었다. 그리고 그의 얼굴에 가당찮다는 표정이 떠올랐다.

"그 나뭇가지로 비무를 하자고. 초식만 쓰고 말이야."

"허어! 대사형. 초식이란 건 단순히 움직임만 알아선 안 되오. 어떤 상항에 어떤 초식을 써야하고 또 어떻게 바꿔써야하는지 까지……. 아무튼 고려해야 될 게 한두 가지가 아니란 말이요. 그러니 괜한 자존심 세우지 마시고 내 말을 따르소. 초식 대련은 대사형 같은 초보자에겐 무리요."

"뭣하면 둘이서 덤벼도 상관없고."

그 말에 적무혁은 어처구니없다는 고개를 저었다.

"원래 무공 수련을 처음 시작하면 자신감이 붙는 건 알겠는데, 그러다 크게 다치는 수가 있소."

그때였다.

"우리 못 이긴다."

갑자기 사공비가 울상을 지으며 말했다.

"뭐라고?"

적무혁은 순간 자신이 잘못 들은 줄 알았다.

"초식만 사용하면 우리 둘이 덤벼도 대사형 못 이긴다."

"넌 또 뭔 소리를 하는 거냐?"

"이사형, 아니……. 사부님이 와도 모른다. 초식만 사용해서는 절대 못 이긴다."

"……."

사공비의 표정이 심각해졌다. 그에 적무혁은 나뭇가지를 들어 손에 말아 쥐었다.

"해보소."

'막내가 제정신이 아니라지만 그래도 허튼 소리는 안 하는데……. 저렇게 말하는 이유가 뭘까?'

그는 궁금했다. 사공비가 저렇게 말하는 이유가 무엇인지 자신의 눈으로 직접 확인하고 싶었다.

"넌 안 할 거냐?"

진도운은 가만히 서있는 사공비를 보며 물었다.

"안 한다. 어차피 못 이긴다."

진도운은 적무혁에게 고개를 돌렸다.

"내가 이기면 막내가 쫓아오지 못하도록 막아라."

"알겠소. 그러니까 어서 하십시다."

"그럼……."

진도운이 다짜고짜 발을 내밀며 팔 전체를 움직여서 나뭇가지를 휘둘렀다. 바로 어제 진도운이 사공비가 펼치는 걸 보고 수정해준 수천검이란 초식이었다.

"어엇?"

본래 수천검보다 더 크게 사방을 에워싸며 달려드는 나뭇가지를 향해 적무혁은 허겁지겁 자신의 나뭇가지를 휘둘렀다.

틱틱!

적무혁은 가까스로 진도운의 나뭇가지를 쳐내기 시작했다. 하지만 그 뿐이었다. 좀처럼 진도운의 나뭇가지가 자신을 붙잡고 놔주지 않았다. 더군다나 어찌나 사방에서 꽉 조여 오는지 자신의 몸 하나 빠져나갈 틈도 없었다.

'이, 이게 뭐야?'

적무혁은 식은땀까지 흘리며 수천검을 막고 있었다. 그런데 돌연 진도운이 나뭇가지를 위로 쭉 들어 올리는 게 아닌가?

'단사검!'

초식을 알아본 적무혁은 황급히 상체만 뒤로 빼고 하체는 그대로 두었다. 단사검이 위력적이긴 하나 한 번 펼치고 나면 공백이 생긴다는 걸 알고 언제든지 앞으로 튀어나갈 준비를 한 것이다.

'내공을 쓰면 모를까, 초식 대련에서 단사검을 펼친 건 실수다.'

적무혁은 미소를 지으며 자신이 이길 거라 확신했다. 그런데 그의 눈앞으로 뚝 떨어져야 할 진도운의 나뭇가지가 사선으로 비켜가며 적무혁의 옆구리를 노렸다.

"흡!"

적무혁은 헛바람까지 들이키면서 다급하게 뒷걸음질 쳤다. 놀라긴 했지만 그래도 피했으니 다시 기회는 올 거라고 생각했다. 그런데 한 번 펼치고 끝나야 할 단사검이 연속에서 눈앞에서 아른거렸다.

"크흑!"

적무혁은 끝나지 않은 단사검을 피해 계속 뒷걸음질만 쳤다. 게다가 상체를 뒤로 뺀 나머지 본인의 나뭇가지를 들 수도 없었다. 결국 적무혁은 얼마 못가 나무에 막혀 더 이상 물러나지 못했다.

딱!

진도운의 나뭇가지가 적무혁의 목과 어깨가 만나는 지점을 내려쳤다. 그에 적무혁은 눈을 부릅뜨며 거친 숨만 내쉬었다.

"약속은 지켜라."

진도운은 나뭇가지를 던지고 처음 자신이 가리켰던 방향으로 황급히 걸음을 움직였다. 그때 똑같이 사공비가 몸을 날리려하자 적무혁이 손을 뻗어 그의 뒷덜미를 잡아챘다.

"……."

"이거 놔!"

적무혁은 아등바등 거리는 사공비를 자신의 눈앞으로 끌고 왔다.

"넌 어떻게 된 건지 알고 있지? 그러니까 대사형하고 비무를 시작하기 전에 그런 소리를 한 거잖아. 나는 절대 이길 수 없다고……."

그때까지도 적무혁의 표정은 새하얗게 질려있었다.

적무혁은 사공비에게 어제 산에서 있었던 일을 빠짐없이 들었다.

"대사형이 초식을 수정해줬다고?"

적무혁은 방금 전에 자신을 몰아친 두 초식을 떠올렸다. 분명 자신이 아는 수천검과 단사검이었지만, 진도운이 펼쳤던 건 자신이 아는 것과 다른 면이 있었다.

'수천검은 한 치의 틈도 없이 나를 가두었고 단사검은 끝없이 나를 노렸다. 그리고 기존의 것보다 더 위력적이다. 심지어 백선명하에 적힌 것보다도…….'

"잘 봐."

너무 놀라서 동공까지 흔들리는 적무혁을 두고 사공비가 그의 눈앞에서 어제 진도운이 알려준 대로 초식을 펼치기 시작했다.

"자, 잠깐."

적무혁은 자신의 나뭇가지를 들고 사공비와 똑같은 자세를 취했다.

"어떻게 하라고?"

적무혁은 사공비를 따라 똑같이 나뭇가지를 휘둘렀다.

‡‡

비동 안으로 들어온 진도운은 먼저 백선명하를 훑어보며 백선문의 무공을 머릿속에 담았다. 백선문의 무공을 수련할 생각은 없지만 앞으로 백선문의 사람으로 살아가야한다면 적어도 알아둘 필요는 있다고 생각했다. 하지만 만류귀종이라 했던가? 서로 다른 길에서 시작해도 결국 한 길에서 모두 만나기 마련이다. 백선문과 구야혈교의 무공이 서로 다르다지만 이미 머리로 모든 경지를 뛰어넘은 진도운에게는 모두 똑같아 보일 뿐이다. 그래서 그는 단순히 머릿속에 집어넣는 것만으로도 언제든지 능숙하게 무공을 펼칠 수 있었다.

그것은 귀살류와 천목수라고 예외는 아니었다. 다만 다른 무공들처럼 머릿속에 집어넣는 것만으로 완벽하게 펼칠

수 없어서 담금질을 하듯 상당한 수련이 필요했다. 그래서 진도운은 백선명하에 있는 백선문의 무공을 훑어본 뒤에 백선명하를 집어넣고 바로 귀살류와 천목수의 수련으로 들어갔다.

먼저 진도운은 귀살류의 기수식을 취했다. 그러자 '파지직!' 살기가 타오르며 온몸을 휘감았다. 그리고 천천히 1초식부터 7초식까지 연달아 펼쳤다. 귀살류는 온몸으로 펼치는 무공인 만큼 초식 하나하나에 온몸이 움직였다.

'근육 하나하나가 생생하게 꿈틀거리고 있다.'

진도운은 귀살류를 수련할 때마다 평소 안 쓰던 근육까지 움직이고 있다는 걸 느꼈다. 말 그대로 온 몸을 쥐어짜내는 것이다. 그리고 그것은 귀살류의 치명적인 단점이기도 했다.

귀살류는 폭발적으로 온몸의 힘을 쥐어짜내서 시전 하는 무공이다. 간혹 무리해서 오랜 시간 펼치다보면 뼈와 근육이 어긋나며 온몸이 모래성처럼 무너져 내릴 것 같은 통증도 있었다. 그래서 귀살류를 한 번 펼칠 때마다 수명이 몇 년씩 줄어든다는 말까지 있을 정도였다. 그런데 어떻게 된 게 백우결의 몸은 끄떡없었다. 연속해서 펼치고 또 펼쳐도 몸이 아프지 않았다.

'이 몸은 대체 어떻게 된 몸이지?'

진도운은 귀살류를 펼치는 내내 궁금했다. 귀살류를 아무리 펼쳐도 체력만 다할 뿐 몸에는 아무런 무리가 가지 않았다. 심지어 반 시진을 넘게 귀살류만 펼쳐도 호흡만 가파르지 몸은 괜찮았다. 귀살류가 가진 최대 약점이 사라지는 순간이었다.

진도운은 반 시진 넘게 이어오던 귀살류를 멈추는가 싶더니 다시 처음부터 몸을 움직였다. 그런데 방금 전까지 한 것처럼 귀살류를 쭉 펼치는 게 아니라 초식 하나씩 끊어서 펼쳤다.

귀살류는 태동(胎動)부터 시작해서 매나(昧羅), 혈혼(血魂), 천악(天握), 비구(備究), 멸절(滅絕), 공살(空殺)에 이르기까지, 총 일곱 초식으로 이루어져 있다. 그리고 그 일곱 초식은 비록 기세가 거칠긴 하나 마치 한 초식으로 이루어진 것처럼 부드럽게 이어졌다.

진도운은 귀살류를 펼치는 도중에 천목수의 초식을 하나씩 집어넣었다. 그러자 청천백혼공이 저절로 운용되어 서로 상반되는 두 무공을 하나로 묶었다. 원래부터 귀살류가 10초식이었던 것처럼 천목수의 3초식이 귀살류의 7초식에 녹아들었다. 그러자 잔혹한 살기를 뿌려대는 귀살류 속에 태산처럼 굳건한 천목수가 돌부리처럼 튀어나와 훌륭한 비기가 되었다.

"후우."

한참동안 무아지경에 빠져 귀살류와 천목수를 펼치던 진도운은 천천히 호흡을 고르며 움직임을 멈췄다. 그러자 땀으로 흠뻑 젖은 몸이 느껴졌다.

"대단하군."

진도운은 귀살류와 천목수보다도 자신의 몸, 아니 백우

결의 몸에 감탄하고 있었다. 귀살류를 무려 한 시진 가까이 펼친 것도 모자라 그에 버금가는 천목수까지 틈틈이 섞어서 펼쳤음에도 몸에는 아무런 이상이 없었다. 그저 체력만 다 해서 힘이 없을 뿐, 뼈나 근육은 여전히 튼튼했다.

진도운은 곧바로 가부좌를 틀고 앉아 청천백혼공을 운공했다. 아직 3성 밖에 되지 않아 몸 안에 굳어있는 내공이 전부 움직이진 않았다.

'이런 몸에 또 내공은 얼마나 많은지…….'

진도운은 매번 운공 할 때마다 놀랐다. 단전 안에 틀어박혀 있는 내공이 얼마나 많은지 가늠조차 되지 않았다. 하지만 내공이 몸 안에 있다고 전부 사용할 수 있는 건 아니다. 그걸 다뤄야 하는 심법이 그만큼 받쳐줘야 했다. 그래서 진도운은 매일 빼먹지 않고 청천백혼공을 운공하며 단전에서 꼼짝도 않고 굳어있는 내공을 조금씩 자신의 것으로 만들었다.

진도운은 무려 세 시진에 걸쳐 청천백혼공의 운공을 마치고 비동 밖으로 나왔다. 바깥은 벌써부터 어둠이 쳐 내리고 있어 울창한 나무들 사이로 스산한 분위기가 흘렀다. 하지만 진도운은 그 캄캄한 공기를 뚫고 아침에 적무혁과 사공비와 헤어졌던 공터로 향했다.

그곳에선 자신처럼 땀에 절어있는 적무혁과 사공비가 땅바닥에 앉아있었다. 그리고 숨까지 거칠게 내뱉는 것이 아무래도 자신이 떠난 사이에 수련을 한 듯 싶었다.

"꼴이 말이 아니군."

"막내에게 어제 있었던 일을 들었소."

적무혁이 지친 몸을 이끌고 일어나며 말했다.

"그래?"

진도운은 별 일 아니라는 듯이 대답했다.

"말로만 들었으면 안 믿었을 텐데, 오늘 아침에 눈으로 직접 확인하니 믿을 수밖에 없겠더이다."

"……."

진도운은 말없이 적무혁을 쳐다봤다. 이미 초식에 구애받는 경지를 벗어난 진도운에겐 지금 이렇게 놀라 있는 적무혁의 표정이 이해가 되질 않았다.

"원하면 내가 조금 더 알려줄 수 있는데."

"지, 진짜요?"

자신의 말에 침까지 꿀꺽 삼키는 적무혁을 보고 진도운이 씨익 웃었다.

"설마 달랑 저 두 개가 끝일까? 백선문에 무공이 한두 개 있는 것도 아닌데."

"대사형이 그렇게만 해주신다면 내가 그 은혜를 평생 잊지 않으리다."

"지금부터 갚아."

"뭐, 뭘……."

"그 은혜, 지금부터 갚으라고."

그 뜬금없는 소리에 적무혁은 눈만 똘망똘망 뜨고 있었

다. 반면 진도운은 하얀 이를 드러내며 웃었다.

'이런 걸 원했단 말이지?'

진도운은 초식을 고쳐주는 것이 자신에겐 별 일 아니지만 어제 팔짝 뛰던 사공비나 지금 놀라서 반쯤 넋이 나가있는 적무혁을 보고 그들에게 엄청난 일이란 걸 깨달았다.

'원하면 줘야지.'

진도운은 자신의 앞에서 어린 아이처럼 눈을 빛내는 적무혁을 보고 미소를 감추지 못했다.

"대신 오늘 있었던 일은 아무도 몰라야 한다. 오늘뿐만 아니라 앞으로 있을 일도 말이다."

진도운은 적무혁과 사공비가 놀라는 걸 보고 깨달았다. 만약 다른 사람들이 알게 된다면 꽤나 많은 주목을 받게 된다는 걸.

'그럼 내 정체가 탄로 날 수 있다.'

주목하는 눈이 많아지면 자신이 백우결과 다르다는 걸 알아챌 사람들도 많아질 것이다.

"대사형. 굳이 감출 필요가 있소? 장문인께서 알면 좋아하실 텐데……."

"장문인이 아니라 내 말을 잘 들어야하지 않을까? 그래야 내가 기쁜 마음으로 초식을 고쳐줄 텐데."

"아, 알았소."

진도운은 자신의 말 한 마디에 꼼짝 못하는 적무혁을 보고 만족스러운 미소를 머금었다.

"너도 조용해야지."

진도운이 옆에 앉아있는 사공비를 보며 말했다.

"나 조용하다."

"오늘처럼 다른 사람들 앞에서 떠벌려선 안 돼."

"다른 사형들에게도 말하면 안 되나?"

"안 돼."

"알았다."

사공비는 곧바로 고개를 끄덕였다. 보면 볼수록 말을 잘 들었다.

"그런데 대사형도 참 알 수 없는 사람이요."

적무혁이 말했다.

"왜?"

"불과 며칠 전까지만 해도 숨 쉬는 거 빼곤 다 귀찮아하던 사람이 언제 이렇게 부지런하게 변했소?"

"사람은 원래 변하곤 하지."

"드디어 우리 대사형이 정신을 차렸으니 사제로서 기쁘기 그지없소."

적무혁은 별 다른 의심이 없는 눈치였다. 그도 그럴 것이 진도운은 하늘이 내렸다는 재목만 찾아 제자로 삼는 천수악의 첫 번째 제자이니, 적무혁은 평소에도 백우결이 자신보다 뛰어나다고 인지하고 있었다. 그래서 오늘 초식 대련에서 지고도 눈앞에 있는 사람이 백우결이 아니란 걸 의심조차 못했다. 오히려 그는 상대가 백선문의 대사형이라면

당연한 결과라고까지 생각했다.

"이만 내려가자."

진도운은 앞장서서 내리막길을 걸었다.

"알겠소."

적무혁은 아직도 땅바닥에 앉아있는 사공비를 한 손으로 들어 한쪽 어깨에 들쳐 멨다. 그런데 반항할 기운도 없는지 사공비는 그대로 가만히 있었다.

"배고파."

사공비가 나지막하게 말했다.

그 뒤로 매일 아침마다 진도운의 처소 앞으로 적무혁과 사공비가 모였다. 그리고 그들은 뒤늦게 어슬렁어슬렁 걸어 나오는 진도운을 따라 문파 뒤에 있는 산을 오르고 어김없이 공터가 있는 산 중턱에서 멈췄다. 이젠 진도운도 제법 체력이 늘어 산을 더 올라갈 수 있었지만, 그럼 비동이 있는 곳과 멀어지게 되니 딱 중턱까지만 올랐다. 하지만 그것만으로도 반 시진 넘게 걸려서 진도운의 살은 날이 갈수록 쑥쑥 빠지고 있었다.

공터가 있는 산 중턱에서 진도운이 일각 정도 무공을 봐주었다. 처음에는 초식에 한정됐던 것이 이제는 종류를 가리지 않고 어떤 무공이든 고쳐주었다. 그리고 적무혁과 사공비는 천수악이 직접 뽑은 제자들답게 가르쳐주는 족족 자신의 것으로 만들었다. 다만 그 시간이 오래 걸렸다. 진도운이 1각 정도 시간을 내서 알려주면 적무혁과 사공비는 그걸 자신의 것으로 만들기 위해 하루 종일 수련해야 했다. 그래서 진도운이 비동에서 수련을 마치고 돌아올 때까지 그들의 수련은 계속되었다.

그렇게 벌써 20일이 지났다. 진도운의 얼굴선이 조금이나마 드러났고 몸에 딱 맞던 옷도 헐렁거리고 있었다. 그래도 여전히 진도운의 몸은 푸짐한 살에 뒤덮여 있었다.

진도운은 오늘도 비동에서 밤늦게 나와 공터로 돌아왔다. 공터에는 적무혁과 사공비가 아예 대(大)자로 뻗어서 나란히 누워있었다.

"대사형. 왔소?"

적무혁이 고개만 까닥 들고 말했다. 진도운은 누워서 꼼짝도 못하는 적무혁과 사공비를 보고 주변에 있는 바위에 걸터앉았다.

"좀 쉬었다 내려가지."

"대사형은 혼자 어딜 그렇게 돌아가는 게요? 산속이라 위험하지 않소?"

적무혁은 계속 누워있는 채로 물었다.

"전혀."

"그래도 조심 하시오."

"알겠다."

"아, 그리고 한 가지 물어볼 게 있소."

적무혁은 이제야 기억난다는 듯 말하며 몸을 일으켰다. 그때 그의 온몸에서 근육이 출렁거리는 걸로 보아 오늘 하루 얼마나 수련을 고되게 했는지 알 수 있었다.

"오늘 가르쳐준 백악세권말이오. 그거 어떻게 한 거요?"

백악세권(白岳勢拳)은 백선문 무공 중의 하나로 초식은 단순하지만 그 위력이 태산도 무너트린다는 소리가 있을 만큼 강력한 권법이었다. 그런데 진도운은 그 무공을 칼처럼 날카롭게 다듬고 내공을 한 점에 모아 위력을 극대화시켰다. 다만, 적무혁과 사공비는 진도운이 알려준 대로 따라 해 봐도 그게 불가능했다는 것이다.

"뭐가?"

"잘 보시오."

적무혁은 바로 옆에 있는 나무에 주먹을 휘둘렀다. 그의 주먹은 진도운이 알려준 대로 뻗어가 나무에 박혔다.

콰앙!

그런데 주먹이 박혀 있는 곳뿐만 아니라 나무 전체에 금이 갔다. 지금 그가 보여준 것만으로도 기존에 백악세권이 보여주던 위력을 넘어섰다. 하지만 그는 그것만으로 만족하지 못한 듯 보였다.

"보시오. 사형이 하는 것처럼 주먹을 휘두르면 한 점에 모여야 할 힘이 사방으로 퍼지오. 그래서 한 점에 힘을 모을 수가 없소."

"내공도 주먹이 움직이는 방향을 따라 움직여야지."

"그게 안 되오."

"왜 안 되는데?"

진도운은 고개를 갸웃거리며 물었다.

"여기 팔뚝에 무리가 가요."

"무슨 소리야?"

"대사형이 말해준대로 주먹을 휘두르면 팔뚝이 끊어질 것처럼 아파서 내공이 제 멋대로 흘러가요. 그리고 보시다시피 이렇게 힘이 분산 되오."

적무혁은 말을 하며 방금 자신이 쳤던 나무를 검지로 툭툭 쳤다.

"맞다. 안 된다. 팔뚝 아프다."

사공비까지 거들며 말했다.

"물론 이대로 힘이 분산 되도 기존에 배웠던 백악세권보다 뛰어난 건 알겠는데 그래도 참 아쉽단 말이오."

진도운은 주변에서 멀쩡한 나무를 찾아 적무혁이 했던 것처럼 주먹을 휘둘렀다.

쾅!

짧고 굵은 소리가 터지며 나무에 주먹이 박혔다. 그런데 신기하게도 주먹이 닿지 않는 부분은 아무런 손상도 없었다. 정확히 주먹이 꽂힌 곳만 안쪽으로 깊숙이 들어갔다. 적무혁이 했던 것과 달리 힘이 정확히 한 곳에 모였기 때문이다.

3장.
백선행

"잘 되잖아?"

진도운이 나무에서 손을 빼며 말했다. 그런데 적무혁과 사공비는 둘 다 입을 다물지 못하고 눈만 깜빡거리고 있었다.

"그, 그러니까 그게 어떻게 된단 말이오? 대사형은 팔뚝이 안 아프오?"

"안 아프다니까."

적무혁이 다가와 진도운의 팔뚝을 만지작거렸다.

"거 참, 튼튼한 팔일세."

"오늘 처음 해봐서 그런 거 아니야? 아직은 낯설어서 그런 걸 수도 있잖아."

"우리가 무공을 하루 이틀 배우오? 그런 것 하나 구분 못 하게."

그 말에 진도운은 몸을 휙 돌렸다.

"그럼 어쩔 수 없지."

"대사형. 우리보다 대사형이 더 걱정되오. 괜히 무리해서 펼치다가 근육이 터지거나 경락이 망가질 수도 있소. 그럼 자칫 잘못하다간 영원히 무공을 익히지 못 할 수도 있소."

"……."

진도운은 아무런 통증도 없는 자신의 팔을 내려다봤다.

'귀살류를 펼쳐도 끄떡없던 몸이다.'

지금 자신의 몸은 어떤 무공이든 완벽하게 소화하고 있었다. 남들처럼 몸에 무리 가는 무공을 한없이 펼쳐도 몸에 아무런 이상이 없었다.

'그때 그 기억과 관련된 걸까?'

홍문루에 갔다 온 날, 불현 듯 떠오른 백우결의 기억 속에서 본 노인을 떠올렸다.

'그때 분명히 내 몸을, 아니지, 백우결의 몸을 어떻게 하는 것 같던데…….'

그때였다. 산길을 내려가려던 진도운이 돌연 이마를 부여잡고 넘어질 것처럼 비틀거렸다. 머릿속에서 갑작스런 열기가 올라왔기 때문이다.

"대사형!"

뒤에서 따라붙던 적무혁이 냉큼 달려와 진도운을 부축했

다. 하지만 진도운은 이미 백우결의 몸에 남아있는 기억의 파편 속에 의식이 잠겼다.

두꺼비처럼 생긴 노인이 양 볼에 심술 가득해 보이는 살을 출렁거리며 나를 내려다보고 있었다. 그런데 이번에 나는 의자에 앉아 정신이 희미해진 상태로 몸을 좌우로 흔들거리고 있었다.

"흐흐……."

노인은 누런 이를 드러내며 자신의 바로 옆에 있는 탁자 위로 손을 뻗었다. 그 탁자 위에는 작은 유리병이 빼곡히 놓여 있었고 유리병 안에는 금색 줄이 한 바퀴 둘러져 있는 새빨간 단약이 들어있었다.

노인은 유리병 안으로 손가락을 집어넣어 그 정체를 알 수 없는 단약을 꺼내 반대 손으로 내 하관을 부여잡고 억지로 입을 열게 만들었다. 그리고 내 입으로 새빨간 단약을 집어넣었다.

"가만히 있어. 가만히."

그는 한 손으로는 내 하관을 잡고 있고 다른 손으로 계속 유리병 안에 있는 단약을 꺼내 내 입으로 집어넣었다. 차마 나는 삼키지 못했고 단약은 입 안에서 쌓여만 갔다. 그러다 나는 목구멍이 콱 막혀오는 걸 느끼고 기침을 했다. 그러자 입 안에 가득 차있던 단약이 입 밖으로 튀어올랐다. 그런데 노인이 허공으로 떠오른 단약을 잡고 다시 내 입 속으로 넣었다.

"이거 혼원신단이야. 이거 하나 얻겠다고 난리치는 애들이 얼마나 많은데, 고맙다고 하지 못할망정 뱉어?"

노인은 신경질적인 목소리를 내뱉으며 내 입으로 손가락을 넣어 목구멍에 막혀있는 단약들을 억지로 쑤셔 넣었다.

꿀꺽, 꿀꺽.

새빨간 단약들이 식도를 타고 들어오기 시작했다. 그제야 노인은 웃었다.

"그렇지. 잘 한다."

그렇게 노인은 탁자 위에 있는 새빨간 단약들을 모두 내게 먹였다.

"……."

나는 거친 숨을 몰아쉬며 그 노인을 쳐다봤다. 그리고 그 노인도 나를 쳐다보며 고개를 좌우로 꺾었다.

"이상하다. 아무렇지도 않아?"

"……."

나는 대답할 기력도 없었다.

"슬슬 시작할 때가 됐는데……."

그 말이 끝나는 순간 나는 단전 깊숙한 곳에서 활화산처럼 끓어오르는 지독한 열기를 느꼈다.

"끄아아아아!"

나는 입이 찢어져라 비명을 질렀다. 그리고 노인은 나를 보며 방긋 웃었다.

"으하하하! 기뻐하라고! 이제 너는 그 누구도 갖지 못한 무한의 내공을 얻게 되는 거야!"

노인의 목소리가 귓속에서 맴돌며 점점 희미해져 갔다.

진도운은 숨을 토하듯이 내뿜으며 자신을 심각한 표정으로 쳐다보는 두 얼굴을 보았다. 적무혁과 사공비였다.

"괘, 괜찮소?"

그 말에 진도운은 얼빠진 표정으로 고개를 끄덕였다. 아직도 노인의 웃음소리가 머릿속에서 맴도는 것 같았다.

"괜찮다."

진도운은 이미 한 번 겪은 적이 있어서 금세 정신을 차렸다.

"정말 괜찮은 것 맞소? 산을 내려가서 의원에게 들려야 하는 거 아니요?"

"괜찮다니까."

"대사형. 멀쩡히 가다가 갑자기 머리를 부여잡고 땅바닥에 주저앉더니 정신을 못 차렸소."

"맞다. 대사형. 분명 눈도 뜨고 있었고 숨도 쉬고 있었다. 그런데 우리가 아무리 불러도 대답이 없었다."

사공비가 미간을 잔뜩 모은 채 말했다.

"별 일 아니다."

진도운은 다급히 그들의 손에서 빠져나와 내리막길을 걸었다. 뒤에서 적무혁과 사공비가 뭐라 중얼대고 있었지만 지금 그의 귀에 들어올 리 없었다.

'혼원신단이 뭐지?'

지금 그의 머릿속은 금줄이 테두리처럼 감싸고 있던 새빨간 단약으로 가득 차 있었다.

‡‡

백선문이 붙어있는 고안 마을로 두 사람이 들어섰다. 그들은 방갓을 깊게 눌러 쓰고 피풍의로 온몸을 칭칭 감아 본인들의 모습을 감추었다. 그리고 그들은 마을을 가로질러 마을 끝에 있는 백선문으로 향했다.

"누구시오?"

백선문의 정문을 지키고 있던 한 무사가 말했다.

"서문세가에서 왔소이다."

두 사람 중 한 사람이 앞으로 나서며 말했다. 굵직한 목소리로 보아 중년의 남자인 듯 했다. 하지만 백선문의 무사는 꿈쩍도 않고 그 자리에 서있었다. 그러자 중년인은 방갓을 들고 자신의 얼굴을 보여주었다.

부리부리한 눈에서 맹수 같이 강렬한 눈빛이 흘러나와 아무런 표정을 짓지 않아도 인상이 매섭게 느껴졌다. 그런데 그의 얼굴을 확인한 백선문의 무사가 멈칫했다. 지금 바로 눈앞에 있는 자가 바로 서문세가의 가주인 서문도란 걸 알아봤기 때문이다.

"그럼, 저 분은……."

"제 여식이외다."

"그래도 확인을 해야겠습니다."

그 말에 서문도의 뒤에 있는 사람이 방갓을 들며 얼굴을 내밀었다.

"이제 됐어요?"

그녀는 신경질 내듯 말했다. 그러나 그녀의 목소리와 달리 그녀의 얼굴은 한 떨기 꽃이 피어난 것처럼 분홍색 입술이 콕 박혀있는 청초한 얼굴이었다. 게다가 방갓 아래로 흘러내리는 머리카락이 그녀의 얼굴을 한껏 매혹적으로 만들었다.

"잠시 여기서 기다리시지요."

"알겠소."

백선문의 무사가 안으로 들어간 사이 서문도와 그녀의 여식은 다시 방갓을 내려 얼굴을 가렸다.

"이렇게까지 해야 돼요?"

서문도의 여식이 투덜거렸다.

"여기가 어딘 줄 알고 그러느냐? 말을 가려 해라."

"어디긴요. 백선문이죠. 그게 뭐 대단한가요?"

"어허!"

서문도의 여식이 짜증난다는 듯 발을 굴렀다.

"왜 우리 서문세가가 백선문에 도움을 청해요? 뭐가 아쉬워서요. 그것도 아버지와 제가 오는 게 말이 돼요? 그냥 아무나 보내면 되지."

"너도 언젠가 백선문의 진면목을 알게 될 거다."

"그럴 일 없을 걸요?"

그녀는 팔짱을 끼며 고개를 획 돌렸다.

"세상을 좀 더 겪어보면 알게 될 거야."

그때, 안으로 들어갔던 백선문의 무사가 다시 밖으로 나왔다.

"들어오시지요."

백선문의 무사를 따라 서문도와 그의 여식이 안으로 들어갔다.

서문도와 그의 여식은 정문을 지키던 무사를 따라 장문인이 기다리고 있는 집무실로 향했다.

"백선문이라고 해서 뭐 대단한 거라도 있는 줄 알았는데, 건물 하얀 거 빼곤 다른 문파하고 똑같네요."

집무실로 가는 도중에 서문도의 여식이 퉁명스러운 목소리로 말했다. 그에 가장 앞서서 길을 안내하던 무사가 머쓱하게 웃었다.

"사람 사는 곳이 다 똑같죠. 별 다를 게 있겠습니까?"

"내 여식이 워낙 제 멋대로 살아와서……. 내 대신 사과를 드리리다."

"괜찮습니다."

서문도는 뒤를 돌아봐 여인을 한 차례 노려봤다. 그러자 여인은 금세 풀이 죽은 표정으로 입을 뾰루퉁 내밀었다.

"나만 갖고 그래……."

그들은 어느새 장문인의 집무실 앞까지 도착했다. 그런데 도착하자마자 서문도의 여식이 몸을 휙 돌렸다.

"어딜 가는 게냐?"

서문도가 물었다.

"제가 거기서 뭘 하겠어요? 전 그냥 백선문이나 둘러보고 있을게요."

"예아. 여기가 백선문이란 걸 명심하여라."

"네, 네. 알겠어요."

서문예는 허투루 대답하며 점점 멀어져갔다.

"하아……."

서문도가 걱정 어린 한숨을 내뱉자 이곳까지 안내해준 무사가 괜찮다는 듯이 웃었다.

"본문 내에서 별 일 있겠습니까? 걱정 마시고 안으로 드시지요. 장문인께서 기다리고 계십니다."

"혹 제 여식이 실례를 범하지 않을까 걱정되오."

"모두 이해해줄 겁니다."

"그러면 좋으련만……."

서문도는 멀어져가는 자신의 여식을 보다가 이내 고개를 절레절레 흔들면서 집무실 안으로 들어갔다.

서문세가는 호남성의 성도인 장사에 있는 가문으로 호남성에서는 모르는 사람이 없을 만큼 유서 깊은 집안이다. 그리고 호남성의 패자를 논할 때 항상 언급되는 곳이기도 했다.

그런데 그런 곳의 가주가 이곳 백선문까지 직접 왔다. 백선문의 장문인인 공부선도 놀란 듯 처음 그를 보고 당황스럽다는 듯 웃었다. 그리고 이내 가주가 직접 올 만큼 심각한 일이 벌어졌다는 걸 알고 바로 자리를 마련했다.

"차 한 잔 하시겠소?"

"괜찮소."

차를 거절하는 서문도의 말투가 다급하게 느껴졌다.

"그럼, 바로 본론으로 들어가지요."

그러자 서문도가 기다렸다는 듯이 품속에서 종이 한 장을 꺼내 탁자 위로 내밀었다.

"이걸 봐주시겠소?"

공부선은 종이를 빤히 들여다봤다. 종이 한 가운데에는 온통 새빨갛게 물든 악귀의 얼굴이 눈동자 하나 없이 방긋 웃고 있었다.

"이게 뭣이오?"

공부선이 눈살을 찌푸리며 물었다.

"며칠 전부터 호남성 길거리에 나붙고 있는 벽보요."

"달랑 이 그림만 있었소?"

"이 그림 아래 '새로운 하늘이 탄생하리라.' 라는 문구가 적혀 있었소."

공부선은 다시 종이를 내려다봤다.

"새로운 하늘이라……."

"처음에는 황제를 지칭하는 하늘이란 말 때문에 관에서

조사를 나섰소. 그런데 갑자기 어느 날인가부터 호남성의 무림인들이 죽어나가고 그 자리에 이 종이가 놓여 있었소. 그리고……."

서문도가 말을 잇지 못하고 망설였다.

"뭐가 더 남았소?"

"이 종이를 뿌리는 놈들이 누군지 모르겠지만, 무림인들을 납치하고 있더이다."

"그럼, 관에서 더 이상 나서지 않겠구려."

서문도가 고개를 끄덕였다.

"그렇소. 이제는 무림의 일이니……."

"납치는 확실한 것이오?"

공부선은 믿을 수 없다는 듯 물었다.

"커다란 자루에 무림인을 넣고 데리고 가는 걸 목격한 사람이 있소."

"흉수의 얼굴은……."

"한 둘이 아니라고 하더이다. 그리고 온통 검은 옷에 괴상한 가면까지 쓰고 있어서 얼굴을 볼 수 없었다고 하오."

서문도는 종이에 그려진 악귀의 얼굴을 검지로 찍었다.

"이 악귀의 얼굴과 똑같은 가면이라고 하오. 색도 똑같이 빨갛고……."

"목격자는 무사히 살아남았나 보오?"

"본가의 사람이오."

"서문세가도 습격당한 것이오?"

공부선은 조심스럽게 물었다.

"이 일을 수습하고자 몇날며칠 동안 잠도 제대로 못 자고 호남성을 뒤지고 다녔소. 하지만 어찌나 귀신 같이 사라지는지 아무런 단서도 발견하지 못했소. 그러다가 본가의 사람들도 하나, 둘씩 당하기 시작했고……."

공부선은 호남성에서도 손꼽히는 서문세가가 도움을 청할 때부터 범상치 않은 일일 거라 짐작했지만, 이 정도로 심각한 일일 줄은 몰랐다.

"본가뿐만 아니라 호남성의 다른 문파들도 나섰지만 아직까지도 흉수를 못 찾고 있소이다."

"일단 오늘 하루 여독을 푸시고 계시구려. 내 금방 백선행에 나갈 본문의 제자들을 꾸리겠소."

백선문의 제자들이 백도 무림의 청탁을 받고 무림으로 나가는 일을 백선행(白善行)이라 한다.

"하루 빨리 부탁하오. 지금도 호남성의 무림인들은 사라지고 있소."

공부선은 자못 심각한 표정으로 고개를 끄덕였다.

서문도의 여식, 서문예는 여기까지 푹 눌러 쓰고 온 방갓이 답답했는지 방갓을 벗어 손에 들고 다녔다. 그러자 그녀의 미모가 온 세상에 드러났고 그녀가 돌아다니는 곳마다 백선문 제자들의 시선이 따라붙었다.

"백선문이라고 다를 게 없네."

어딜 가나 늘 있는 일이었다. 그래서 귀찮은 파리 떼가

꼬이지 않도록 집 밖을 나갈 때면 늘 방갓을 쓰고 다녔다.

"어딜 가나 다 똑같아. 남자들이 뭐 그렇지."

그녀는 혼잣말로 중얼거리며 백선문을 돌아다녔다. 그리고 그럴수록 그녀를 보는 시선들이 많아졌다.

"에잇, 짜증나."

그녀는 다시 방갓을 눌러쓰며 사람이 없는 백선문 뒤쪽으로 향했다.

"여기도 별 거 없네."

백선문 뒤쪽에도 마땅히 구경할 게 없었다. 그래서인지 그녀의 시선은 자연스럽게 백선문 너머로 보이는 산으로 향했다. 그녀는 계속 이곳에 갑갑하게 있는 것보다 차라리 산에 올라서 바람이라도 쐬자는 생각으로 걸음을 움직였다. 그런데 백선문을 나와 산길이 시작되는 지점으로 들어서자, 웬 젊은 사내 한 명이 그곳에서 뒷짐을 쥔 채 산을 올려다보고 있는 모습이 눈에 들어왔다.

그는 깃을 세우고 끈 단추로 앞을 여민 하얀 옷을 입고 있었다. 그리고 그는 머리카락을 묶어 올린 뒤에 벼슬아치들이나 쓸 법한 새하얀 관모(冠帽)를 쓰고 있었다. 또한 체격이 말라서 산바람이 내려올 때면 옷자락이 심하게 펄럭였다. 그래서 그럴 때마다 등에 새겨진 하늘색 구름이 파도처럼 출렁거렸다.

"여긴 어쩐 일이십니까?"

그 사내는 뒤도 돌아보지 않고 말했다.

"저에게 하신 말씀인가요?"

서문예는 좌우를 둘러보며 아무도 없다는 걸 확인하고 말했다.

"그럼, 여기 소저 말고 또 누가 있소?"

사내가 뒤돌아보며 물었다. 사내의 눈은 얇고 쭉 찢어져서 바늘처럼 뾰족해보였다. 그리고 눈뿐만 아니라 전체적인 인상도 굉장히 날카로워보였다.

"저는 그냥 여기 아버지를 따라왔다가……. 아니, 그런데 제가 누군지 알고 그러시는 거예요?"

"서문예 소저가 아니시오?"

"어, 어떻게 아셨어요?"

그녀가 당혹스러운 표정을 지으며 물었다.

"백도 무림에 소저처럼 아름다운 분이 딱 두 분 있소. 한 분은 저희를 싫어하는 구현회에 계신 분이고, 다른 한분은 저희에게 호의적인 서문세가에 계신 분이오."

"제가 구현회 사람일 수도 있잖아요."

"서문세가에서 며칠 전에 백선행을 부탁하는 서찰을 보낸 걸 알고 있소."

"그럼 이미 다 알고 있던 거네요. 그런데 제 얼굴은 또 어떻게 봤어요?"

그녀는 이미 촘촘한 방갓을 눌러 쓰고 있어서 얼굴이 드러나지 않았다. 그런데도 눈앞의 이 사내는 한눈에 꿰뚫어 봤다.

"소저의 미모를 한낱 방갓으로 가릴 수 있겠소?"

"백선문에 공자처럼 능구렁이 같은 사람이 있는 줄 몰랐네요."

"단유휘라고 하오."

"다, 단유휘요?"

서문예의 동공이 파르르 흔들렸다.

"내 이름이요. 이왕이면 능구렁이보다 내 이름으로 불러주시오."

"……."

그녀는 눈을 크게 뜨고 단유휘의 얼굴을 빤히 쳐다봤다.

'말로만 듣던 무산선군의 제자…….'

천수악의 네 번째 제자로 백도 무림에서 가장 총명한 머리를 가졌다는 사현번자(思現繁者) 단유휘가 바로 그였다. 백선문마저 지루해 하던 그녀가 단유휘의 이름을 듣고 눈에 띄게 동요할 만큼 무림인들에게 천수악의 제자는 경이로운 존재였다.

'얼음처럼 차갑다고 들었는데…….'

소문대로 그가 풍기는 분위기는 어딘지 모르게 쌀쌀맞았다. 그래서 그가 건넨 능글맞은 칭찬에도 전혀 기쁘지 않았다. 그것마저 싸늘하게 들렸기 때문이다.

"단 공자께서는 여기서 뭐하시는 건가요?"

"며칠 전에 백선행을 나갔다가 오늘 문파로 돌아왔는데 아무도 반기는 이가 없어서 여기까지 오게 됐소."

"여기 누가 있어요?"

그녀가 단유휘의 시선을 따라 산 위로 고개를 들었다.

"저 위에 내 사형제들이 있소."

"……!"

그녀는 눈을 휘둥그렇게 뜨며 몸을 움찔 떨었다. 지금까지 그녀를 옥죄던 지루함은 더 이상 찾아볼 수 없었다.

"참 이상한 일이오."

"뭐가요?"

"내 사형제들이 저 위에 있는 거 말이요."

"그게 뭐가 이상해요? 산을 오를 수도 있는 거 아닌가요?"

"다른 사람은 그렇다 쳐도 땀 흘리는 건 죽기보다도 싫어하는 사람이 한 명 있는데……. 그 사람까지 산을 올라갔다고 하더이다."

"네?"

그녀가 눈을 동그랗게 뜨며 말했다.

"그 사람은 무공을 싫어하오. 아니 무림이라는 세계 자체를 혐오하오."

"에이, 어떻게 그런 사람이 백선문에 있어요?"

"그 사람은 살기 위해 백선문에 있는 것이오."

"그런데 지금 단 공자의 사형제 분들 말하는 거 아니에요? 그럼 말이 안 되잖아요? 무림을 싫어하는 사람이 어떻게 천수악 대협의 제자가 될 수 있겠어요?"

"있소. 그런 말도 안 되는 사람이. 그런데 내가 없는 동안에 그 사람이 죽어라고 무공 수련만 했다고 하더이다."

"음……."

그녀는 단유휘가 무슨 말을 하는지 알아듣지 못했다.

"그동안 무슨 일이 있던 건지 짐작도 가질 않소."

"갑자기 무공을 배우고 싶어진 걸 수도 있잖아요? 원래 사람 마음이란 게 한 순간에도 몇 번씩 바뀌는데……."

"그 정도로 쉽게 바뀔 마음이 아니요."

"그럼 가서 물어보면 되잖아요."

"지금 그러려던 참이었소."

단유휘는 산 중턱에서 눈을 떼지 못하고 말했다.

"어서 가요."

서문예가 산을 오르려하자 그녀의 앞으로 단유휘의 신형이 불쑥 솟아났다.

"뭐, 뭐에요?"

"소저는 이만 돌아가시오."

"뭐라고요?"

"돌아가시라 말했소."

"싫어요."

서문예가 단칼에 거절하며 옆으로 빠졌다. 그러자 그녀의 앞을 막고 있던 단유휘도 같이 옆으로 빠지며 또 앞을 막았다.

"나는 소저께 부탁을 하고 있는 게 아니요."

그는 웃으면서 말을 이었다.

"혹 아무도 없는 산에서 소저가 다치기라도 한다면 제가 뭐가 되겠소?"

"산에서 다칠 일이 뭐가 있어요?"

"그건 모르는 거요."

오싹!

그 순간, 서문예는 온몸에 소름이 끼치는 걸 느끼고 자신도 모르게 몸을 움츠렸다.

"아, 알겠어요."

그녀는 바짝 메마른 입술을 깨물며 백선문으로 걸음을 돌렸다. 단유휘는 그녀가 백선문 안으로 들어가는 걸 보고 나서야 산을 올랐다. 그런데 단유휘가 산을 오르고 얼마 지나지 않아 백선문 안으로 들어갔던 서문예가 담장 위로 고개를 빼꼼히 내밀고 좌우를 살폈다. 그리고 단유휘가 없다는 걸 확인하고 다시 백선문 밖으로 나와 산을 올랐다.

산 중턱까지 오른 단유휘는 자신이 온 것도 모른 채 수련에 몰두하고 있는 두 사람을 보았다. 적무혁과 사공비였다. 두 사람은 백선명하에 적힌 무공을 수련 중인 듯 했다. 그런데 그 모습을 바라보던 단유휘의 뺨이 씰룩거렸다.

'뭐지?'

지금 그들이 수련하고 있는 무공은 분명히 백선명하에 적힌 것들인데 자신이 알고 있는 것과 묘하게 달랐다.

'동작이 조금씩 바뀐 거 같은데…….'

고개를 갸웃거리며 지켜보던 그가 돌연 눈매를 날카롭게 좁혔다.

'초식이 더 위력적으로 변했다?'

그때 너무 놀랐던 탓인지 흐트러짐 없던 그의 기도(氣度)가 크게 흔들렸다.

"단 사제?"

"단 사형!"

수련에 몰두하느라 단유휘가 온 것도 몰랐던 두 사람은 단유휘의 기도가 흐트러지는 걸 느끼고 나서야 그를 발견했다.

"언제 왔어? 온지도 몰랐네."

적무혁이 밝게 웃으며 말했다.

"두 분이 수련에 열중이시라 방해가 되는 것 같아서 조용히 있었습니다."

"내가 정신이 없었나 보군. 단 사제가 지켜보는 지도 몰랐네."

"방해가 되지 않도록 제가 기척을 숨긴 것도 있습니다. 너무 개의치 마시지요. 그보다 단 사형하고 막내가 수련하는 무공이 백선명하에 적힌 것과 조금 달라 보입니다."

"글쎄. 난 잘 모르겠는데……."

적무혁은 괜한 헛기침을 하며 고개를 돌렸다. 그리고 덩달아 사공비도 모르는 척 딴청을 피웠다. 단유휘는 두 사람 다 자신의 시선을 피하는 걸 보고 방긋 웃었다.

"제게 뭘 감추고 있군요."

"내가 단 사제에게 감추긴 뭘 감추겠어."

적무혁은 너스레를 떨며 계속 시선을 피했다. 그러자 단유휘가 옆에서 괜히 휘파람을 불고 있는 사공비의 턱을 휙 잡아챘다. 그리고 자신의 얼굴과 마주보게 그의 턱을 확 잡아당겼다.

"막내야. 사형에게 거짓말하면 나쁜 사람이 되는 거야. 그리고 나쁜 사람은 사형이 싫어하는 거 알지?"

"안다."

사공비는 턱이 붙잡혀 있는 채로 말했다.

"그래. 우리 착한 막내. 사형에게 뭘 감추고 있는지 말해 볼까?"

"말할 수 없다."

"감추고 있는 게 있긴 하구나."

"그렇다."

옆에서 적무혁이 깊은 한숨을 내쉬며 고개를 푹 숙였다.

"왜 말할 수 없는 거야?"

"대사형이 말하지 말라 그랬다."

"……."

단유휘가 순간 멈칫하더니 사공비의 턱에서 손을 뗐다.

그러자 사공비가 자신의 턱을 양손으로 만지며 입을 삐쭉 내밀었다.

"턱 아프다."

하지만 단유휘는 그 말을 들은 척도 안하고 주변을 둘러봤다.

"그 사람이 보이지 않는군요."

"언제까지 그 사람이라고 부를 거냐?"

적무혁이 표정을 굳히며 말했다.

"대사형 같아야 대사형이라 부르죠. 매일 기루나 들락날락 거리며 기녀 치마폭에만 틀어 박혀 있는 사람을 어찌 대사형이라 부를 수 있겠습니까?"

"아직 소식을 못 들었나보구나. 대사형도 달라졌어."

"들었습니다. 대사형이 무공을 수련하기 시작했다는 소식……."

"그래. 그러니까 너도 이제 대사형을 존중해야지."

"그건 제가 알아서 하겠습니다."

단유휘가 방긋 웃으며 말했다. 하지만 그 미소마저 딱딱해 보였다.

"대사형은 따로 떨어져서 수련 중이다."

"어디서요?"

"그건 우리도 몰라. 서로 떨어져서 수련하다가 해가 질 때쯤 돌아와."

"이곳으로요?"

"그래."

그 말에 단유휘가 고개를 끄덕였다.

"그럼 여기서 기다리죠."

"왜? 대사형에게 할 말이라도 있냐?"

"그냥 궁금해서요."

"뭐가?"

"무공을 싫어하던 사람이 갑자기 무공 수련을 시작한다니까……. 그런데 저 소저는 끝까지 제 말을 안 듣는군요."

주변을 둘러보던 단유휘가 어느 한 곳에 시선을 고정시켰다.

"너랑 같이 온 거 아니었냐? 그런 줄 알고 모른 척 했는데."

적무혁도 같은 방향을 쳐다보며 말했다.

"서문세가 가주의 여식입니다."

"서문세가에서 사람이 온다고는 들었는데, 가주의 여식을 보낼 줄 몰랐네."

"서문세가의 가주도 같이 왔습니다."

"뭐? 그걸 왜 지금 말해?"

적무혁이 눈을 크게 뜨며 말했다.

"지금 장문인하고 집무실에 있을 겁니다. 가서 얼굴이라도 비추시지요."

"문파에 손님이 왔으면 당연히 그래야지. 내 먼저 내려가마."

"가시는 길에 저 소저도 데리고 가주시겠습니까?"

"알겠다."

적무혁이 숲속으로 몸을 날리더니, 이내 그곳에서 여인의 앙칼진 목소리가 튀어나왔다.

"치사해서 내려가요!"

몰래 뒤따라온 서문예였다. 그녀는 적무혁과 함께 반 강제로 산을 내려갔다. 그리고 그들이 내려가는 뒷모습을 지켜보던 단유휘가 사공비를 쳐다봤다.

"너도 내려가."

"싫다."

"왜?"

"단 사형은 대사형 싫어한다."

"……."

"그래서 무슨 짓을 저지를지 모른다. 나 여기서 기다린다."

"……."

단유휘가 말없이 사공비를 쳐다봤다.

"나 봤다. 단 사형이 대사형을 죽이려고 했던 거 봤다."

"잘못 본거라니까."

단유휘가 덤덤하게 말했다.

"아니다. 나 분명히 봤다."

"그래서 네가 있는다고 뭐가 달라질까?"

"……."

사공비가 갑자기 말문이 막혀 멈칫했다.

"난 그저 대사형과 몇 마디 대화를 나누고 싶을 뿐이다. 그러니까 괜한 걱정 말고 내려가."

"싫다. 그 말 못 믿겠다."

사공비가 막무가내로 버티고 있자 단유휘가 갑자기 반대쪽으로 고개를 휙 돌렸다.

"왔다."

"응? 응? 대사형 벌써 왔나?"

사공비도 똑같이 고개를 돌렸다. 그런데 바로 그 순간 단유휘가 무방비 상태가 된 사공비의 뒷목을 꾹 눌렀다. 그러자 사공비의 눈꺼풀이 스르르 감기며 그의 몸까지 무너져 내렸다. 단유휘가 혈도를 짚어서 잠시 기절시킨 것이다.

"이제야 좀 조용하군."

단유휘는 주변에 눈에 띄는 바위에 앉아 조용히 있었다.

‡‡

진도운은 해가 떨어질 때쯤 비동에서 나와 산 중턱에 있는 공터로 걸음을 움직였다. 그런데 공터에 도착하자마자 눈에 들어온 광경은 땅에 쓰러져 있는 사공비와 그 옆에서 바위에 앉아 차분하게 자신을 바라보는 젊은 사내였다. 그가 입고 있는 옷으로 보아 그도 백선문의 사람인 듯 보였다.

'날 선 인상에 관모를 쓰고 있는 사람은…….'

백선문에서 딱 한 명뿐이다.

'사현번자 단유휘.'

진도운은 그를 한 눈에 알아봤다.

"단 사제가 여긴 웬 일이지?"

그 말에 단유휘가 바위에서 일어나다 말고 멈칫했다.

"지금 뭐라고 하셨습니까?"

"단 사제가 여기 웬 일이냐고."

"언제부터 말을 놓은 겁니까?"

단유휘가 돌연 성큼성큼 다가오더니 방긋 웃는 얼굴을 들이밀었다.

"그리고 제가 다시는 사제라 부르지 말라고 했을 텐데요."

"……."

그의 웃는 얼굴에서 살기까지 느낀 진도운은 그제야 단유휘의 가문을 떠올렸다.

'참, 단유휘는 추성단가 사람이었지.'

진도운은 쓴웃음을 지으며 산동백가와 만금성에 얽힌 일화를 떠올렸다.

'5년 전이었나…….'

추성단가는 산동성 추성에 위치한 가문으로 가문의 이름 앞에 지역명이 붙을 만큼 추성을 대표하는 문파였다. 그리고 그곳의 가주인 단철상은 굉장히 어진 인물로 정평이 나

있어 산동선 안에서도 따르는 이가 많았다. 그리고 그의 아우인 단철극은 단철상과 달리 성격이 불같았지만 그래도 협객이란 소리를 들을 만큼 정의로운 사내였다. 그런 단철극과 만금성이 서로 각을 세우는 일이 발생했다.

5년 전, 만금성의 깃발을 단 마차가 추성으로 들어왔고 추성단가와 근접한 한 객잔에 머물렀다. 그런데 만금성의 사람들은 마치 그곳이 자기들만의 세상인 냥 대낮부터 술 취해서 추태를 부렸다. 하지만 객잔 안의 사람들은 그들이 달고 있는 만금성의 깃발을 보고 찍 소리도 내지 못했다. 그런데 바로 그때, 단철극이 그 객잔에 들러 객잔을 엉망진창으로 어지럽혀 놓은 그들을 내쫓았다. 벌건 대낮에 길거리로 쫓겨난 만금성의 사람들은 얼굴이 붉으락푸르락 해서 돌아갔다.

그리고 얼마 뒤에 추성으로 들어가는 물자가 모두 끊기게 된다. 심지어 그곳과 가까운 산동성의 성도인 제남에서도 추성 사람이라면 학을 떼며 물자를 팔기 거부했다. 그 모든 것은 만금성이 으름장을 놓아 생긴 일이었고 결국 추성 사람들은 며칠 동안 어떠한 물자도 공급받지 못했다.

그러던 때에 만금성에서 추성단가의 사람과 연을 끊을 사람에게만 물자를 지급하겠다고 선언했다. 그리고 추성 사람들 대부분이 만금성의 회유에 넘어가 추성단가를 외면했다. 단철상은 그동안 자신을 따르던 사람들마저 등을 돌리자 며칠 동안 앓아누웠다.

결국 단철극은 이 모든 일을 해결하겠다면서 홀로 만금성을 찾아가 만인이 보는 앞에서 무릎을 꿇고 고개까지 숙였다. 하지만 만금성은 그것만으로 만족하지 못했다. 결국 병상에 누워있던 단철상까지 찾아가 똑같이 다른 사람들이 보는 앞에서 무릎을 꿇었다. 그때, 단철상 혼자 보낼 수 없다며 가문의 사람들이 모두 쫓아갔고 단철상이 무릎 꿇는 광경을 지켜보며 본인들도 덩달아 무릎을 꿇었다.

만금성은 그제야 추성단가의 사과를 받아들였다. 그리고 그날 이후로 추성단가가 돈 앞에 굴복했다 하여 금복단가(金服段家)라 부르며 무림의 조롱거리로 전락됐다. 그리고 그들의 본거지인 추성에서도 외면 받는 신세가 되었다.

'백도뿐만 아니라 무림 전체를 뒤흔든 사건이었지.'

진도운은 자신의 앞에서 입은 웃고 있으나 눈에서 살벌한 기운을 쏟아내는 단유휘의 얼굴을 이해할 수 있었다.

'그럼 단유휘도 백우결이 만금성의 후계자라는 걸 알고 있단 소린가?'

그때였다.

"갑자기 무슨 바람이 불어서 무공 수련을 하겠다는 겁니까?"

"그냥."

진도운은 최대한 말을 아꼈다.

"그때 일 때문입니까?"

"……."

'그때 일' 을 알지 못하는 진도운은 입을 꾹 다물었다.

"이제 와서 무공을 수련한다고 뭐가 달라지겠습니까?"

단유휘는 마치 진도운을 깔보듯 내려다보며 말을 이었다.

"내게 그대를 죽이는 일은 개미를 손가락으로 찍어 누르는 것만큼이나 간단한 일입니다. 그러니 괜한 수고 마시지요."

"내가 무공을 수련한다는 게 그렇게 신경 쓰이는 일인가?"

"뭐라고 하셨습니까?"

단유휘가 눈매를 날카롭게 세우며 말했다.

"그렇지 않고서야 산에 올라 이 늦은 밤까지 나를 기다리고 있을 리 없지."

그 말에 단유휘가 손을 뻗어 진도운의 목을 감싸 쥐었다. 그 손속이 어찌나 빠른지 진도운은 반응조차 할 수 없었다. 하지만 힘은 주지 않은 듯 진도운의 표정엔 별 다른 동요가 없었다.

"저는 언제라도 이 목을 부러트릴 수 있습니다. 그러니 다시는 그딴 말을 내뱉지 마시지요."

단유휘는 방긋 웃으며 진도운의 목에서 손을 뗐다. 그리고 품속에서 종이 한 장을 꺼내 앞으로 내밀었다. 그 안에 글씨와 함께 사람 얼굴이 그려져 있었다.

"이게 뭐지?"

"저희 가문으로 온 서찰입니다. 한 번 읽어보시지요."

단유휘는 서찰을 훑으며 점점 표정이 굳는 진도운의 얼굴을 보고 피식 웃었다.

"만금성에서 그대를 찾고 있습니다. 저희 가문에도 서찰을 보내 그대와 닮은 사람이 있으면 알려달라고 하더군요."

그 서찰에는 직접적으로 만금성의 후계자를 찾는다는 말은 없었다. 하지만 백우결을 아는 사람이 보면 누구나 백우결을 떠올릴 만큼 얼굴이 자세하게 그려져 있었다.

"만약 만금성에서 그대가 여기 숨어있다는 걸 알게 된다면 무슨 일이 벌어지겠습니까? 만금성이 저희 가문에게 했던 것처럼 백선문에 똑같이 할 수 있을까요?"

"……."

"재밌을 것 같지 않습니까? 만금성과 백선문이라……. 그러고 보니 장문인도 아직 그대가 만금성의 후계자란 걸 모르지요?"

그 말에 진도운이 눈썹을 꿈틀거렸다.

'백선문 안에서도 백우결이 만금성의 후계자라는 사실을 아는 사람은 별로 없나보군.'

도대체 누구누구가 알고 있는지 궁금했다. 그래야 자신도 똑바로 처신할 테니…….

"만금성은 무림 전체에 영향을 끼칩니다. 그러니 몸 좀 사리세요."

그가 비꼬듯이 말했다.

"이걸 내게 알려주는 이유가 뭐지? 나를 싫어하는 거 아니었나?"

이 서찰을 줬다는 건 만금성에 백우결이 어디 있는지 알리지 않았다는 뜻이라.

"그대가 좋아서 주는 게 아닙니다. 그저 만금성에 살고 있는 역겨운 돼지 새끼들이 원하는 걸 주고 싶지 않을 뿐입니다."

단유휘가 처음으로 무표정한 얼굴로 말했다. 그리고 그 얼굴에서 만금성을 지독하게 싫어한다는 걸 느낄 수 있었다.

진도운은 제 말만 하고 휙 돌아서서 산을 내려가는 단유휘의 뒷모습을 바라봤다. 그리고 그의 등이 점점 어둠에 묻혀 보이지 않았을 때쯤 돼서야 땅바닥에 누워있던 사공비가 고개를 들었다. 그리고 이내 펄쩍 뛰어오르며 우뚝 섰다.

"대사형. 피해야 한다."

"왜?"

"여기 단 사형 왔다. 어서 피해야 한다."

"단 사제는 이미 내려갔어."

그 말에 사공비가 멋쩍게 웃으며 머리를 긁적였다.

"그랬나? 다행이다."

"너는 뭘 알고 있는 모양이군."

사공비가 고개를 끄덕였다.

"나 안다."

"뭘 아는데?"

"단 사형이 대사형 죽이려고 했다."

"……."

사공비가 고개를 갸웃거렸다.

"둘이 친하게 지내다가 갑자기 단 사형이 돌변했다."

"나하고 단 사제가 친하게 지냈다고?"

"친했다."

대사형은 단유휘가 말한 '그때 일'이 자신을 죽이려고 했던 일이란 걸 짐작 할 수 있었다.

"그때 나와 단 사형이 대사형을 데리러 홍문루로 갔다."

"……."

"대사형이 홍문루에 없어서 다시 나오려고 하는데, 단 사형이 거기 있는 여자가 말하는 걸 듣더니 갑자기 홍문루를 뛰쳐나갔다."

거기 있는 여자란 기녀를 말함이다.

"그리고 골목길에서 술에 취해 쓰러져 있는 대사형을 보고 목을 조르기 시작했다."

"홍문루에 있는 여자가 뭐라고 말했는데?"

"대사형이 만금성의 후계자가 맞냐고 물었다."

"그랬군."

진도운은 고개를 끄덕이며 말했다.

"그런데 단 사형이 대사형 목조를 때 울고 있었다."

"울고 있었다고?"

"울었다. 많이 울었다. 왜 하필 만금성이냐고 소리 지르면서 울었다."

"……"

진도운은 문득 가슴 한쪽이 쓰라려 오는 걸 느꼈다. 그게 자신이 아픈 것인지, 아니면 백우결의 몸이 아파하는 것인지 구분이 되질 않았다.

"나하고 단 사제는 얼마나 친했지?"

"단 사형이 그랬다. 대사형이 원하면 목숨도 내어줄 수 있다고 그랬다."

"……."

진도운은 아무 말도 하지 못했다.

"그 뒤로 단 사형은 대사형하고 말도 안 한다. 대사형이라고 부르지도 않는다."

진도운은 계속 아파오는 가슴에 좀처럼 입을 열지 못했다. 입을 열면 눈물이 쏟아질 것 같았기 때문이다. 마치 그때 단유휘가 그랬던 것처럼 말이다.

"대사형 괜찮나?"

사공비가 진도운의 안색이 변하는 걸 보고 물었다.

"괜찮다."

"얼굴 안 좋다."

"내가 만금성의 후계자란 걸 또 누가 알고 있지?"

진도운은 화제를 바꿨다.

"나 안다. 단 사형 안다. 홍문루에 있는 여자 안다."

"그렇게 세 명만 알고 있는 건가?"

사공비가 고개를 끄덕였다.

"나중에 단 사형이 홍문루로 가서 거기에 있는 여자에게 떠벌리고 다니면 가만히 안 두겠다고 그랬다."

"……."

진도운은 다시 가슴 한쪽이 먹먹하게 울리는 걸 느꼈다.

공부선의 집무실로 일곱 명의 노인들이 들어와 원탁을 가운데 두고 둥그렇게 앉았다. 그들은 백선문의 장로들이자 천수악의 사제들로 백선행에 관한 모든 권한을 가지고 있었다.

공부선은 그들이 모이자마자 호남성에서 지금 벌어지고 있는 일을 간략하게 말했고 장로들은 만장일치로 백선행을 허락했다. 그들이 듣기에도 호남성에서 지금 벌어지고 있는 일은 상당히 심각했기 때문이다. 이제 남은 건 백선행에 나갈 제자들을 꾸리는 것이다.

"누가 좋겠습니까?"

공부선이 물었다.

"일의 경중으로 봐선 제자들을 한두 명 보내선 안 될 것 같소. 그리고 사질 중에서도 한 명을 보내야 할 것 같소."

"당연히 그래야지. 호남성 전체가 떠들썩한 일인데."

"누가 좋겠소?"

"누가 좋을까……."

"무혁이가 요새 뜸했으니 무혁이를 보냅시다."

"무혁이 좋지."

"그런데 한 명 갖고 되겠소?"

"백우결은 어떻소?"

그 말에 장로들이 모두 혀를 차며 고개를 저었다.

"그놈은 글렀어."

"그놈을 보냈다가 우리 백선문만 욕을 먹으라고? 안 돼. 그놈은……."

"요 근래 착실하게 무공 수련도 하는 것 같던데."

"요 며칠 수련한 걸로 얼마나 버티겠어. 서문세가 사람들도 죽어나가는 마당에. 그리고 그놈이 나갔다가 우리 백선문은 순식간에 비웃음거리로 전락할 거야."

그때, 공부선의 옆 자리에서 지금까지 입을 다물고 있던 노인이 손을 들었다. 그러자 다른 장로들이 그의 손에 시선을 모았다. 그는 천수악의 이사제로 이들 장로들 사이에서는 배분이 제일 높은 양염평 장로였다.

"귀주성에 나갔던 천이가 일을 마치고 돌아오는 길이라 하오. 그러니 천이에게 서찰을 보내서 오는 길에 호남성에 들리라고 하는 건 어떻소?"

"그거 좋소이다."

"저도 찬성하는 바입니다."

"저도 찬성하오."

"뭐, 반대할 이유가 있소? 천이로 보냅시다."

장로들이 속속들이 말했다.

"사공비는 그런 혼란스러운 곳에 보내기에 알맞지 않고 단유휘는 혼자가 아니면 백선행을 나가질 않으니 남은 건 천이밖에 없구려."

장로들의 말이 지나가고 공부선도 동의를 한다는 듯 고개를 끄덕였다.

"백우결도 보내는 건 어떻소?"

갑작스런 양염평의 말에 장로들의 얼굴에 동요가 일었다.

"왜 갑자기 백우결을……."

"그놈을 보냈다간 우리 백선문만 망신당할 것이오."

여기저기서 탄식 어린 한숨이 흘러나왔다.

"백우결을 보내려는 특별한 이유라도 있습니까? 일손이 모자란 거 같으면 사공비나 단유휘도 있습니다."

공부선은 차분하게 물었다.

"이미 다른 장로들이 말했다시피 그 둘은 이 일에 적합하지 않소."

"허면, 백우결은 적합하단 말입니까?"

"서문세가뿐만 아니라 호남성에 있는 모든 문파들이 나섰소. 그래도 흉수를 잡기는커녕 그들의 흔적조차 제대로 찾지 못했소. 이럴 땐 다른 사람은 생각지도 못하는 색다른 시선이 필요하오."

"그게 백우결이란 말씀이십니까?"

그 말에 양염평이 입꼬리를 길쭉하게 찢었다.

"그렇소."

"백우결에게 무리입니다."

"백우결은 지난 20일 넘게 하루도 빠짐없이 무공을 수련했소. 심지어 기루에도 가지 않더이다."

"그래서 기회를 주고 싶은 겁니까?"

"본인이 그렇게 말하고 있지 않소? 스스로 달라진 걸 보여주면서 이제 세상 밖으로 나올 준비가 됐다고 말하고 있지 않소?"

"……."

공부선은 침묵을 지켰다. 다른 사람이 말했다면 그 말을 믿었을 지도 모른다. 하지만 그 말을 내뱉은 사람이 양염평이라면 달랐다.

'평소에는 백우결을 탐탁치 않아하더니, 왜 이제 와서…….'

그는 천수악 앞에서도 노골적으로 싫어한다는 기색을 드러낼 만큼 백우결을 마음에 들어 하지 않았다. 심지어 다른 사람들 앞에서는 천수악의 둘째 제자를 아예 대놓고 첫째 제자로 말한 적도 있었다. 그런데 그런 양염평이 백우결을 위하는 듯 한 말을 내뱉으니 믿음이 안 가는 건 당연했다.

"사형께서 그렇게까지 말씀하신다면……."

다른 장로들도 공부선처럼 의아해 하는 얼굴이었지만 그래도 그들은 양염평의 말을 따르기로 한 듯 하나, 둘씩 고개를 끄덕였다. 하지만 이 일에 권한이 없는 공부선은 가만히 앉아서 그들의 결정을 지켜보기만 했다.

‡‡

늦은 밤, 처소로 돌아온 진도운은 심각한 표정으로 침상 끝에 걸터앉았다.

'어째서 만금성에서 백우결을 찾고 있지? 단유휘가 말하는 걸로 봐선 백우결이 이곳에 있는 걸 모르는 것 같은데.'

그 이유를 알 수 없었다.

'분명 백우결은 만금성의 후계자인데…….'

진도운은 머릿속을 괴롭히는 그 생각 때문에 씻지도 못하고 한동안 침상 끝에만 앉아있었다. 그런데 그때, 누군가 처소 안으로 들어와 방 문 앞에 섰다.

"양염평 장로다. 잠시 안에 들어가도 되겠느냐?"

오랜 세월이 묻어나오는 목소리였다.

'양염평이라면…….'

양염평이 천수악의 사제라는 걸 떠올린 진도운은 침상에서 벌떡 일어났다.

"들어오시지요."

그 말이 끝나기 무섭게 진한 눈썹에 콧대가 반듯한 노인이 들어왔다. 그런데 그의 왜소한 몸에도 불구하고 그가 안으로 들어오자 방 안이 꽉 찬 것처럼 느껴졌다.

"오늘도 수련을 하고 온 게냐?"

양염평이 아직도 땀에 젖어 있는 백우결을 보며 말했다.

"예."

백우결은 그의 눈빛이 바늘로 찌르는 것처럼 따갑게 느껴졌다.

"내 너에게 할 말이 있어서 잠시 들렀다."

"그렇습니까? 여기 어디 앉아서……."

"됐다. 여기에 별로 오래 있고 싶지 않구나."

"……."

진도운은 보이지 않게 쓴웃음을 지었다.

"내일 적무혁이 호남성으로 백선행을 떠난다. 거기에 너도 합류하여라."

"제가 가봤자 별 도움이 되지 않을 겁니다."

"알고 있다."

"그럼, 어째서……."

양염평의 눈빛이 점점 싸늘하게 굳어갔다.

"이제부터 내가 하는 말을 잘 들어라."

"……."

"너는 이제부터 천 사형의 제자라는 걸 밝혀선 안 된다."

"어째서……."

"천 사형이 너 같은 걸 제자로 받았다는 게 소문이라도 난다면 천 사형은 물론이고 우리 백선문의 위신도 떨어질 것이다. 그러니 호남성에 갈 때까지 입 다물고 조용히 있어라."

진도운은 말없이 듣기만 했다.

"그리고 호남성에 가면 천이가 기다리고 있을 것이다. 천이에게 서찰을 보내 미리 일러둘 터이니, 너는 천이가 주는 돈을 받고 호남성을 떠나라."

그 말에 진도운은 눈을 휘둥그렇게 떴다.

"떠나서 다시는 돌아오지 마라."

"……."

"부탁하마."

지금까지 날이 서있던 양염평의 눈빛이 부탁한다는 말을 할 땐 애처롭게 변했다.

"이리 갑작스럽게……."

"네가 지금까지 우리 백선문을 위해 한 일이 뭐가 있느냐?"

"제가 떠나는 게 백선문을 위하는 일이란 겁니까?"

"그래. 네가 떠나는 게 백선문을 위하는 일이다."

진도운은 아무 말도 못했다.

"너는 백선문에 어울리는 사람이 아니다. 천 사형의 제자로서는 더더욱 아니지."

그의 목소리에서 진심이 느껴졌다.

"네가 떠나면 세상이 알고 있는 대로 천이가 대사형이 될 것이다."

진도운은 그가 말하는 '천'이 천수악의 두 번째 제자라는 걸 알 수 있었다.

"천이도 알고 있는 겁니까?"

"천이는 그저 너에게 여비를 전해주는 걸로만 알고 있을 것이다."

"……."

"네가 조용히 떠나준다면 아무 탈도 없을 것이다."

양염평은 말없이 서있는 진도운을 등지고 돌아서며 밖으로 나갔다.

"밤새 잘 생각해보아라. 무엇이 백선문을 위한 것인지……."

문 너머로 양염평의 목소리가 들렸다. 그리고 그 목소리가 사라지자마자 진도운은 침상 위에 누웠다.

"도대체 얼마나 한심하게 살아왔으면 사숙되는 사람이 나가달라고 애걸하냐?"

진도운은 씻는 것도 잊은 채 그대로 잠이 들었다.

‡‡

진도운은 해가 뜨기도 전에 일어나 몸부터 씻고 나와 방 한쪽에 박혀 있는 옷장 문을 열었다. 그리고 옷장에서 대충 눈에 띄는 옷 3벌을 꺼내 행낭에 넣고 둘둘 말았다. 그리고

다시 옷장 문을 닫으려는 찰나 옷 밑에 깔려 있는 가죽 주머니가 눈에 들어왔다.

진도운은 가죽 주머니를 한 손에 들었다. 그러자 가죽 주머니가 찰랑거리며 묵직하게 흔들리는 것이 단번에 돈이 들어있는 전낭임을 알 수 있었다.

"꽤 무게가 있군."

진도운은 전낭을 열어 안을 들여다봤다. 그리고 자신의 얼굴을 비추는 금빛에 놀라 눈을 휘둥그렇게 떴다. 전낭 안에는 금자가 가득 차있었고 중간 중간 다양한 색을 머금고 있는 보석들이 콕콕 박혀 있었다.

"……."

진도운은 말문이 막혀 멍하니 전낭 안을 들여다봤다. 백우결이 만금성의 후계자인 만큼 상당한 돈이 들어있을 거라 짐작했지만 이 정도 일 줄은 몰랐다.

"은자라고 해도 놀랄 지경인데……."

전낭은 주먹 두 개 합쳐놓은 만큼 컸고 그 안은 금자와 보석으로 꽉 차 있었다. 간간히 은자가 보이긴 하지만 금빛 물결에 묻혀서 제대로 구별이 가질 않았다.

"이러니까 홍문루를 매일 제 집처럼 들렸겠지."

진도운은 전낭을 꽉 묶고 허리춤에 매달았다. 그리고 옷자락으로 전낭이 보이지 않게 가렸다. 그때, 문 밖에서 쿵쾅쿵쾅 거리는 걸음 소리가 들렸다. 누가 봐도 적무혁의 걸음 소리였다.

"대사형. 일어났소?"

적무혁이 문을 열며 말했다.

"일어났다."

"웬일이래? 이렇게 일찍 일어나고."

진도운은 피식 웃으며 행낭 끈을 어깨에 멨다.

"누구누구 가는 거지?"

"대사형하고 나하고 일반 제자들 한 30명쯤 가는 것 같더이다."

"많이도 가는군."

백선문의 인원은 얼추 70명 정도가 되고 그 중에 20명이 문파의 살림을 책임지는 사람이란 걸 감안하면 30명이 나가는 건 상당히 이례적인 일이었다.

"장로님들께 얘기 못 들었소? 지금 호남성 난리라오."

어젯밤, 양염평이 들려 자신을 보고 떠나라고만 했지 무슨 이유로 백선행을 나가는지는 안 알려주었다.

"자세히 못 들었어."

"호남성에서 무림인들이 죽고 납치되고 있소."

"그게 다야?"

"아직까지 알려진 게 아무것도 없으니 자세히 랄 것도 없소."

"그렇군."

"아! 그거 봤소? 흉수들이 무림인들을 죽이고 웬 이상한 그림이 그려져 있는 종이를 놓고 갔더이다."

적무혁은 이제 기억난다는 듯이 말했다.

"이상한 그림?"

적무혁은 품속에서 반쯤 접혀 있는 종이를 꺼내 내밀었다.

"한 번 보시오."

진도운은 종이를 받고 활짝 폈다. 그 종이에는 눈이 없는 새빨간 악귀의 얼굴이 그려져 있었다. 그런데 그 종이를 본 진도운의 얼굴이 확 굳었다.

"……!"

그리고 그는 종이를 쥔 손을 미세하게 떨기까지 했다.

"서문세가의 가주가 주었소. 어떻소? 섬뜩하지 않소?"

"무림인들을 죽이고 납치한 자리에 이게 있었다고?"

적무혁이 고개를 끄덕였다.

"그렇다고 하더이다."

"확실한 거야?"

"서문세가 가주가 직접 가져왔다 하지 않았소? 그럼 확실한 거지."

"이건 내가 갖고 있지."

진도운은 그 종이를 다시 반으로 접으며 품속으로 집어넣었다.

"마음대로 하소. 그 그림이 으스스해서 괜히 불길하단 말이오."

"……."

진도운은 계속해서 낯빛이 굳은 채로 있었다. 그리고 그 때 처소 밖에서 시끌벅적한 소리가 올라왔다.

"아, 저 소저 또 저러네."

적무혁이 눈살을 찌푸리며 말했다. 그러자 진도운은 그 시끌벅적한 소리 속에서 한 여인의 목소리를 잡아냈다.

"누군데?"

"서문예라고 서문세가 가주의 여식이오."

"그런데 왜 아침부터 저렇게 소리를 지르고 있어?"

"마차 타고 간다니까 저러는 거 아니요."

"우리 인원이 몇 명인데 마차를 타고 가?"

"우리 말고 대사형 말이오. 대사형 때문에 마차를 빌렸소."

진도운은 고개를 갸웃거렸다.

"나 때문에?"

"아, 그럼 호남성까지 가는 길인데, 그 먼 길을 그냥 가려고 했소? 그리고 한 시라도 빨리 가야하는데, 대사형은 산에 조금만 올라도 지치니 마차를 빌린 것이오."

"그건 내공을 쓰지 않고 올라서 그렇잖아."

"그걸 감안해도 마차 없으면 몇날 며칠을 달려야 할 텐데, 그럼 대사형의 무릎이 못 버티오."

적무혁이 머리를 박박 긁으며 말을 이었다.

"난 괜찮으니 마차는 두어라."

"괜한 객기 부리지 말고 그냥 타고 가시오."

"괜찮다니까."

적무혁은 못 미더운 눈초리로 쳐다봤다.

"알겠소. 가다가 마차 불러달라고 떼써도 그때는 소용없소."

"그래."

진도운은 피식 웃으며 말했다. 그리고 이내 뭔가 떠올랐다는 듯 다시 입을 열었다.

"서문세가 사람들뿐만 아니라 문파 외의 사람들 앞에선 대사형이라고 부르지 마라."

그 말에 적무혁이 짜증난다는 듯 얼굴을 일그러트리며 한숨을 푹 쉬었다.

"난 대사형이 백선행에 간다고 해서 사람들 앞에 당당히 나서는 줄 알았소. 그런데 대사형이라고 부르지 말라는 건 본인을 감추는 거 아니요?"

"아직은 밝히고 싶지 않다."

"그럼 서문세가 사람들이 누구냐고 물어보면 뭐라고 말하오? 분명히 대사형 혼자 마차 타는 거 보고 물을 텐데 말이오."

"그냥 백선문에 머무는 손님이라고 해. 그리고 공자님이라고 부르고."

"아이고, 백 공자님. 본문에 머무는 손님이 무슨 일로 백선행에 따라가겠소?"

적무혁이 비꼬듯이 말했다.

"구경하려고 따라갈 수도 있는 거잖아?"

"꼭 그렇게까지 해야 되오? 그냥 백선행에 참가하는 김에 속 시원하게 밝히는 게 낫지 않소?"

"나중에."

"에휴. 알겠소."

적무혁이 밖으로 나가며 문을 닫았다.

"일반 제자들에게도 말해두고."

"알겠소."

문 밖에서 들리는 적무혁의 목소리에 진도운은 잠시 침상 끝에 걸터앉았다. 그리고 만금성에서 백우결을 찾고 있다는 단유휘의 말을 떠올렸다.

'그런 경우는 딱 하나 뿐이지.'

만금성에서 도망쳤다는 것. 그것 말곤 만금성에서 본인들의 후계자가 어디 있는 줄도 모르고 찾고 있다는 상황이 말이 되질 않았다.

'무슨 이유가 있을 테니, 만금성에서 도망쳤겠지.'

만약, 천수악의 첫 번째 제자라는 게 세상에 드러나는 순간 많은 주목을 받을 테고 그럼 틀림없이 만금성의 귀에도 들어갈 것이다.

'어서 살을 빼야겠어. 알아보지 못하게.'

경공이란 몸 전체를 움직이는 운신법이다. 그러니 서문세가까지 경공으로만 이동한다면 틀림없이 살이 빠질 것이다. 그럼, 만금성에서 뿌린 백우결의 얼굴하고도 많이 달라질 테니, 알아볼 사람도 없을 것이다.

진도운은 머릿속에서 떠도는 구야혈교의 무공들 중에서 적당한 경공을 물색했다. 그리고 구야혈교 내에서도 지난 300년 동안 아무도 익히지 못했던 신표혈리술(神漂血理術)을 떠올렸다.

‡‡

양염평 장로는 자신의 처소에서 백선문을 떠나는 일단의 무리를 보고 있었다. 양염평은 그 무리를 보며 한심하다는 듯 혀를 찼다.

"쯧쯧……."

그때였다.

"단유휘입니다."

문 밖에서 굵직한 목소리가 들렸다.

"들어오너라."

양염평은 창문 앞에 서서 뒷짐을 쥔 채로 말했다. 그러자 단유휘가 안으로 들어오며 문을 꽉 닫았다.

"저를 찾으셨다고 들었습니다."

단유휘가 정중히 고개를 숙이며 말했다.

"네가 백우결을 몰래 따라가야겠다."

"지금 백선행을 떠난 걸로 알고 있습니다만……."

"방금 떠났지."

"저는 혼자가 아니면 백선행을 가지 않습니다."

"누가 백선행을 나가라고 그랬나? 백우결을 쫓아가라고 했지."

단유휘가 미간을 모았다.

"그럼……."

"호남성에서 백우결을 처리해라."

"처리하라는 건 정확히 무슨 뜻입니까?"

"내가 어젯밤 백우결에게 가서 말해두었다. 백선문을 위해 돌아오지 말아달라고."

"왜 그런 말씀을……."

"백선문에 방해가 되니까."

단유휘는 말없이 듣기만 했다.

"천 사형의 첫 번째 제자가 그런 망나니라는 사실이 알려지기라도 한다면, 그 날로 백선문의 위상은 땅바닥에 쳐박힐 것이다."

"……."

"백선문은 숭고해야 한다. 그리고 티 끝 하나 없이 깨끗해야 한다."

"……."

"그 고결함을 더럽히는 사람을 내버려 둘 수 없지. 아무리 천 사형의 제자라도 말이다."

단유휘의 눈썹이 파르르 떨렸다.

"그럼 처리하라는 말뜻은……."

"죽여라."

"그냥 떠나보내면 되는 거 아닙니까?"

"그놈이 어디 가서 떠벌릴 줄 알고 그냥 보내준단 말이냐?"

"적 사형이 가만히 보고 있지만 않을 겁니다."

"그래서 백우결에게 떠나라고 말한 것이다. 백우결이 적무혁을 떠나 혼자 있게 되는 순간 죽여라. 그리고 호남성에서 벌어지고 있는 일에 휘말려 죽은 것처럼 꾸미고."

그 말에 단유휘가 고개를 끄덕였다.

"알겠습니다."

그때 양염평이 품속에서 종이 한 장을 꺼내 뒤로 던졌다. 그에 단유휘가 손을 뻗어 종이를 잡았다. 그 종이에는 새빨간 악귀의 얼굴이 그려져 있었다.

"백우결을 죽이고 그 자리에 두어라."

"이게 뭡니까?"

"지금 호남성에서 벌어지고 있는 일이다. 어제 서문세가의 가주가 준 걸 보고 베껴 그린 것이지. 그걸 백우결의 시체 옆에 두면 사람들은 백우결이 그 일에 휘말렸다고 생각할 것이다."

"……."

단유휘가 종이를 반으로 접어 품속에 넣었다.

"저길 보아라."

양염평이 창문을 보고 있는 그대로 손을 뻗어 탁자를 가리켰다. 그 탁자 위에는 그림과 글씨가 새겨져 있는 서찰이 놓여 있었다.

"한 번 읽어보아라. 내 너를 위해 가져왔으니."

단유휘는 탁자 위의 서찰을 들어 안에 있는 내용을 훑어봤다.

"……."

서찰 위에는 만금성에서 사람을 찾고 있다고 적혀 있었고 그 아래에는 백우결의 얼굴이 자세히 그려져 있었다. 그건 단유휘도 이미 한 번 본적이 있는 서찰이었다.

"아직 다른 사람은 모른다. 아예 만금성에서 서찰을 보낸 것도 모르지."

"만금성에서 왜 백우결을……."

단유휘는 모른 척 물었다.

"백우결이 만금성의 후계자라는 구나."

"이 서찰에 그런 말은 없습니다."

"시나귀들에게 들었다. 지금 만금성에서 찾고 있는 사람이 만금성의 후계자라고……."

"……."

"모르고 있었더냐?"

"예."

단유휘는 이번에도 거짓말을 했다.

"한때 백우결과 친하게 지내지 않았더냐?"

"하지만 본인이 만금성의 후계자라고 밝힌 적은 없습니다."

"그럼, 네게 그 서찰이 좋은 선물이 되겠구나."

양염평 역시 단유휘의 가문과 만금성이 얽힌 일화를 알고 있었다.

"그들이 보기엔 우리가 백우결을 감추고 있는 것처럼 보일 수도 있다. 더군다나 나는 서찰을 받고 지금까지 모른 척 하고 있으니 더더욱 그리 생각하겠지."

"……."

"만금성이 알게 된다면 꽤 골치 아픈 일이 벌어질 거야. 너는 이미 만금성에게 한 번 당한 게 있으니 잘 알지 않느냐?"

"혹시 일부러 알리지 않은 겁니까?"

"황제가 만금성의 후계자를 보고 술과 여자에 빠져 사는 게을러빠진 곰이라 말했다. 만천하에 모르는 사람이 없어. 그런데 그런 놈이 백선문의 사람이란 게 알려지면 어떻게 되겠느냐?"

"……."

단유휘는 아무 말도 하지 못했다.

"대나귀라면 손에 피를 묻힐 줄도 알아야하는 법이니라. 설령, 그게 사형제의 피일지라도."

"……."

"내가 백선문을 지키기 위해 스승님마저 죽였다는 걸 잊지 마라."

"알겠습니다."

단유휘가 나직한 목소리로 말했다.

4장. 서문세가

신표혈리술은 공기의 결을 타고 유랑하듯 자유롭게 움직이며 때론 그 자유분방한 움직임으로 상대를 현혹시키는 것이 주된 특징이었다. 문제는 자유분방한 공기의 움직임을 제약이 심한 인간의 몸으로 따라가다 보면 관절에 무리가 갈 수밖에 없었다. 자연의 한 요소인 공기는 어떠한 제약도 없이 자유롭게 움직이기 때문이다. 그리고 이것이 구야혈교 안에서 신표혈리술이 지난 300년 동안 외면 받아온 이유이기도 하다.

하지만 진도운은 처음부터 신표혈리술을 제법 능숙하게 펼칠 수 있었다. 그게 가능한 이유는 이미 신표혈리술이 통달해 있는 머리와 귀살류도 끄떡없이 펼칠 수 있게 해주는 백우결의 신비한 몸 때문이었다.

'역시 이번에도 관절에 무리가 없군.'

많은 사람들을 포기하게 만든 부작용이 백우결의 몸에선 통용되지 않았다. 결을 타고 자유롭게 쭉쭉 뻗어나가다가도 관절이 뒤틀리는 고통은 없었다.

'시원하군.'

진도운은 정면에서 불어오는 바람이 얼굴에서 나부끼자 자신도 모르게 싱긋 웃었다. 그리고 그때, 좀 떨어져 있던 적무혁이 땅을 박차며 진도운 쪽으로 방향을 꺾었다.

"그 경공은 뭐요?"

적무혁이 진도운의 옆에 붙으며 말했다. 구야혈교 내에서도 300년 동안 아무도 익히지 않은 경공을 적무혁이 알아볼 리 없었다.

"아니, 경공이 맞긴 한 거요?"

적무혁의 눈에는 진도운의 경공이 어떠한 틀도 갖추고 있지 않아 그냥 자유롭게 달려가고 있는 것처럼 보였다.

"그런 경공은 처음 보오. 그것도 기존에 있던 경공을 수정시킨 것이오?"

"비슷하지."

진도운은 대충 얼버무렸다.

"그렇소? 그럼, 나중에 나도 알려주소."

"그러지. 네가 할 수 있다면."

"그게 뭐 어렵다고."

적무혁이 어깨를 으쓱거리며 말했다. 그러자 진도운이 피식 웃으며 앞을 바라봤다.

서문예는 뒤따라오는 백선문의 무인들 사이에 끼어있는 진도운을 신기하다는 눈빛으로 바라봤다.

"저 몸으로 잘도 쫓아오네요."

"사람을 겉으로만 보고 판단해서는 안 되느니라."

하지만 그녀는 그 말을 들은 척도 안했다.

"그런데 무슨 경공이 저럴까? 경공만 봐선 백선문 사람 같지 않은데."

그녀의 옆에서 발을 맞추던 서문도가 고개를 뒤로 한 번 돌렸다가 다시 앞을 쳐다봤다.

"이상하긴 하구나."

"그렇죠?"

"저 자가 누구길래 백선문에서 저리 감싸고도는 줄 모르겠구나."

그녀는 그제야 진도운 주변을 둘러싸고 있는 백선문의 제자들이 눈에 들어왔다.

"뭐, 백선문에 머무는 손님이라고 하니까……."

"손님이면 그냥 손님인거지. 저리 애지중지 모실 필요가 있느냐?"

"아까 안 봤어요? 배는 이만큼 나와서 혼자 걷는 것도 힘들어 보이던데."

그녀가 두 팔을 크게 벌리며 말했다.

"그럴 수도 있고."

서문도는 내색을 하진 않았지만, 여간 신경 쓰이는 게 아니었다.

‡‡

진도운은 신표혈리술에 적응이 될 때쯤 품속에서 오늘 아침 적무혁이 받은 종이를 꺼내, 그 안에 그려진 새빨간 악귀의 얼굴을 보았다.

'이걸 다시 보게 될 줄이야.'

진도운은 예전에 이것과 똑같은 그림을 본 적이 있었다.

구야혈교에 있었을 시절, 진도운은 교주의 명을 받고 구야혈교 안에서 벌어지고 있는 반란자들을 색출하고 있었다. 반란은 꽤 주도면밀하게 진행됐고 생각보다 많은 이들이 관여되어 있었다.

'그들 역시 혈교의 사람들이었지.'

800년 전, 고금 무림에서 가장 강하다고 평가받는 혈교가 중원을 피로 물들이며 발호했다. 그들은 오랫동안 음지에서 숨어 지내다가 마침내 세상 밖으로 나온 것이다. 세상에 뛰쳐나온 그들은 짐승처럼 미쳐 날뛰며 백도와 흑도를 가리지 않고 모든 문파들을 잔혹하게 짓밟았다. 그 당시 무림은 고금을 통틀어 가장 많은 피를 흘렸다. 하지만 영원한

것은 없는 법, 결국엔 그들도 무너졌다.

그들이 거침없이 세상을 피로 물들이고 있을 때, 혈교 안에선 두 파벌로 나뉘었다. 한쪽은 무림인로서 혈교에 머무르던 자들이고 다른 한쪽은 종교로서 혈교를 떠받들던 자들이었다. 그들은 서로의 이념 차이로 각을 세우다가 서로의 간극을 좁히지 못하고 둘로 나눠졌다.

무림인으로서 혈교에 머무르던 쪽은 새롭게 구야혈교(究惹血教)라는 문파를 만들었고 종교로서 혈교를 떠받들던 자들은 철본혈교(鐵本血教)라는 다른 세력을 만들었다. 그리고 그들은 서로 본인들이 혈교를 계승한다며 중원을 두고 전쟁까지 치렀다.

그 전쟁은 무림인들이 많이 있던 구야혈교의 승리로 막을 내렸다. 전쟁에서 패배한 철본혈교는 다시 사람들의 눈이 닿지 않는 곳으로 숨어들었고 구야혈교는 중원의 새로운 주인이 되었다. 하지만 그 전쟁으로 구야혈교 역시 막대한 타격을 입고 세가 급격히 줄어 중원을 다시 빼앗겼다.

'그때도 이게 있었지.'

진도운은 아직도 그날의 기억이 생생했다. 구야혈교에서 색출된 반란자들에게 지금 자신이 쥐고 있는 종이와 똑같은 종이가 있었다. 눈이 아예 없고 악귀가 입을 쭉 찢어 웃고 있는 모습, 그리고 피를 뒤집어 쓴 것처럼 새빨갛게 물들어서 새하얀 종이에 그려져 있었다. 그건 철본혈교의 상징으로 구야혈교에서 반란을 일으켰던 자들은 철본혈교의 꾐에 넘어간 자들이었다. 하지만 진도운은 반란자들을 뿌리 채 뽑았고 구야혈교 안에서 철본혈교의 흔적을 지웠다. 그래서 진도운은 지금 호남성에서 무슨 일이 벌어지고 있는지 잘 알고 있었다. 그리고 앞으로 무슨 일이 벌어질지 정확히 알고 있었다.

'철본혈교가 다시 나타날 줄이야…….'

진도운은 씁쓸히 웃으며 다시 종이를 집어넣었다. 그런데 그때 앞서 가고 있던 서문예가 다가와 옆에 붙었다.

"그거 경공 맞아요?"

"맞소."

진도운은 앞만 보며 나아가고 있었다.

"무슨 경공이 그래요?"

그녀는 초면에 실례되는 말을 거침없이 내뱉었다.

"소저는 무슨 경공이 그렇소?"

"뭐라고요?"

"남은 상관말고 알아서 가시오."

"허!"

서문예가 기가 차다는 듯 입을 다물지 못하다가 이내 눈썹을 날카롭게 세우며 진도운을 노려봤다.

"이봐요!"

"왜 그러시오?"

"내게 할 말이라도 있소?"

"있어요!"

"말씀하시오."

그런데 그때 서문예는 주변에 있는 백선문 무인들의 시선이 자신에게 쏟아지는 걸 느꼈다.

'뭐, 뭐야?'

서문예는 진도운의 정체를 알아내려고 왔지만 사방에서 자신을 쳐다보고 있으니, 좀처럼 입을 열 수 없었다. 특히나 우락부락한 체격의 적무혁마저 자신을 노골적으로 노려보고 있으니 더더욱 입을 열기 힘들었다.

"할 말이 없나 보구려."

진도운은 다시 앞만 보고 신표혈리술을 펼쳤다. 그러자 서문예가 입 안 한가득 바람을 불어넣고 다시 앞으로 튀어나갔다.

"자중하라니까."

"……."

서문도의 말에도 그녀는 입을 삐쭉 내밀었다.

그 다음날부터 서문예는 풀이 죽어서 한 마디도 하지 않았다. 가끔씩 눈을 마주치면 그녀는 시들은 얼굴을 하며 고개를 돌렸다. 하지만 진도운은 그녀에게 눈길 한 번 주지 않고 살을 빼는데 주력했다.

경공으로 이동한 첫 날은 그동안 산 중턱까지 오르면서 체력을 기른 탓인지 생각보다 잘 따라갔고 그 다음날에 근육통도 별로 없었다. 하지만 땀을 그 어느 때보다 많이 흘려서 이틀만 입어도 옷이 누렇게 번졌다. 그래서 그는 마을에 들를 때마다 새 옷을 사 입어야 했다. 그리고 새 옷이 누렇게 번지면 그 옷을 버리고 다시 새 옷을 샀다. 그걸 보고 적무혁이 돈도 많다며 한 소리 했지만, 돈은 걱정하지 않았다.

하루에도 몇 시진을 경공으로 내달리니, 날이 갈수록 살이 빠지는 게 느껴졌다. 처음 옷을 살 때는 몸에 맞는 치수를 찾기 위해 온 마을을 뒤지고 다녀야 했지만 이제는 보통 두, 세 군데 들르면 대충 몸에 맞는 옷을 찾을 수 있었다. 그리고 진흙처럼 흘러내리던 살이 점점 줄어들어 더 이상 처지지 않았다. 그걸 보고 적무혁이 대사형은 살이 워낙 많아서 처음에는 쭉쭉 빠진 거라 말했다. 하지만 그의 말과 달리 어느 정도 살이 빠져도 살 빠지는 속도가 줄어들지 않았다. 살은 계속 빠졌다.

"대사형. 어디 아픈데 없소?"

어느 날, 적무혁이 물어왔다.

"몸이 좀 뻐근한 거 말곤 없는데. 왜? 갑자기 살을 많이 빼니 몸에 문제라도 생길까봐 그래?"

진도운은 피식 웃으며 말했다.

"그게 아니라……. 대사형 무릎이 걱정 되서 그렇소."

"무릎?"

진도운은 의외라는 듯 물었다. 지금까지 무릎이 아픈 적은 없었기 때문이다.

"무릎 괜찮소?"

"경공을 펼치다보면 무릎이 뜨거울 때가 있지. 그런데 자고 나면 괜찮아져."

"그게 다요?"

적무혁이 이상하다는 듯 고개를 꺾으며 말했다.

"왜 그리 심각하게 묻는데?"

"원래 대사형처럼 뚱뚱한 사람은 처음부터 막 달리면 안 되오. 체중이 무릎을 눌러서 연골을 다치게 만드오. 더군다나 경공은 몸 전체를 움직이는 거라 그냥 달리는 것보다 무릎이 더 많은 압력을 받소."

"알고 있다. 그래서 백선문에서 출발할 때 마차를 준비한 거잖아."

"백선문에서 산을 오를 때는 산 중턱까지만 올라서 그냥 놔뒀던 거고 지금은 하루 종일 달리고 있지 않소? 그래서 난 대사형이 중간에 무릎이 다쳐서 더 이상 못가겠다고 할 줄 알았소."

"그래?"

진도운은 대수롭지 않게 말했다.

"무릎 한 번 나가면 한 달 넘게 고생해야 하오."

"……."

하지만 아무리 땅을 세게 밟아도 무릎이 아파오는 일은 없었다.

'이것도 백우결의 몸이라서 그런 건가?'

지금까지 백우결의 몸이 보여준 모습에 비하면 무릎이

멀쩡한 건 아무것도 아니었다.

"발목이나 종아리는 괜찮소? 그쪽도 똑같이 체중에 많이 눌리는 곳이오."

"괜찮은데……."

근육통은 있었지만 아플 정도는 아니었다. 그리고 그나마도 미미해서 크게 개의치 않았다.

"참, 어떻게 몸이 그렇게 튼튼할 수가 있소?"

적무혁은 연신 고개를 갸웃거리며 말했다.

"뭐, 그럴 수도 있지."

"하긴, 그러니까 우리 사부님의 제자가 된 거겠지만……. 그래도 대사형의 몸은 놀랍소."

적무혁은 그가 살이 빠지면서 조금씩 드러난 골격을 보며 말했다. 아직도 살에 파묻혀 있는 부분이 많아 자세히 볼 순 없지만 언뜻 드러나 있는 부분으로도 충분히 뛰어난 골격이란 걸 알 수 있었다.

그 날 저녁, 객잔에 자리가 없어 서문도와 서문예가 앉아 있는 식탁 바로 옆에 진도운이 앉게 됐다. 그러자 서문예는 불쾌하다는 듯 아예 몸을 틀고 식사를 했다. 하지만 서문도는 연신 진도운을 힐끗 거렸다.

'백우결이라 그랬나? 그새 살이 많이 빠진 것 같군. 처음 만났을 때와는 전혀 다른 사람 같아.'

사실, 진도운은 백우결이라는 이름도 감추고 싶었지만 적무혁이 말릴 새도 없이 이름을 밝혀 버렸다.

'아무리 과하게 살이 쪘다지만 그래도 살 빠지는 속도가 저렇게 빠를 수가 있나? 그리고 살을 뺄수록 살 빠지는 속도가 줄어들기 마련인데…….'

서문도가 보기에는 하루하루가 다른 사람으로 보일 만큼 살 빠지는 속도가 빨랐다.

'그래도 저 몸으로 뒤처지지 않고 따라오는 것 보면 생각보다 무위가 높은가 보군.'

서문도의 눈에는 진도운이 그렇게 뛰어난 무공 실력을 갖춘 것 같지 않아 보였다. 그의 외모 때문이 아니라 그가 풍기는 기운이나 그의 평소 걸음, 그리고 아무런 틀도 없이 제 멋대로 움직이는 것 같은 경공을 보고 그런 생각을 가졌다. 그런데 하루 종일 경공을 펼치며 내공을 많이 소모해도 다음 날이면 멀쩡하게 돌아와 지금까지 쳐지는 것 없이 잘 따라붙었다.

'괜히 백선문에서 저리 끼고 도는 게 아니겠지.'

서문도는 백선행 첫 날, 자신의 여식인 서문예가 진도운에게 뭐라고 할 때 등 뒤에서 노려보던 백선문 무인들의 싸늘한 기운을 아직도 기억하고 있었다.

‡‡

호남성은 평야가 많고 평야를 따라 쭉 이어진 강줄기에서 간간히 시원한 바람이 불어왔다. 그래서 호남성에 도착

한 그들 일행은 발밑의 길이 편안해지며 땀이 빠르게 식어 가는 걸 느꼈다. 하지만 서문도는 그 속에서 홀로 표정이 굳어 있었다.

"서문 가주."

적무혁은 그의 옆에 붙으며 말했다.

"무슨 일 있소?"

"한 가지 물어볼 게 있소."

"말씀하시오."

"지금 호남성에서 벌어지고 있는 일이 상당히 심각해 보이는데, 가주께서 직접 온 이유가 있소?"

백선행을 원하면 반드시 사람이 직접 와서 부탁해야 했다. 그래서 보통 백선문에 대한 예의를 지키는 뜻에서 문파 내에서도 제법 높은 사람을 보냈다. 하지만 그걸 감안하더라도 서문세가처럼 대가(大家)의 가주가 직접 온 것은 드문 일이었다.

"무슨 말인지 알겠소. 하지만 내가 와야만 했소. 그래야지만 일의 위급함을 알리고 천수악 대협의 제자 분들을 모실 수 있다고 생각했소."

적무혁은 말이 없었지만 그의 말에 공감했다. 그가 옴으로서 백선문은 지금 호남성에서 벌어지고 있는 일이 얼마나 심각한 일인지 깨달았다.

"하지만 서문 가주께서 자리를 비우면 그동안 서문세가를 누가 통제하겠소? 많은 이들이 서문세가의 말을 따르고 있을 텐데…….”

“지금은 내 아우가 서문세가를 지휘하고 있소. 그리고 다행히 내가 백선문으로 떠나기 전에 호남성에서 벌어지는 일이 잠잠해지긴 했소.”

“소강상태에 접어든 것이오?”

“그런 것 같소. 무슨 이유인지 모르겠지만 납치되는 무인의 수가 급격히 줄어들었소. 그리고 죽어나가는 무림인들의 수도 줄었고……. 그때를 틈 타 내가 백선문으로 갔던 것이오.”

그때 뒤에서 둘의 대화를 엿듣던 진도운은 심각한 표정으로 고개를 절레절레 흔들었다.

‘멈추는 건 잠시일 뿐……. 이제 곧 지옥이 시작된다.’

진도운은 이미 구야혈교에서 한 번 겪어 본 일이다. 그래서 지금의 고요가 어떤 뜻인지 잘 알고 있었다.

“정확히 언제 소강상태로 접어들었습니까?”

갑작스런 진도운의 질문에 서문도가 고개를 돌렸다.

“내가 백선문으로 떠나기 이틀 전부터 그랬소.”

“…….”

진도운은 말없이 서문도가 움직인 시간을 계산해봤다.

‘슬슬 시작할 때가 됐군.’

진도운은 고개를 들어 시선을 멀리 두었다. 그때, 그는 자신의 시야 속으로 들어온 호남성의 평야가 붉게 물드는 것 같은 착각이 들었다.

‡‡

웅장한 담장 위로 고즈넉한 갈색 빛이 감도는 목조 건물들이 풍채를 드러내고 그 위를 회색빛이 물결치는 기왓장 지붕들이 뒤덮었다. 호남성의 성도인 장사에서 가장 눈에 띄는 그곳이 바로 서문세가였다.

현재 서문세가는 이번 사태를 해결하고자 모인 호남성의 무림인들로 바글바글거렸고 백선문으로 떠난 서문도를 대신해 그의 아우인 서문기가 서문세가를 지휘하고 있었다.

그런데 그런 서문기를 비롯한 서문세가에 있는 모든 사람들이 밖으로 나와 앞마당에 나란히 놓여 있는 세 대의 수레를 둘러싸고 있었다. 그 수레에는 시체처럼 꼼짝 않고 누워있는 사람들이 있었다. 수레 하나당 세 명의 사람이 누워 있었으니 총 9명의 사람이 수레 위에 누워있었다. 그리고 그들은 모두 호남성에서 납치되었다고 알려진 무림인들이었다.

"이게 어떻게 된 일이냐?"

서문기가 수레를 훑어보며 물었다.

"이 수레들이 갑자기 대문 앞으로 왔습니다."

대문을 지키다가 이들을 발견하고 안으로 들여온 자가 말했다.

"그냥 이렇게 왔다고?"

"예. 그냥 저렇게 왔습니다."

"……."

그때 서문세가에서 머물던 사람들이 수레 주변으로 몰려들더니 한 사람씩 앞으로 나와 수레에 누워있는 자들 중 몇 명을 알아봤다.

"아직 죽은 것 같진 않은데……."

서문기의 말대로 수레 위에 누워있는 자들은 의식만 없을 뿐 버젓이 숨을 쉬고 있었다.

"일단 신원부터 파악해라."

서문기의 말에 사람들이 일사불란하게 움직이며 수레 위에 누워있는 자들을 한 명씩 끌어내렸다. 그런데 그때, 제일 끝에 있는 수레에서 한 사람이 사래 걸린 듯 기침을 내뱉으며 상체를 일으켰다.

"크억! 컥."

그 자는 눈을 뜨며 기침을 해대다가 주변을 둘러싼 사람들을 보고 멈칫했다.

"여, 여기가 어디요?"

주변에 몰려든 이들은 모두 놀란 듯 눈을 동그랗게 뜨고 그를 바라봤다.

"안심하시오. 여긴 서문세가이오."

서문기가 그에게 다가가며 말했다. 그러자 수레에서 깨어난 사내는 그제야 안심이 됐는지 기침을 그쳤다.

"내, 내가 살아남은 것이오?"

"그렇소."

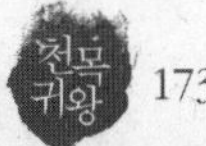

"으흐……. 그럼 다른 사람은……."

"아직 깨어나질 못하고 있소."

그 자는 수레에 누워있는 다른 사람들을 보고 화들짝 놀라며 수레에서 뛰어 내렸다. 그리고 그는 그대로 엉덩방아를 찧으며 땅바닥에 앉았다.

"괜찮으시오?"

서문기가 눈높이를 맞추며 말했다. 그러자 서문기의 눈에 그 자가 입고 있는 옷이 들어왔다. 호남성의 문파 중 하나인 신현문의 복장이었다.

"신현문의 제자이요?"

"그렇소."

그 자는 다급히 고개를 끄덕이며 말했다.

"나는 서문기라 하오. 소협께선 이름이 어떻게 되시오?"

"과, 곽철명이오."

"일단 곽철명 소협을 안으로 모시겠소. 안에 들어가면 의원이 기다리고 있을 터이니, 먼저 몸부터 추리시는 게 좋겠소."

서문기는 직접 곽철명을 부축하며 일어나 그를 안으로 데리고 들어갔다. 하지만 여전히 수레 위에 있는 나머지 8명은 눈을 뜨지 않았다.

그날 저녁, 서문기는 의원에게 곽철명의 몸에 아무런 이상이 없다는 말을 듣고 나서야 곽철명과 독대를 가졌다. 그는 곽철명이 있는 방 안으로 들어가기 전에 신현문은 며칠 전에 이미 멸문을 당했고 생존자는 두 명 밖에 없다는 보고를 받았다. 그리고 그 두 명은 지금 장사의 아래쪽에 있는 형양 마을에 머무르고 있다는 보고도 받았다. 그에 표정이 어둡게 굳은 서문기는 홀로 방 안으로 들어가 곽철명이 누워있는 침상 옆에 앉았다. 그리고 곽철명이 일어나려하자 서문기가 그의 어깨를 누르며 말렸다.

"누워 있어도 괜찮소."

서문기는 이어 헛기침을 해가며 목을 가다듬었다.

"곽 소협에게 이런 말을 전해서 미안하오."

"……."

곽철명은 말없이 듣고만 있었다.

"신현문은 이미 멸문 당했고 생존자는 두 명뿐이라고 하오. 일단은 생존자가 있는 곳으로 사람을 보냈소. 며칠 내로 그들을 뵐 수 있을 것이오."

"……."

곽철명은 고개를 숙이며 눈을 꾹 감았다. 그 모습이 꼭 눈물을 참고 있는 것처럼 보였다. 그래서 서문기는 그가 진정 될 때까지 조용히 기다려주었다.

"괜찮으시다면 몇 가지 물어도 되겠소?"

한참 뒤에야 서문기가 물었다.

"……."

곽철명은 힘없이 고개를 끄덕였다.

"납치당하고 나서 어디로 끌려간 지 아시겠소?"

"모르오."

곽철명은 고개를 저었다.

"그럼, 무슨 일이 있었는지는……."

"기억이 안 나오. 납치당할 때 자루 안으로 들어간 건 기억이 나는데, 그 뒤로는 기억이 없소."

그건 목격자가 말한 것과 일치했다.

"아무것도 기억나는 게 없소?"

"자루 안에 다른 사람들도 있었다는 건 기억나오. 하지만 그 외에는……."

곽철명은 고개를 절레절레 흔들었다.

"알겠소. 일단 푹 쉬고 계시오."

"……."

"그동안 고생이 많았소. 여기서부터는 우리가 맡으리다."

서문기는 더 이상 캐묻지 않고 밖으로 나갔다.

서문기는 그날 집무실에서 밤을 지새우고 해가 뜰 때쯤 밖으로 나왔다. 그리고 서문세가를 분주하게 뛰어다니는 호남성의 무림인들을 보고 멈춰 섰다. 그들은 어제 납치되었던 무림인들이 돌아오고 난 이후로 밤새 저렇게 활기차게 움직이고 있었다. 어쩌면 납치된 동문의 제자들이 다시 돌아올 수도 있다고 생각한 탓이다. 하지만 그들을 바라보는 서문기의 눈에는 근심이 뿌옇게 껴있었다.

"형님. 벌써 일어나신 겁니까? 아니면 밤새 잠을 못 주무신 겁니까?"

집무실 밖에 나와 있는 서문기의 옆으로 길쭉한 체형에 반드러운 인상을 지닌 중년인이 다가왔다. 그는 숙부의 아들인 서문백이었다.

"왔느냐?"

서문백은 목인사를 하며 서문기의 옆에 나란히 섰다. 그리고 그는 서문기의 시선을 따라 자신의 고개를 움직였다.

"저들이 헛된 희망을 품고 있는 건 아닐지 모르겠구나."

"저도 그리 생각합니다. 어제 몇 명이 돌아왔다고 해서 다른 사람들까지 돌아올 거란 보장은 없으니……. 하지만 전 저들보다 어제 돌아온 아홉 명이 신경 쓰이는군요."

그 말에 서문기가 슬며시 고개를 끄덕였다.

"너라면 이상하게 여길 줄 알았다."

"분명 본가에서도 납치된 사람들이 있습니다. 하지만 어제 돌아온 9명 중에 본가의 사람은 없습니다. 그런데 왜 본가로 온 걸까요?"

"……."

"그들이 제 발로 돌아온 것도 아니니 결국엔 흉수들이 이쪽으로 보냈다는 건데……. 이상하지 않습니까?"

"우리를 노리고 있다는 말이냐?"

"그게 아니라면 우리 쪽으로 보낼 이유가 없지요."

"지금 본가에 호남성의 무인들이 꽤 많이 머무르고 있지 않느냐?"

"그래서 노리기 좋은 거지요. 지금 본가에 머무는 자들은 각 문파를 대표해서 이번 일을 논의하고자 모인 자들인 만큼 제법 중요한 인물들입니다. 그런 자들이 알아서 한 곳에 모여 있으니, 흉수들에겐 얼마나 기회입니까?"

"……."

서문기는 그의 말에 반박할 수 없었다. 그 역시 같은 고민으로 밤을 새웠기 때문이다.

"문제는 어제 돌아온 9명입니다. 그들을 납치할 땐 언제고 다시 돌려보낸 이유가 뭐겠습니까?"

"글쎄다."

"어제 돌아온 9명에게 일일이 사람을 붙여놨습니다."

"아직도 의식이 없는 게냐?"

서문백은 고개를 저었다.

"곽철명을 제외한 나머지 8명은 여전히 의식이 없습니다."

그때, 서문기는 서문세가를 돌아다니는 호남성의 무림인들 사이에서 서문중을 발견했다.

"중이도 밤을 새웠나 보구나."

그 말에 서문백도 사람들 사이에 끼어있는 서문중을 보았다. 서문중은 지금 호남성에서 벌어지고 있는 일의 유일한 목격자였다.

"가족들이 눈앞에서 죽고 납치되는 마당에 혼자 살아왔으니 그 죄책감이 클 테야. 그래서 저렇게 신나 있는 거지. 납치됐던 사람들이 돌아온다면 중이도 죄책감을 덜 느끼겠지."

서문중을 바라보는 서문기와 서문백의 눈빛에서 씁쓸한 빛이 묻어나왔다.

"일단은 가주님이 오기 전까지 기다려 보자구나."

"알겠습니다."

그때 문득 서문기는 서문백의 구겨진 옷자락을 보고 자신뿐만 아니라 서문백 역시 밤을 새웠다는 걸 깨달았다.

"네가 고생이 많구나."

"저보다는 형님이 고생이십니다. 가주님도 안 계시는 마당에 챙겨야 할 사람들은 늘어나고……."

"그동안 가주님은 어떻게 이런 압박을 견뎌왔는지 모르겠구나. 난 그 9명이 돌아오는 것만으로도 신경 쓰여서 잠을 못 잘 지경인데. 가주님은 지난 며칠 동안 어떻게 견딘 것인지……."

"형님은 충분히 잘 해주고 계십니다."

서문기는 씁쓸히 웃었다. 그리고 서문백은 잠시 그 미소를 바라보다가 몸을 돌렸다.

"어딜 가는 게냐?"

"날이 밝았으니 다시 확인을 해야지요."

"누굴 말이냐?"

"누구겠습니까? 어제 돌아온 9명이지요."

"수고하여라."

서문백은 고개를 끄덕이며 그곳을 벗어났다. 그리고 그때 정신없이 서문세가를 뛰어다니던 서문중이 멀리서 자신을 보고 있는 서문기를 발견하고 다가왔다.

"형님. 여기서 뭐하고 계십니까?"

"잠시 백이랑 얘기를 나누었다."

그 말에 서문중은 고개를 돌려 멀어져 가는 서문백의 뒷모습을 보았다.

"백이는 어디 가는 겁니까?"

"어제 돌아왔던 9명의 상태를 살피러 간다는구나."

"잘 됐군요. 저도 같이 가보겠습니다."

"그들에게 무슨 볼 일이라도 있느냐?"

"곽철명에게 가서 다시 기억나는 게 있는지 물으려고 합니다. 혹시 모르잖습니까? 밤새 기억이 돌아왔을 수도 있고."

서문중은 잔뜩 흥분한 목소리로 말했다. 그러자 서문기는 서문중의 어깨를 꽉 잡았다.

"중아. 네 심정은 이해한다만, 지금은 자중해야 한다."

"형님도 납치됐던 사람들이 다시 돌아오길 바라고 있지 않았습니까?"

"이렇게는 아니었다."

서문중은 자신의 어깨에서 서문기의 손을 밀어냈다.

"저는 제 눈앞에서 가족들이 죽거나 납치 되는 걸 직접 봤습니다. 그리고 저만 살아남았지요."

"……."

"저는 그들이 돌아온 것만으로도 기쁩니다. 그리고 저처럼 괴로워하던 사람들이 다시 저렇게 활기차게 움직이는 것도 좋습니다. 부디 저의 심정을 헤아려주십시오."

"그럴 수 없다."

서문중은 입은 웃고 있지만 뺨은 파르르 떨고 있었다.

"형님은 이해 못하실 거라 생각했습니다."

서문중은 그 말만 내뱉고는 획 몸을 틀어서 서문백이 향한 곳으로 달려갔다.

"……."

서문기는 그 자리에 가만히 서 있다가 다시 고개를 돌려 서문세가를 돌아다니는 호남성의 무림인들을 보았다. 불과 어제까지만 해도 다 죽어가던 그들의 얼굴에 지금은 파릇파릇한 생기가 돌고 있었다.

"그래도 안 된다."

서문기가 주먹을 꾹 말아 쥐며 말했다.

‡‡

서문백은 어제 돌아온 아홉 명의 사람들 중에서 아직도 의식이 없는 8명을 일일이 찾아가서 상태를 살피고는 유일하게 정신을 차린 곽철명의 방에서 밤새 떠오른 게 있는지 물었다.

"여전히 기억나는 게 없소."

곽철명은 침상 끝에 걸터앉은 채 말했다.

"알겠소."

서문백은 고개를 끄덕이다가 문득 매끈한 곽철명의 손바닥을 보았다.

'신현문은 검을 쓰는 문파가 아니던가?'

보통 검을 쓰는 무림인들은 오랫동안 검을 쥐면서 손바닥에 굳은살이 박였다. 하지만 곽철명의 손은 여인의 것처럼 매끄러웠다. 검이 없는 건 납치되면서 잃어버렸다고 쳐도 손바닥은 의심스러운 구석이 있었다.

'이상하군.'

그때, 서문백은 어제 돌아온 사람들 중에서 곽철명만 유일하게 신원 확인을 하지 않았다는 걸 깨달았다. 그가 신원 확인을 하는 도중에 깨어나 스스로 이름을 말했기 때문이다.

"서현문의 생존자 중 이혜은라는 소저가 있다는구려."

"혜은이가 살아있었소? 정말 다행이오."

곽철명은 지체 없이 말했다. 그런데 그 말에 서문백의 눈썹이 꿈틀거렸다.

"이혜은이 누군지 아시겠소?"

"본문의 제자를 어찌 모르겠소?"

"어떤 사이인지 여쭤 봐도 되겠소?"

"내 사매이오."

"그것 참 다행이구려."

서문백은 자리에서 일어나며 이만 쉬라고 말하고는 밖으로 나왔다. 그때 그의 표정은 어둡게 물들어서 입꼬리가 씰룩거리고 있었다.

'이혜은이란 소저는 없다. 그건 내가 지어낸 이름이다.'

하지만 서문백은 꾹 참으며 그 자리를 떴다. 이대로 자신이 알았다는 걸 들켜선 안 됐다.

'섣불리 나섰다간 저 자만 잡고 나머지는 놓칠 수가 있다.'

그래서 그는 아무 일도 없었던 것처럼 그곳을 떠났다. 그런데 그가 복도를 나가자마자 옆방에 있던 서문중이 복도로 나왔다. 그는 서문백이 그랬던 것처럼 의식을 잃은 8명의 방을 일일이 방문하고 상태를 살피고 있었다. 그리고 이제 마지막으로 곽철명의 문 앞에 섰다. 그곳에도 어김없이 서문백이 붙여놓은 사람이 문 앞을 지키고 있었다.

"안에 계시지?"

"예. 방금 서문백 사숙께서 만나고 가셨습니다."

"그래? 별 다른 얘기는 없고?"

"아직도 기억이 나지 않은 듯 합니다."

그 말에 서문중은 아쉽다는 듯 고개를 끄덕이며 몸을 돌리려 했다. 그런데 그때, 방문이 열리며 곽철명이 얼굴을 내밀었다.

"아, 난 서문중이라 하오."

서문중은 돌아서다 말고 포권을 취하며 이름을 밝혔다. 그러자 곽철명이 고개를 끄덕이며 문에서 한 발자국 물러났다.

"안으로 들어오시겠소?"

"이만 돌아갈 참이었소. 나는 신경 쓰지 말고 편히 쉬구려."

"그래도 여기까지 온 김에 들어오시오."

그 말에 서문중은 어쩔 수 없이 안으로 들어왔다. 그리고 그가 안으로 들어오자 곽철명은 문을 꽉 닫았다.

"이거 미안하게 됐소. 난 방해하려는 게 아니라 그저 몸이 괜찮은가 확인하려고 들른 것뿐이오."

서문중은 멋쩍은 미소를 지으며 서둘러 변명을 해댔다. 하지만 곽철명의 표정은 전혀 개의치 않아 보였다.

"사실, 밤새 뭐라도 떠올렸는지 궁금해서 와봤소. 하지만 이미 백이에게 말한 듯 하니……."

"서문중 대협께서는 기억나는 게 있소?"

"갑자기 무슨 말씀을 하는 건지 모르겠소."

그 뜬금없는 질문에 서문중은 모르겠다는 투로 답했다.

"흉수를 마주하고 살아남은 유일한 생존자라고도 들었소."

"어쩌다보니 그렇게 됐소."

서문중의 표정이 어둡게 변했다.

"그때 당시 기억나는 게 있소?"

"왜 갑자기 그런 걸 물으시는 것이오?"

곽철명은 그의 얼굴을 빤히 들여다봤다.

"아무것도 기억나지 않는 것이오?"

"흉수들이 벌인 짓거리는 기억나오."

"그런 거 말고……."

곽철명은 돌연 소매 속에서 기다란 나무 작대기를 하나 꺼냈다. 그 나무 작대기는 얇고 길었고 끝에 금색 방울 3개가 붉은색 수실에 묶여 있었다. 곽철명은 그 나무 작대기를 흔들며 '딸랑딸랑' 울리는 방울 소리를 냈다.

"이러면 기억나려나?"

곽철명은 누런 이를 드러내며 말했다. 그러자 서문중은 본능적으로 고개를 뒤로 내뺐다.

"이게 무슨……."

서문중은 뒤로 넘어갈 것처럼 격하게 놀라다가 방울 소리를 들을수록 움직임이 잦아들었다. 그리고 어느새 그의 눈동자가 초점을 잃고 멍해졌다.

"이히히. 이제 기억나지? 내가 살려 준 거"

곽철명은 괴상한 웃음소리를 흘리며 방울 흔드는 걸 멈추지 않았다.

"내가 살려줬으니, 이제 보답을 해야겠지?"

"……."

서문중은 말없이 고개를 세차게 끄덕였다.

그로부터 얼마 후, 굳게 닫힌 방 안에서 방울 소리가 크게 울렸다. 그 방울 소리는 방 밖으로 튀어나와 복도를 타고 다른 방에까지 흘러갔다. 그리고 동시에 지금까지 의식이 없던 8명이 눈을 떴다.

‡‡

집무실 안에 있던 서문기는 갑작스럽게 들이닥친 서문백을 보고 벌떡 일어섰다.

"무슨 일이냐?"

"곽철명은 신현문 사람이 아닙니다."

서문백은 방금 자신이 곽철명의 손을 엿본 것부터 곽철명과 나누었던 대화까지 덧붙였다. 그리고 서문기는 그 얘기를 듣자마자 온몸을 바들바들 떨었다.

"우리를 기만했군."

"형님. 아직 곽철명은 제가 알고 있다는 사실을 모르고 있습니다."

"어쩔 셈이냐?"

"처음으로 잡은 꼬리입니다. 이 기회에 몸통까지 끌어내야 합니다."

그의 말뜻을 알아들은 서문기가 표정을 굳혔다.

"모른 척 지켜볼 셈이냐?"

"그래야 몸통을 드러내지 않겠습니까?"

"위험하다. 우린 이미 많은 피를 흘렸어."

"지금 겁을 주면 꼬리를 말고 도망칠지도 모릅니다. 형님도 아시잖습니까? 지금 흉수들은 며칠 째 모습을 드러내지 않고 있습니다."

그때였다.

"형님. 저 서문중입니다."

문밖에서 익숙한 목소리가 들렸다.

"들어오너라."

서문중이 문을 열고 안으로 들어오자 서문기가 문을 철저하게 닫으라고 말했다. 그러자 서문중이 너털웃음을 지으며 왜 그러냐고 물었다.

"흉수의 꼬리를 잡았습니다."

서문백이 말했다.

"정말이냐?"

서문중은 눈을 크게 뜨며 물었다.

"곽철명입니다."

"……."

서문중은 쩍 입을 벌리며 아무 말도 하지 못했다.

"괜찮으십니까?"

"괜찮다."

"형님. 아직 다른 사람들에게 말씀하지 말아주십시오. 지금은 일부러 모른 척 하고 있습니다."

"알겠다. 네게 다 생각이 있겠지."

서문중은 반쯤 넋이 나간 얼굴로 말했다.

"그런데 너는 무슨 일로 왔느냐?"

서문기가 물었다.

"아, 지금까지 의식이 없던 8명이 모두 정신을 차렸습니다."

"그게 정말이냐?"

"예. 그래서 지금 사람들이 몰려들어 그들 곁에 있습니다."

"그 8명에게서 이상한 징후는 없고?"

"하나 같이 기억을 못하는 거 빼곤 없습니다."

그때, 서문백이 고개를 끄덕였다.

"이미 그 8명은 신원 확인을 끝내지 않았습니까? 어쩌면 곽철명이 본가로 들어오기 위해 그 8명을 위장용으로 내세운 걸 수도 있습니다."

"그럴 수도 있겠구나."

서문기도 고개를 끄덕이며 말했다.

"어쨌든 직접 가서 살펴봐야 합니다."

"그러자구나."

서문기와 서문백이 서둘러 집무실 밖으로 나갔다. 그런데 혼자 남은 서문중은 멍하니 서 있다가 말고 연신 고개를 갸웃거렸다.

"할 일이 하나 더 남았었는데. 뭐더라……."

그는 돌연 품속에 손을 집어넣어 한 손에 쏙 들어오는 가죽 주머니를 꺼냈다.

"아!"

서문중은 가죽 주머니를 들고 밖으로 달려 나갔다. 다들 지금까지 의식이 없던 8명이 깨어났다는 소리를 듣고 그들이 모여 있는 건물로 향하는 마당에 서문중은 그 반대편에 있는 우물로 향했다.

우물 앞에 도착한 서문중은 가죽 주머니를 풀어 거꾸로 뒤집었다. 그러자 가죽 주머니 안에 있던 가루가 우물 속으로 떨어졌다. 서문중은 가죽 주머니를 흔들어서 마지막 하나까지 탈탈 털어냈다. 그리고 텅 빈 가죽 주머니는 다시 품속으로 집어넣었다.

"이제 됐다."

그는 더 이상 신경 쓰이는 게 없다는 듯 개운하게 웃었다. 하지만 얼마 못 가 그는 다시 답답하다는 듯 가슴을 쳤다.

"아직 할 일이 더 남았는데……. 뭐였지?"

그는 우물 앞에서 한참을 서성이고 있었다.

그날 낮 동안 서문기와 서문백은 의식을 차린 8명의 사람들을 일일이 찾아가 그들의 몸 상태를 살폈다. 의원들은 그들 8명은 몸에 별 다른 이상이 없다고 진단을 내렸지만 그들은 이상하게 음식이나 물을 입에 대지 않았다. 억지로 먹일라 치면 경기까지 일으키며 거부하는 바람에 억지로 먹일 수도 없었다. 그래서 결국 서문기와 서문백은 그들에게 물 한 모금 주지 못하고 밖으로 나와야 했다.

"어떻게 하시겠습니까?"

서문백은 주변을 살피며 말했다.

"일단 저들 8명을 안전한 곳으로 옮겨야겠다. 곽철명과 같은 건물에 두는 건 위험해."

"그랬다간 곽철명이 눈치 챌 수도 있습니다."

"백아. 곽철명만 보이고 다른 사람들은 보이지 않느냐? 지금까지 저들이 깨어나기만을 기다렸던 사람들을 보아라."

"그래도……."

"지금 저들은 어떤 음식도 입에 대지 않고 있다. 심지어 물도 마시질 않아. 얼마나 충격이 컸으면 그렇겠느냐? 그런데 어찌 저들을 미끼로 삼자는 말을 할 수 있는 것이냐?"

서문백은 잠시 멈칫했다가 이내 고개를 끄덕였다.

"알겠습니다. 그럼, 아예 곽철명을 잡아들이겠습니다."

"지켜볼 생각이 아니었더냐?"

"8명을 빼내다가 곽철명이 중간에 눈치 채고 달아날 수도 있습니다. 차라리 곽철명이라도 확실히 잡아두겠습니다."

"알겠다."

"그럼."

서문백은 목인사를 올리고 빠른 걸음으로 그곳을 벗어났다. 그리고 얼마 지나지 않아 서문세가의 사람들을 대동하

고 다시 돌아왔다.

서문백이 뒤에 서문세가의 사람들을 이끌고 안으로 들어오자 그 안에 있던 사람들은 어안이 벙벙해진 얼굴로 서문백을 쳐다봤다. 그러자 서문백이 검지를 세워 '쉿'이라고 말하며 복도를 가로질러갔다. 그리고 그의 뒤에 있던 자들은 건물 구석구석으로 퍼져 방 안에 있는 사람들을 밖으로 데리고 나갔다.

서문세가의 무인들은 건물 안에 있던 사람들을 모두 밖으로 내보내고 다시 서문백을 찾아 안으로 들어갔다. 서문백은 곽철명이 있는 방 앞에서 묵묵히 서있었다. 그리고 서문세가의 무인들이 돌아오자마자 눈앞에 있는 문을 열었다.

문을 열자 침상 위에 말끔한 자세로 앉아있는 곽철명이 보였다. 그는 말없이 누런 이를 드러내며 웃고 있었다.

"잡아라."

서문세가의 무인들이 방 안으로 우르르 들어가 곽철명을 줄로 묶으며 몸을 뒤졌다. 하지만 특별히 눈에 띄는 건 없었다. 그런데 곽철명은 자신의 손과 발, 그리고 몸이 꽁꽁 묶일 때까지 어떠한 반항도 하지 않았다. 심지어 밖으로 끌려 나오는데도 소리 한 번 지르지 않았다.

"이히히……."

그는 그저 괴상한 웃음소리만 흘릴 뿐이었다.

곽철명은 서문세가 사람들만 알고 있는 지하실로 끌려가 의자에 묶여 꼼짝도 못하고 앉아있었다. 그리고 그의 정면에서 서문백이 우뚝 서있었다.

'무위가 낮다.'

무공을 익힌 흔적은 있지만 무위가 그리 높아 보이지 않았다. 처음 봤을 때는 납치당해서 기가 허해진 줄 알았지만 이제 보니 그게 아니었다. 혹시 모르니 점혈을 해두었지만, 점혈이 무의미할 만큼 곽철명의 무위는 형편없었다.

"갑자기 왜 그러실까?"

곽철명은 실없이 웃으며 말했다.

"신현문에 이혜은이란 소저는 없다."

그 말에 곽철명은 쯧쯧 혀를 차며 고개를 저었다.

"이럴 줄 알았으면 신현문 놈들을 죽이기 전에 이름이라도 알아놓을 걸 그랬어."

"본가에 숨어든 속셈이 뭐냐?"

"……."

"이름은 곽철명이 맞나?"

"……."

서문백은 입을 꾹 다물고 있는 곽철명을 보며 그럴 줄 알았다는 듯 더 이상 묻지 않았다. 대신 손을 들어 뒤에서 대기 중인 건장한 체격의 장정을 앞으로 불렀다.

"네 놈이 순순히 대답할 거라 생각하지 않았다."

서문백은 뒤로 물러나며 말했다. 그러자 그 건장한 체격의 장정이 앞으로 나오며 다짜고짜 곽철명의 배를 걷어찼다.

"커억!"

곽철명이 앉아있던 의자가 박살나며 그의 몸이 붕 떴다. 그리고 그는 그대로 지하실 바닥에 떨어졌다.

"크으……."

그는 고통스러운 듯 바닥에 얼굴을 박고 배를 부여잡았다.

"서문세가에서 이리 나올 줄 몰랐어. 서문세가는 백도 아니었나? 백도가 이렇게 무자비해도 되는 거야? 백도라면 고지식한 맛이 있어야지. 남들이 알면 뭐라고 그러겠어?"

"네 놈들이 호남성에서 벌인 짓을 보고도 본가가 그런 걸 신경 쓸 거라고 생각하나?"

서문백은 그를 내려다보며 말했다.

"그럴 것 같진 않네."

"잘 아는군."

건장한 체격의 장정이 엎드려 있는 곽철명의 목덜미를 들고 일으켜 세워 주먹을 휘둘렀다. '퍽!' 울리는 둔탁한 소리와 함께 곽철명이 나가떨어졌다. 하지만 장정은 멈추지 않고 다가가 쉴 새 없이 주먹을 휘둘렀다.

그렇게 얼마나 지났을까? 꿈틀거리던 곽철명의 몸짓이 잦아들 때쯤 서문백이 그만하라고 신호를 보냈다. 그리고 서문백은 곽철명에게 다가가 그의 얼굴이 퉁퉁 부어 멍 자국이 나있는 걸 보았다.

"이제 말할 생각이 드나?"

"이히히……."

곽철명은 실없는 미소를 흘렸다.

"병신들. 이런 건 아프기만 하지 아무런 겁도 못 주는데……. 하여간 백도 놈들은 뭐든지 어설프다니까."

그는 불어터진 입술로 잘도 말했다.

"아직 멀었군."

서문백이 다시 뒤로 물러서자 옆에 서있던 장정이 곽철명의 옆구리를 걷어찼다.

"큭!"

곽철명은 짧은 비명을 터트리며 몸을 움츠렸다. 하지만 장정이 봐주지 않고 다시 차려는 찰나, 누군가 지하실 문을 두들겼다.

"백아. 나다."

서문중이었다.

"형님이 왜……."

서문백은 지하실 문을 열고 서문중을 안으로 들였다. 그러자 서문중은 곽철명을 한 번 보고는 다시 서문백을 쳐다봤다.

"형님이 여긴 어쩐 일로 오신 겁니까?"

"나도 모르겠다."

"네? 그게 무슨 소립니까?"

"나도 모르겠어. 아까부터 여길 와야겠다고 생각했어."

서문백이 눈살을 찌푸렸다.

"여길 형님이 왜 옵니까?"

그때 서문중이 고개를 돌려 곽철명을 쳐다봤다.

"여기가 아니라, 저 자였어. 저 자에게 와야 했어."

"무슨 소리를 하시는 겁니까?"

서문중은 머리를 쥐어뜯으며 곽철명을 향해 다가갔다.

"형님!"

서문백이 그의 어깨를 잡았지만 서문중은 그의 손을 뿌리치고 기어코 곽철명을 향해 다가갔다.

"왜지? 내가 왜 너를 만나야 하지?"

그 말에 곽철명이 서서히 고개를 들었다.

"내게 줄 게 있으니까."

"아! 그랬지."

곽철명은 소매 속에서 얇고 기다란 나무 작대기를 꺼냈다. 그 나무 작대기 끝에는 금방울 3개가 붉은 수실에 묶여 있었다.

"형님? 그게 뭡니까?"

하지만 서문백이 말릴 새도 없이 서문중은 곽철명의 손에 나무 작대기를 쥐어주었다.

씨익.

곽철명의 입꼬리가 쭉 늘어졌다.

딸랑딸랑.

곽철명은 누워 있는 그대로 방울을 흔들었다. 그러자 바로 앞에 있는 서문중의 눈에서 초점이 사라졌다.

"……죽여라."

목소리가 뭉뚱그려져 앞부분이 들리지 않았지만 뒤에 죽이라는 말은 확실히 들었다. 그래서 서문백은 눈을 부릅뜨며 앞으로 달려들었다. 그런데 그때, 그의 앞에 있던 서문중이 뒤돌며 허리춤에서 검을 뽑아 곽철명에게 달려드는 서문백의 배를 찔렀다.

푸욱.

서문백은 자신의 배를 내려다봤다. 익숙한 서문중의 손과 검이 보였다. 그리고 그 검이 자신의 배 한쪽을 찌른 광경이 보였다. 다행히 찔리기 직전에 몸을 틀어 치명상은 피했다.

"어, 어째서……."

서문백은 몸을 바들바들 떨며 말했다.

"저 녀석도 죽여야지."

곽철명은 옆에서 얼굴이 하얗게 질려 있는 장정을 가리키며 말했다. 그러자 서문중은 서문백을 밀어내며 그의 뱃속에서 검을 뽑고 장정을 향해 검을 휘둘렀다.

서걱!

서문중의 검이 장정의 목을 베었다.

"이히히……."

곽철명은 몸을 일으키며 머리를 잃고 뒤로 넘어간 장정의 몸을 발로 찼다.

"이히히히!"

그는 이미 죽은 장정의 몸을 발로 계속 찼다. 그리고 그때 서문중이 피가 뚝뚝 떨어지는 검을 들고 서문백에게 다가갔다. 서문백은 뒷걸음질 치며 내공을 끌어올렸다. 그런데 단전 안에서 올라온 내공이 경락에서 안개처럼 흩어지는 게 아닌가?

"왜? 내공을 못 쓰겠어?"

곽철명은 장정을 차다말고 서문백을 향해 몸을 돌렸다.

"당연히 내공을 못 쓰겠지."

오늘 아침, 서문중이 우물 안에 풀었던 가루는 두 시진 동안 내공을 흩어지게 만드는 산공독(散功毒)이었다. 그래서 오늘 하루 그 우물에서 떠온 물이나 그 우물 물로 만든 음식을 먹은 사람은 모두 산공독에 중독된 것이다.

"어, 어느 틈에 산공독을……. 분명히 철저하게 감시했는데."

서문백은 피를 꾸역꾸역 쏟아내며 말했다.

"내가 그랬겠어?"

곽철명은 나무 작대기를 흔들며 말했다. 그러자 서문백의 시선이 곽철명의 옆에 서있는 서문중에게 향했다.

"제, 제길……."

그때 서문중이 마저 서문백의 배에 검을 꽂으려 하자 곽철명은 나무 작대기를 흔들며 그를 말렸다.

"어허. 요긴하게 써야지. 그냥 죽여 버리면 쓰나."

곽철명은 씩 웃으며 말했다. 그리고 서문중을 시켜 자신에게 걸린 점혈을 풀게 만들었다.

‡‡

집무실에 틀어박혀 있던 서문기는 밖에서 분주하게 움직이는 걸음 소리를 듣고 집무실 밖으로 나왔다. 아니, 나오려는 찰나 누군가 집무실 문을 발로 차며 먼저 안으로 들어왔다.

"이히히!"

곽철명이었다.

"네가 어떻게 여기를……."

서문기가 눈을 부릅뜨며 말하다 말고 뒤이어 들어오는 두 사람을 보고 멈칫했다. 서문중이 서문백의 목에 검을 들이민 채 안으로 들어왔기 때문이다. 심지어 서문백은 배에서 피까지 흘리고 있었다.

"중아. 지금 뭐하는 것이냐?"

"저는 제 할 일을 하고 있을 뿐입니다."

"그게 어째서 네 할 일이란 말이냐?"

"이게 제 일입니다."

그때 서문백이 고개를 저었다.

"아무래도 서문중 형님이 섭혼술에 걸린 것 같습니다."

"섭혼술이라고?"

곽철명은 인상을 찌푸리면서 서문백의 뒤통수를 쳤다.

"그런 잡스러운 사술을 어디다 들이대는 거냐?"

뒤이어 곽철명은 나무 작대기를 세워 서문기를 향해 들이댔다.

"우습군. 서문세가가 나 한 놈에게 놀아나는 꼴이라니."

"무슨 짓을 한 것이냐?"

"무슨 짓이긴, 내 잠시 서문세가를 혼란스럽게 만들어놨지."

그때, 문밖에서 문을 두들기는 소리가 났다. 그러자 곽철명이 나무 작대기를 서문백 쪽으로 돌렸다.

"허튼 소리하면 어떻게 되는지 알지?"

서문기는 이를 악물고 밖으로 나왔다. 문밖에는 젊은 청년이 서있었고 그의 뒤에선 사람들이 정신없이 뛰어다니고 있었다.

5장.
혈교
(1)

5장. 혈교 (1)

"무슨 일이냐?"

"곽철명이 탈출했습니다."

"어떻게 탈출을……."

젊은 청년은 잠시 머뭇거렸다.

"서문중 사백이 도왔답니다."

"그게 무슨 소리냐?"

"서문중 사백이 서문백 사백을 인질로 잡고 있었습니다. 그래서 그냥 보낼 줄 수밖에 없었습니다. 그리고 지금은 어디로 갔는지 찾을 수도 없습니다. 이건 필시 본가의 지리를 잘 아는 서문중 사백이 돕고 있는 게 분명합니다."

그때, 반대편에서 다른 청년이 허겁지겁 달려왔다.

"오늘 아침에 깨어난 8명이 갑자기 사람들을 공격하고 있습니다."

"그건 또 무슨 소리냐?"

"말 그대로 그 8명이 닥치는 대로 사람들을 공격하기 시작했습니다. 그래서 그들을 제압하려고 해봤지만 저뿐만 아니라 다른 사람들까지도 내공이 모이지 않아 당하고만 있습니다. 아무래도 산공독에 중독된 것 같습니다."

"그게 무슨……!"

서문기는 그제야 경락에서 흩어지는 내공을 느꼈다. 사람마다 체질이 다르니 산공독이 효과를 드러내는 시간도 각자 달랐다.

"그런데 그 8명은 산공독에 중독되지 않은 듯 내공을 쓰고 있습니다. 그래서 우리쪽 사람들은 제대로 손도 못 쓰고 당하고만 있습니다."

아무리 고수라도 내공을 쓰지 못하면 한계가 있는 법, 내공을 쓰는 사람 앞에선 속수무책으로 당할 수밖에 없다.

"그들마저 한 통 속이란 말이냐?"

"아무래도 그런 것 같습니다."

서문기가 이를 악물고 고개를 끄덕였다.

"알았다."

서문기에게 보고를 마친 청년들은 다시 소란이 일어나는 곳으로 달려갔다. 그리고 서문기는 순식간에 아수라장이 돼버린 서문세가를 둘러보다가 안으로 들어왔다.

"산공독까지 뿌린 게냐?"

"이히히. 이제야 눈치 채셨군."

본래 산공독은 내공을 직접적으로 쓰려고 하지 않는 이상 눈치 채기 어렵다. 그래서 이렇게 단체로 중독시키기에 적당한 독이었다.

"하지만 어떻게 중독 시켰단 말이냐?"

"우물이지."

서문기가 눈을 감고 주먹을 꾹 말아 쥐었다.

"그렇군."

우물에 산공독을 풀었다면 이렇게 빠른 시간 안에 모두를 중독 시키는 게 가능했다. 사람이라면 누구나 물을 마실 테니까.

"원하는 게 무엇이냐?"

"원하는 건 지금 손에 넣었다."

곽철명은 나무 작대기로 서문기를 가리키며 말했다.

"나를 원한단 말이냐?"

"그래. 적을 잡으려면 우두머리부터 잡아야 한다. 그 정돈 들어봤겠지?"

금적금왕(擒敵擒王), 유명한 계책이었다. 하지만 서문기는 아직도 못 미덥다는 듯 고개를 저었다.

"이제 어쩔 생각이지? 나를 잡는다고 하더라도 여기서 탈출하는 건 불가능이다."

"누가 나간다고 했지?"

"그럼……."

"내가 너 하나 잡으려고 이 난리를 벌인 줄 알아? 바깥을 봐. 지금 다들 정신없이 뛰어다니고 있잖아."

"……."

"우두머리를 잡았으니 이제 몸뚱이를 잡을 차례지."

"네 놈 혼자서 서문세가를 무너트릴 수 있을 거라 생각하나?"

"난 혼자라고 한 적 없는데."

곽철명은 눈앞에 있는 책상 위에서 촛대를 찾아 손을 움직였다.

"내가 할 일은 세 가지지. 우두머리를 잡고 서문세가를 혼란스럽게 만든다. 그리고 봉화처럼 건물을 태워서 서문세가 밖에 있는 내 동료들에게 지금 이 상황을 알리는 거지."

"……!"

"내가 앞의 두 가지 일을 끝냈으니, 이제 너희들이 쳐들어 올 때라고 말이야."

"그래서 산공독을 푼 거로군. 나를 잡기 위해 푼 게 아니라."

"이제 알았어?"

곽철명은 누런 이를 드러내며 활짝 웃었다.

그와 비슷한 시각.

콰앙!

서문세가의 대문이 박살나며 나무 파편이 사방으로 튀었다. 그리고 두 사람이 비호처럼 날아들었다. 서문도와 서문예였다. 그리고 그 두 사람과 달리 저벅저벅 걸어들어오는 무리가 있었다. 그 무리의 맨 앞에는 적무혁이 서있었고 그의 뒤에는 백선문의 일반 제자들이 있었다. 그리고 그 사이에 진도운이 껴 있었다.

서문도와 서문예는 잠시 상황을 살펴보다가 비명 소리가 들리는 곳으로 곧장 몸을 날렸다. 뒤이어 백선문의 무인들도 덩달아 소리가 나는 곳으로 몸을 날렸다. 그런데 그때, 진도운이 적무혁의 어깨를 잡았다.

"잠깐."

"왜 그러시오?"

적무혁은 보채듯이 말했다.

"넌 나와 갈 데가 있다."

진도운은 앞서 나가며 말했다. 그러자 적무혁이 그의 뒤를 졸졸 쫓아갔다.

"지금 이런 와중에 어딜 간단 말이오?"

진도운이 향하는 곳은 아무런 소리도 들리지 않는 쪽이었다.

"이 부근을 살펴보아라."

"아니, 지금 여길 와서 어쩌겠단 말이오? 당장 반대쪽으로 가서 서문세가를 도와야하지 않겠소?"

진도운은 애써 그 말을 못 들은 척 하며 조용한 건물들을 찾아 일일이 안을 들여다봤다.

"에이, 속 터져서 정말."

적무혁은 말은 신경질적으로 내뱉으면서 정작 행동은 진도운의 말을 따르고 있었다.

"음?"

그때, 진도운은 문득 귀에 잡히는 목소리를 듣고 고개를 휙 돌렸다.

"이쪽이다."

진도운과 적무혁은 희미하게 목소리가 들리는 건물 앞에 섰다.

"여기다."

적무혁도 그 목소리를 듣고 더 이상 투덜거리지 않았다. 그는 건물 앞에 서자마자 곧장 문을 발로 찼다.

쾅!

문이 통째로 떨어져 나가며 건물 안으로 날아갔다. 그리고 그 안에서 촛대에 불을 켠 곽철명과 방 한쪽에 몰려있는 서문기와 서문백, 그리고 서문중이 나타났다.

"찾았다."

진도운은 싱긋 웃으며 말했고 적무혁은 짐승 같이 으르렁거리며 안으로 들어왔다. 그러자 곽철명의 얼굴이 일그러졌다.

"네 놈들은 누구냐?"

진도운은 그 말을 들은 척도 안하며 서문중을 가리켰다.

"잡아라."

그 말에 적무혁이 주먹을 휘둘러 권풍(拳風)을 뿌렸다.

파앙!

묵직한 바람이 일직선으로 쭉 뻗어가 서문중의 검 한 가운데를 쳤다. 그러자 그 검이 바깥쪽으로 밀려나며 서문중의 손아귀가 쫙 벌어졌다.

"크윽!"

결국 서문중은 검을 놓쳤고 금세 날아든 적무혁의 발길질에 가슴팍을 맞고 뒤로 나가떨어졌다. 서문중이 어찌 할 틈도 없이 순식간에 벌어진 일이었다.

"……!"

곽철명은 눈을 휘둥그렇게 뜨며 재빨리 촛대를 던졌다. 그런데 그 순간, 반대편에 있던 적무혁이 잽싸게 날아들며 곽철명의 목을 움켜쥐고 위로 쭉 끌어올렸다.

"크윽, 큭……."

곽철명은 얼굴이 새하얗게 질려서 아등바등 거렸다.

저벅저벅.

그때까지 입구에서 가만히 있던 진도운이 안으로 들어와 땅바닥에 떨어진 촛대를 발로 밟고 불씨를 껐다. 그리고 적무혁의 앞에 서며 그의 손에 잡혀 있는 곽철명을 올려다봤다.

"불이 켜지지 않으면 이 난장판은 쓸모가 없지."

진도운은 곽철명이 손에 꽉 쥐고 있는 나무 작대기를 억지로 빼냈다.

딸랑딸랑.

진도운은 피식 웃으며 곽철명의 눈앞에서 나무 작대기를 흔들어보였다.

"그리고 이게 없으면 네가 쓸모가 없지."

곽철명은 입술까지 새파랗게 질려서 진도운을 내려다봤다.

‡

무차별적으로 사람들을 공격하던 8명의 무인들은 서문도와 백선문의 일반 제자들에 의해 금방 제압되었다. 그리고 곽철명은 서문기가 직접 지하실로 끌고 갔고 지하실까지 진도운과 적무혁이 동행했다.

"히히……."

곽철명은 다시 의자에 묶여 괴상한 웃음소리를 흘렸다. 그런데 그는 이전과 달리 힘없이 고개를 푹 숙이고 있었다. 하지만 여전히 그를 바라보는 서문기의 얼굴은 굳어있었다.

"본가 밖에서 동료들이 대기 중이라 그랬소. 그 동료들이 어디에 숨어있는지 알아내야 하오."

서문기가 말했다.

"줘 패서라도 불게 만들겠소."

적무혁이 소매를 걷어붙이며 말했다.

"이미 백이가 시도해 봤소. 하지만 저 치는 입 한 번 뻥끗하지 않았소."

"주먹을 덜 맞아서 그런 걸 거요."

적무혁은 주먹을 말아 쥐며 곽철명의 앞에 섰다. 그런데 그때, 진도운이 잠깐 멈추라고 말하며 서문기에게 자리를 비켜달라고 말했다. 서문기는 자신보다 진도운이 곽철명을 더 잘 알고 있는 듯 하니 그의 말을 따라 지하실 밖으로 나갔다.

"뭐하는 거요?"

"너도 나가 있어."

"공자님 혼자 뭐하려고 그러오?"

"어설프게 줘어 팬다고 입을 열 놈이 아니다."

그 말에 적무혁은 잠시 진도운의 얼굴을 빤히 쳐다봤다.

"아까 이놈을 잡을 때도 그렇고, 지금도 그렇고, 공자님은 남들이 모르는 걸 참 많이 알고 있는 것 같소."

"……."

"공자님을 많이 알고 있다고 생각했는데, 요새 들어 그런 것 같지도 않소. 날이 갈수록 그동안 내가 공자님을 모르고 있었단 사실을 깨닫소."

적무혁은 지하실 밖으로 나가며 문을 꽉 닫았다.

"히히. 낯설게 느껴진다잖아. 공자님."

적무혁이 나가자마자 곽철명이 고개를 들며 말했다.

"숨기는 게 많나봐?"

"……."

진도운은 말없이 다가가 그의 앞에 섰다.

"왜? 너도 때리려고?"

그는 자신의 퉁퉁 부은 얼굴을 들이밀며 말했다. 하지만 진도운은 그의 몸에 손을 대지 않고 소매 속에서 기다란 나무 작대기를 꺼냈다. 그건 방금 전 곽철명에게 빼앗은 작대기였다.

딸랑딸랑.

진도운은 나무 작대기를 흔들어 방울 소리를 냈다.

"이게 없으니 초라하군."

"……."

곽철명의 얼굴에서 웃음기가 사라졌다.

"이것도 뺏기고 불 피우는 것도 실패했으니, 네게 남은 건 아무것도 없군."

"히히히……. 네 놈은 뭐라도 아는 것처럼 말하는구나."

곽철명은 입꼬리를 씰룩거리며 말했다.

"이제 네가 쓸모없는 놈이 됐다는 건 알지."

"뭘 알고 말하는 거냐? 지금 밖에 내 동료들이 있어."

"그래. 있겠지. 네 동료들. 그런데 너는 네 동료들이 어디에 숨어있는지 모르잖아?"

"……."

곽철명은 뺨을 씰룩거렸다.

"네가 붙잡힐 경우를 대비해서 너에겐 어디에 숨어있는지 말해주지 않았겠지. 그러니 나도 너에게 매달릴 필요가 없고."

곽철명이 고개를 치켜들며 진도운의 눈을 똑바로 바라봤다.

"공자님의 정체가 뭘까 궁금해지네."

"왜? 내가 이런 걸 어떻게 알고 있는지 궁금한가?"

"알고 있긴 한 거야? 그 정돈 대충 눈치로 때려 맞출 수도 있잖아."

진도운은 피식 웃었다.

"가진 것도 없이 도발하는 꼴이란……."

진도운은 혀를 차며 돌아섰다.

"내가 나가면 앞으로 이곳에 아무도 들어오지 않을 거다. 그럼, 너는 이곳에서 혼자 쓸쓸히 처 박혀 있겠지. 네 동료들에게 영원히 버림받은 채 말이야."

"히히히! 배짱부리는 게냐? 지금 내 앞에서 무릎 꿇고 내 동료들이 있는 곳을 가르쳐 달라고 빌어도 모자를 판에 내 앞에서 등을 돌리겠다고?"

하지만 진도운은 그 말을 무시한 채 밖으로 나갔다.

"이리 와! 이리 오란 말이야! 내 앞에서 등을 돌리지 말라고!"

곽철명은 이를 바득바득 갈며 소리쳤다. 그의 목소리가 문 밖으로 넘어갔지만, 진도운이 다시 돌아오는 일은 없었다.

"내 앞에서 등을 보이지 말라고 이 새끼야!"

그는 입이 찢어져라 소리쳤다. 하지만 여전히 지하실 문은 굳게 닫혀 있었다.

‡‡

한편, 일찍이 지하실에서 나온 서문기는 서문도가 있는 집무실로 향했다.

"내가 없는 동안 고생이 많았다."

서문도가 집무실 안으로 들어오는 서문기를 보며 말했다.

"아닙니다. 형님. 제가 뭘 한 게 있습니까?"

"내가 있더라도 똑같은 상황을 겪었을 것이다. 나보다는 백선문이 큰 도움이 됐지."

서문도는 자신이 서문세가로 들어오자마자 무작정 소란스러운 곳으로 달려갔던 걸 떠올렸다.

"백우결 공자의 도움이 컸습니다."

"그래. 그 자가 아니었다면 서문세가는 큰 피해를 입었을 것이다."

서문도는 말을 하며 탁자 위의 종이를 뚫어져라 쳐다봤다.

"형님이 백선문으로 떠나고 나서 만금성에서 온 서찰입니다."

"그래. 여기 적혀 있구나. 만금성에서 보냈다고."

"본가뿐만 아니라 무림 전역에 이 서찰을 뿌린 것 같습니다."

"여기 이 사내를 찾고 있는 모양이군."

서문도는 서찰 안에 그려진 사내의 얼굴을 가리키며 말했다.

"무슨 일인지 모르겠지만 만금성에서 이렇게 대대적으로 사람을 찾는 경우는 없었습니다. 이건 상당히 이례적인 일입니다."

"……."

서문도는 그 서찰에서 눈을 뗄 수 없었다. 그곳에 백우결의 얼굴이 버젓이 그려져 있기 때문이다. 서문기는 이미 살이 꽤 많이 빠진 진도운의 얼굴을 봐서 이 서찰에 있는 얼굴과 진도운의 얼굴이 같은 사람임을 알아보지 못했다. 하지만 서문도는 백선문에서부터 진도운을 봐왔기에 단번에 백우결의 얼굴임을 알아 볼 수 있었다.

"무슨 일로 이 자를 찾는 걸까?"

"이렇게 대대적으로 서찰을 보낸 걸 보면 심각한 일일 겁니다."

"그렇겠지."

"어차피 우리하곤 상관없는 일입니다. 우리는 지금 곽철명에게 집중해야 합니다."

서문도는 고개를 끄덕이며 서찰을 아래 서랍으로 집어넣었다.

"자네가 보기에도 백우결 공자가 뭔가를 아는 것 같지 않나?"

"그러니까 본가로 오자마자 제가 붙잡혀 있는 집무실로 온 게 아니겠습니까? 그래서 백선문에서도 백우결 공자를 데려온 것이고."

"……."

"지금도 곽철명하고 둘이 있게만 해달라고 하더군요."

서문도가 진중한 얼굴을 하고 잠시 침묵을 지켰다.

"백우결입니다. 잠시 들어가도 되겠습니까?"

집무실 밖에서 진도운의 목소리가 들렸다.

"들어오시오."

그 말에 진도운이 집무실 안으로 들어왔다. 그런데 그가 들어오자마자 서문도가 서문기를 보고 잠시 자리를 비워달라고 말했다.

"알겠습니다."

서문기가 정중히 목인사를 하며 밖으로 나갔다.

"여기 앉으시오."

서문도가 자신의 맞은편을 가리키며 말했고 진도운은 그곳에 앉았다.

"곽철명은 뭐라고 하더이까?"

"별 말 안 했습니다. 그리고 어차피 곽철명이 더 이상 아는 것도 없어 보입니다."

"확실하오?"

"조금만 생각해보면 당연한 겁니다. 안으로 침투한 사람이 언제 붙잡힐지 알고 중요한 정보를 내준단 말입니까?"

서문도는 진도운의 얼굴을 빤히 바라봤다.

"제가 보기에 백 공자는 우리보다 많은 걸 알고 있는 것 같소. 본가로 오자마자 곽철명의 수법을 꿰뚫어보고 저와 반대 방향으로 간 것도 그렇고……."

"……."

"만약, 백 공자가 백선문의 손님이 아니었다면 나는 백 공자가 곽철명과 한 통속이라 생각했을 것이오. 그만큼 백 공자는 곽철명의 수법을 잘 알고 있소."

"저도 당한 적이 있습니다."

진도운이 드디어 입을 열었다.

"오래 전 일입니다. 제 사문에서도 똑같은 일이 벌어졌습니다. 그리고 그때 저는 제 사문을 잃었습니다. 그래서 지금까지 호남성에서 무슨 일이 벌어졌는지, 그리고 앞으로 무슨 일이 벌어질지 잘 알고 있는 것뿐입니다."

진도운은 적절히 거짓말을 섞어 말했다.

"이런 일이 예전에도 벌어진 적이 있단 말이오?"

"그렇습니다. 그래서 백선문에서도 그걸 알고 이번 백선행에 저를 보낸 겁니다."

서문도는 진도운의 얼굴을 뚫어져라 쳐다보다가 이내 알겠다는 듯 고개를 끄덕였다. 그리고 서랍 안에 넣었던 서찰을 다시 꺼내 진도운의 앞에 놓았다.

"만금성에서 백우결 공자를 찾고 있다는 서찰이오."

진도운은 또 말이 없었다.

"만금성에서 백 공자를 찾는 이유가 무엇이오? 나는 만금성에서 누군가를 이렇게까지 절실히 찾는 걸 본 적이 없소."

이건 어떤 식으로 말해도 서문도가 수긍할 것 같지 않았다. 그만큼 만금성이 주는 압박감은 컸다.

"그건 제가 어떤 말을 해도 서문 가주께서 믿어 주실 것 같지 않습니다."

"만금성에서 백우결 공자를 찾고 있단 건 알고 있었소?"

"알고 있었습니다."

"그래도 만금성으로 가지 않았다는 건, 좋은 일로 만금성에서 찾는 건 아니겠구려."

서문도는 서찰을 내려다보며 말했다. 그리고 한참 뒤에야 서찰을 들고 집무실 한쪽을 밝히고 있는 호롱불 앞에 다가가 서찰을 호롱불에 태웠다. 서찰 끝에서부터 불길이 치솟으며 서서히 서찰의 몸통까지 타들어갔다.

"나는 백 공자에게 이미 빚을 졌소. 그런데 내가 어찌 백 공자를 만금성에 팔아넘길 수 있단 말이오?"

서문도는 손 안에 있는 서찰이 다 타들어가고 재만 남자

손을 탈탈 털었다. 그리고 그는 아무 일도 없었던 것처럼 제 자리에 앉았다.

"곽철명에게 홀려 사람들을 무차별적으로 공격한 자들을 한데 모아놨소. 그리로 가보겠소?"

서문도가 금세 만금성에서 보내온 서찰을 잊었다는 듯 말했다. 그러자 진도운은 덤덤히 미소를 지었다.

"알겠습니다."

진도운은 서문도를 따라 밖으로 나갔다.

‡‡

파란 지붕으로 뒤덮인 목조 건물 주변에 서문세가의 무인들이 삼엄하게 서 있었다. 그 안에는 곽철명에게 홀린 9명의 사람들이 있었다. 지금 그들은 제정신으로 돌아와 오늘 하루 본인들이 벌인 일을 듣고 하루 종일 괴로워하고 있었다. 그리고 서문도가 안으로 들어오자 다들 죄인처럼 고개를 숙였다. 서문도를 뒤따라 안으로 들어온 진도운은 그들을 보며 과거 자신의 동료들을 떠올렸다. 이들처럼 철본혈교의 수법에 넘어가 똑같이 동료들을 학살하던 자들을 말이다.

"좋아."

서문도는 구석에 박혀 있는 서문중에게 다가갔다. 하지만 서문중은 비참한 기색으로 차마 고개를 들지 못했다.

"송구스럽습니다. 형님."

"네가 무슨 잘못이 있겠느냐."

"백이는 괜찮은 겁니까?"

그는 바들바들 떨리는 목소리로 말했다.

"의원들 말론 며칠 거동이 불편하겠지만, 그래도 목숨에 지장이 없다는 구나."

"다행입니다."

그는 머리를 감싸 쥐고 조용히 흐느꼈다. 그의 악다문 입술 사이로 흘러나오는 울음소리가 대청 안에 퍼졌다. 비단 그 뿐만 아니었다. 다른 8명도 자괴감에 빠져 누구 하나 고개를 들지 못했다. 그에 서문도는 안타깝다는 눈빛을 내비치며 진도운을 쳐다봤다.

"백 공자. 이들은 앞으로 어떻게 되는 것이오?"

"흉수들에게서 떨어트려 놓으면 아무 일도 없을 겁니다."

"하지만 흉수들이 다시 나타나면, 오늘처럼 그들의 말을 따르는 것이오?"

진도운은 고개를 저었다.

"이대로 흉수들과 떨어져 있으면 다시 원래대로 돌아올 겁니다."

"그게 정말이오?"

"흉수들이 이들을 납치하고 며칠 잠잠하지 않았습니까?"

"그렇소."

서문도는 그 틈을 타서 백선문으로 간 것이기 때문에 잘 알고 있었다.

"그 기간 동안 저들의 몸 안에 수단향(髓檀香)을 집어넣은 겁니다. 시간이 지나면 저들 몸 안에 깃든 수단향이 알아서 배출될 겁니다."

"수단향이란 건 처음 듣소."

서문도가 눈살을 찌푸리며 말했다.

"흉수들이 약초와 독초를 배합해서 만든 향입니다. 어떤 약초가 들어가고 어떤 독초가 들어가는지, 그리고 어떻게 배합하는지, 오직 흉수들만 알고 있습니다."

"그럼 그 향을 가지고 사람들을 조종하는 것이오?"

진도운은 소매 속에서 곽철명에게 빼앗은 나무 작대기를 꺼냈다. 나무 작대기에 묶여 있는 방울 소리가 들리자 대청 안에 있는 9명의 눈빛이 안개처럼 흐릿해졌다.

"이것 또한 특수하게 만들어진 방울입니다. 일반적인 방울로는 이들을 홀릴 순 없습니다. 오직 이런 방울만이 수단향을 활성화 시키죠."

"조금 더 자세히 말씀해주시겠소?"

"수단향을 먼저 몸속에 집어넣어야 합니다. 수단향이 몸 안 구석구석 스며들도록, 그리고 머릿속을 꽉 채우도록 수단향을 집어넣어야 합니다. 그 과정이 오래 걸려서 흉수들이 중간에 조용히 있던 겁니다."

"그렇구려."

"수단향이 몸속에 들어오면 평소에는 수면 상태로 접어듭니다. 하지만 이 방울을 울리면 활성화 상태로 변해 사람들의 정신을 홀립니다."

서문도는 등골이 서늘해지는 걸 느꼈다.

"수단향이라는 거……. 꼭 살아있는 생명체 같구려."

"수단향이 활성화 되면 정신이 멍해져서 방울을 흔드는 사람의 목소리만 들을 수 있습니다. 그때 그 방울소리와 함께 섞어 들어온 목소리가 사람 몸 안에 남게 되고 그 사람은 자신의 몸 안에 남은 목소리를 따라 움직입니다."

서문도가 창백해진 얼굴로 침을 꿀꺽 삼켰다.

"수단향이 몸 안에 들어오면 꼼짝없이 당하는 거구려."

"이 지경까지 되려면 수단향이 몸 안에 꽉 차야합니다. 수단향을 잠깐 맡는 걸론 잠시 정신을 놓는 게 다 입니다. 아마 흉수들은 그 틈을 타서 납치해갔을 겁니다."

"……."

"그리고 수단향엔 독초도 섞여서 모든 사람들의 몸에 맞는 건 아닙니다. 어떤 사람에겐 습진이라든가 헛구역질 같은 거부 반응도 일어나지요. 그게 바로 흉수들이 호남성의 무림인들을 납치하는 것뿐만 아니라 죽인 이유입니다. 자신들이 수단향을 사용한다는 걸 감추기 위해서지요."

"치밀하구려."

"수단향은 극히 일부에 불과합니다. 이들은 수단향 말고도 다양한 술수를 부립니다."

서문도의 눈동자가 파르르 떨렸다.

"이것 말고 다른 수법이 또 있단 말이오? 도대체 이들은 누구란 말이오?"

지금까지 무림에서 이런 수법은 듣도 보도 못했다. 그래서 서문도는 격노하면서도 두려워했다.

"아직 더한 문제가 남아있습니다."

"그럼, 이보다 더한 문제가 있단 말이오?"

"예전에 제가 똑같은 일을 겪었을 때 흉수들의 무위는 형편없었습니다. 아예 무공을 모른다고 보는 게 나았지요. 지금 잡혀 있는 곽철명만큼 말입니다. 그래서 예전에는 수단향에 거부 반응을 일으킨 자들은 멀쩡히 돌아왔습니다. 그런데 지금은 그들을 아예 죽여 버렸으니, 그만큼 무공을 갖췄다는 것이겠지요."

본래 철본혈교는 무림의 문파보다는 종교에 가까웠다. 그래서 800년 전에 무림인들이 모여 있는 구야혈교에게 힘으로 밀려 중원에서 자취를 감췄다. 그건 진도운이 구야혈교에서 철본혈교의 교도들을 진압할 때도 변함이 없었다. 그런데 지금은 상황이 달라졌다.

서문도는 손바닥에 차오른 땀을 느끼고 주먹을 꾹 말아 쥐었다.

"일단은 수단향부터 조심해야겠구려."

"수단향이 몸에 들어와도 정신을 놓지 않을 만큼 정신력이 강하거나, 아니면 수단향이 안 맞아서 몸이 거부한다거나, 또는 온몸의 구멍을 모두 막을 만큼 막대한 내력이 있으면 수단향에 구애받지 않을 겁니다."

"……."

그 말에 서문도는 잠시 서문중을 내려다봤다. 지금 진도운이 말한 세 가지 모두 서문중에게 해당되지 않았기 때문이다.

'특히 정신력이 부족하지.'

서문중이 혼자 살아 돌아온 뒤로 매일 괴로워하던 모습이 떠올랐다.

"수단향으로부터 자유로우려면 그것뿐이오?"

"한 가지 방법이 더 있습니다. 입 안에 향이 강한 약초를 넣고 있으면 됩니다."

"그거면 되는 것이오?"

"수단향은 몸을 나른하게 만들고 정신을 몽롱하게 만듭니다. 그러니 정신과 몸이 깨어있을 수 있게끔 자극을 주면 됩니다. 그러니 입 안에 박하 잎 같은 걸 물고 있으면 코끝까지 알싸해져서 정신이 몽롱해질 틈이 없지요."

서문도가 고개를 끄덕였다.

"그게 가장 좋은 방법이겠구려. 다행히 본가에 비축해둔 약초가 있으니, 그 중에서 향이 강한 것들로 추려보겠소."

진도운이 고개를 끄덕이고 있을 때였다. 누군가 허겁지

겁 대청 안으로 들어왔다.

"가주님. 지금 밖에 납치되었던 자들이 돌아왔습니다."

"또 수레에 태워져서 보내졌단 말이냐?"

"아닙니다. 이번에는 멀쩡히 서서 입구 앞에 서있습니다. 그런데 그 수가 얼추 보기에도 50명은 되 보입니다. 그리고 그 사이에 새빨간 악귀 가면을 쓴 자도 보입니다."

"……!"

서문도의 눈동자가 흔들렸다.

"곽철명에게 주어진 시간이 지난 겁니다. 그래서 곽철명의 동료들이 직접 온 겁니다."

진도운이 서둘러 대청 밖으로 걸음을 움직이며 말했다. 그러자 뒤늦게 정신을 차린 서문도도 대청 밖으로 뛰쳐나갔다.

서문세가의 사람들뿐만 아니라 호남성의 무림인들, 그리고 백선문의 무림인들까지 서문세가의 입구로 우르르 몰려나왔다. 그리고 그 입구 앞에 초점 없는 눈으로 서있는 수십 명의 사람들을 보았다. 그들 모두 익히 아는 얼굴들이었다.

"저들 모두 납치되었다고 알려진 자들이오."

서문도가 표정을 굳히며 말했다. 하지만 진도운은 동요하지 않고 자신의 맞은편에서 새빨간 악귀 얼굴의 가면을 뒤집어쓴 사내를 바라봤다. 그 사내는 곽철명처럼 금방울이 묶여 있는 나무 작대기를 흔들고 있었다.

딸랑딸랑.

방울 소리가 안개처럼 퍼졌다.

"이렇게 뵙게 돼서 영광이오. 서문 가주."

방울을 흔들고 있는 사내가 말했다.

"네 놈은 정체가 뭐냐? 중원에 너희 같은 놈들이 있다는 소린 듣지 못했다."

"하하하! 서문 가주. 그렇게 상황 파악이 안 되시오? 질문은 서문 가주가 아니라 내가 하는 거요."

"이놈이……."

그때, 진도운이 앞으로 나섰다.

"원하는 게 뭐냐?"

사내는 고개를 갸웃거리다가 서문도가 잠자코 있는 걸 보더니 가면 아래로 활짝 웃었다.

"그대 이름은 뭐요?"

"백우결이다."

"백우결, 백우결……. 그런 이름은 들어본 적이 없는데."

사내는 연신 좌우로 고개를 흔들었다.

"지금 들었으면 됐지. 그게 중요한가?"

"하하! 그대가 마음에 드는구려. 내가 원하는 걸 말해주리다."

"원하는 게 뭐지?"

진도운은 침착하게 대응했다. 이미 지금의 상황을 한 번 겪어봤기 때문이다. 그리고 다른 이들도 섣불리 나서지 못했다. 이미 납치되었다가 돌아온 자들이 무슨 일을 벌였는지 직접 겪어봤기 때문이다.

"지금까지 서문세가가 멀쩡한 거 보면 서문세가로 잠입한 내 동료가 실패했다는 얘긴데……. 그 사람 좀 데리고 나와 주시겠소?"

그 말에 진도운은 처음으로 뺨을 씰룩거렸다.

'뭐지?'

구야혈교에서 이런 일을 겪었을 땐 철본혈교의 교도들이 지금처럼 붙잡힌 동료들을 돌려달라고 요구하지 않았다. 그 자리에서 그냥 죽였을 뿐이지…….

'이제 와서 동료를 구한다고?'

진도운이 망설이고 있을 때였다.

"지금 고민하고 있는 것이오? 이런……. 난 그대가 마음에 들었는데, 그대는 날 실망시켰소."

그런데 그 말에 진도운이 다급히 곽철명에게서 빼앗은 나무 작대기를 꺼내 흔들어보였다.

딸랑딸랑.

서로의 방울 소리가 뒤엉켰다.

"그런 것까지 알아냈다니……. 어쩐지 첫 눈에 그대가 달라보이더이다."

사내가 씩 웃더니 손에 쥐고 있는 나무 작대기를 땅에 떨궜다. 그리고 돌연 양 팔을 들더니 미친 듯이 흔들었다.

딸랑딸랑.

그의 온몸에서 방울소리가 흘러나왔다. 아무래도 온몸에 방울을 달고 있는 듯 했다.

"……."

진도운은 나무 작대기를 꾹 말아 쥐며 멈췄다. 방울 소리가 같이 울리면 더 큰 쪽의 말을 듣기 마련이다.

"죽어라."

짤막하게 내뱉은 한 마디.

사내의 그 한 마디에 주변에 있는 자들이 각자의 무기로 목을 그었다. 그리고 무기가 없는 자들은 땅바닥에 박혀 있는 돌부리에 머리를 박았다.

"아, 안 돼!"

"멈춰!"

진도운은 등 뒤에서 절규에 찬 비명소리를 들었다. 그들은 지금 눈앞에서 자결하고 있는 자들과 동문의 제자들이었다.

순식간에 눈앞에 있던 50명의 사람들 중 10명이 자결했다. 그제야 사내가 방울 흔드는 걸 멈췄다.

"우선 그 막대기부터 주실까?"

진도운은 할 수 없이 나무 막대기를 던졌다. 그리고 그 막대기를 잡아챈 사내는 자신이 땅에 떨어트린 것까지 들어서 한 손에 하나씩 쥐었다.

딸랑딸랑.

사내는 어린 아이처럼 폴짝 뛰면서 막대기를 흔들어댔다.

"아직도 가만히 서있네? 어서 가서 그 사람을 데려와야 하지 않을까? 나 같으면 아까 뛰어 들어갔겠다."

"……."

진도운은 아무 말도 없이 서있었고 서문도가 뒤돌아 곽철명을 데려오라 말했다. 그러자 서문세가의 사람들 중 몇 명이 세가 안쪽으로 달려갔다.

"왜 그 자를 데려가려는 거지? 그 자는 본인의 임무조차 완수하지 못한 실패자인데도 챙기는 건가?"

진도운이 사내에게 가까이 다가가며 물었다.

"너 말이야……. 마음에 들어. 마음에 드는데, 아까부터 우리에 대해 뭘 아는 것 같이 군단 말이야. 이 막내기를 흔들어댄 것도 그렇고."

사내도 진도운을 향해 다가가며 말했다.

"조금 알고 있지."

"그래? 그럼, 한 번 말해봐."

"지금 서문세가에 잡혀있는 자가 스스로를 곽철명이라 밝혔지만 그게 진짜 이름은 아니지."

"그거야 누구나 짐작할 수 있는 거고."

"비조."

사내는 고개를 갸우뚱거렸다.

"그건 그 자의 이름이 아닌데."

"그래. 그 자의 이름이 아니라 너희들이 교주를 지칭하는 말이지."

"……."

사내는 잠시 말이 없었다. 그리고 그 사이에 서문세가 안에 들어갔던 자들이 밖으로 나왔다. 그런데 그들의 옆에 곽철명은 없었다. 그들은 서문도의 귀에 대고 뭐라 속삭이더니, 서문도가 창백해진 인상으로 진도운에게 다가갔다.

"백 공자 보고 직접 와서 데려가라고 했다고 하더이다. 억지로 끌고 오려고 했더니 땅바닥에 머리를 박으면서 자해를 했다고……."

그 말을 엿들은 사내가 진도운을 보며 빙글빙글 웃었다.

"최대한 빨리 갔다 오는 게 좋을 걸? 앞으로 반각이 지날 때마다 10명씩 죽일 거거든. 아! 그리고 살려서 데려와야 하는 거 알지?"

"……."

진도운은 표정 하나 변하지 않고 몸을 돌렸다.

지하실로 들어온 진도운은 땅바닥에 떨어진 밧줄과 자유롭게 의자에 앉아 팔짱을 끼고 있는 곽철명을 보았다. 그의 얼굴은 이미 퉁퉁 부어 있었고 머리에선 피부가 찢어져 피를 쏟아내고 있었다.

"이히히……. 뭐라 그랬더라? 나보고 다시는 볼 일이 없다고 그랬지?"

"……."

진도운은 말없이 지켜보기만 했다.

“그리고선 나에게 매달릴 필요도 없다고 했고. 내가 분명히 말했지. 내 앞에서 등 돌리지 말라고.”

“…….”

“말했어? 안 했어? 새끼야!”

곽철명이 입이 찢어져라 소리쳤다. 그의 입에서 튄 침이 진도운의 얼굴까지 닿았다. 진도운은 손등으로 침을 닦으며 그에게 가까이 다가갔다. 그러자 곽철명이 의자에서 일어나 벽에 머리를 박았다.

쾅!

벽에 피가 튀며 곽철명의 머리가죽이 벗겨졌다. 하지만 곽철명은 여전히 웃고 있었다.

“거기 서있는 게 좋을 거야. 내가 죽으면 곤란하잖아?”

“…….”

“거기 서있으라니까?”

그런데 진도운은 성큼성큼 다가가 곽철명의 머리를 움켜쥐고 벽에 쳐 박았다. 그것도 본인 스스로 박는 것보다 더 세게 말이다.

쾅!

“끄으…….”

곽철명의 몸이 힘없이 축 늘어졌다. 의식은 남아있는 듯 뭐라 중얼거리고 있었다. 하지만 진도운은 못 들은 척 곽철명의 목덜미를 한 손으로 쥐고 질질 끌고 나갔다.

서문세가 밖으로 나온 진도운은 곽철명을 땅바닥에 내다 던졌다. 곽철명의 몸이 가면을 쓰고 있는 사내의 발 앞으로 굴러갔다.

"아까 들었지? 스스로 벽에 머리를 박으며 안 나오겠다고 한 거."

"그래서 지금 이 꼴이 되도록 스스로 머리를 박았다는 건가?"

"멀쩡히 데려오란 말은 안 했잖아."

진도운이 말했다. 그에 사내가 피식 웃으며 곽철명을 내려다봤다.

"꼴좋군요."

곽철명은 피가 철철 흘리는 머리를 부여잡고 좀처럼 일어서지 못했다. 그래서 사내가 곽철명을 한 손으로 쥐고 들어올려 어깨에 들쳐 멨다. 그리고 나무 작대기 끝으로 진도운의 코끝을 찔렀다.

"역시 마음에 들어."

"난 사내놈에게 관심 없다."

그 말에 사내가 쿡쿡거리며 웃었다.

"그런데 좀 짜증나는 구석이 있어."

"내가 좀 그렇지."

사내의 입에서 웃음기가 사라졌다.

"내가 만약 지금 네 뒤에서 지켜보고 있는 서문세가 사람들이나, 호남성의 무림인들에게 너를 죽이라고 말하면

어떻게 될까?"

"……."

"너를 죽이지 않으면 반대로 여기 내 뒤에 있는 놈들을 죽이겠다고 하면……. 과연 저들은 너를 살려 줄까?"

"……."

"궁금하지 않아?"

"치료가 늦으면 그 자는 죽을지도 몰라. 이미 지하실에서 피를 많이 흘렸거든."

그 말에 사내의 입에서 다시 웃음기가 돌았다.

"농담이야. 농담. 농담 좀 한 거 가지고 그렇게 표정이 굳고 그래?"

사내는 시원하게 웃어재끼며 돌아섰다.

"행여나 쫓아올 생각은 마. 그럴 기미가 조금이라도 보이면 가는 길에 한 사람씩 목을 매달아 길거리에 걸어놓을 거야."

그 사내는 한쪽 어깨에 곽철명을 들쳐 매고 나무 작대기를 흔들며 멀리 떠나갔다. 그를 따라 같이 왔던 납치된 자들도 떠나갔다. 그리고 그들이 있던 자리에 시체 10구만 널브러져 있었다.

‡‡

가면을 쓴 사내가 왔다 간 후, 서문세가는 발칵 뒤집혔다. 그 사내가 자신들의 눈앞에서 동문의 제자들을 자결시

킬 때 아무 짓도 못한 자신들의 무력함에 화가 난 것이다.
그리고 그들만큼이나 화가 난 적무혁이 진도운의 처소로 들어왔다.

"태어나서 그렇게 악독한 놈은 처음 봤소. 차라리 아까 잡아버릴 걸 그랬소."

"오늘 나타난 인원은 50명밖에 되지 않는다. 그동안 납치되었다고 알려진 자들은 더 많지. 지금 바로 잡는다고 달라질 건 없다. 똑같은 일만 되풀이 될 뿐."

"알고 있소. 그래서 참고 있었던 거 아니요."

"서문세가도 모자라 호남성 전체를 뒤흔든 놈들이다. 그런 놈들이 아무 생각 없이 움직였겠냐?"

적무혁이 거칠게 호흡하다 말고 진도운을 쳐다봤다.

"이번에는 뭐 알고 있는 거 없소? 아까 서문세가로 오자마자 바로 곽철명을 잡아들인 것처럼 또 뭐 알고 있냔 말이요."

"꼭 뭘 알아야지만 대비할 수 있는 건 아니지."

"그럼……."

"지금 흉수들이 노리는 건 뻔하지 않느냐?"

"서문세가 아니요?"

"그러니까 서문세가에 함정을 파야겠지."

적무혁이 잠시 멈칫했다.

"서문 가주가 허락할 것 같소?"

"사태가 이 지경까지 됐는데 할 수 있는 건 다 하지 않을까?"

진도운이 씩 웃으며 말했다. 그리고 그때 처소 밖에서 익숙한 걸음 소리가 들렸다.

"백 공자. 잠깐 들어가도 되겠소?"

서문도였다.

"들어오시지요."

서문도가 안으로 들어오다가 적무혁을 보고 멈칫했다.

"아, 누군가 했더니 적 공자였구려. 여기 계신 줄 알았다면 적 공자의 처소로 사람을 보내지 않았을 텐데."

"저를 찾으셨소?"

"그렇소. 지금 세가에 적 공자의 사형 분께서 와 계시오. 내 직접 처소로 안내해드리고 오는 길이오."

그 말에 적무혁이 벌떡 일어서서 진도운과 서문도에게 한 번씩 포권을 취했다.

"전 이만 가보겠소이다."

적무혁은 곧장 처소 밖으로 튀어나갔다. 그가 그렇게 급하게 나간 이유는 진도운이 백선문에 머무는 손님이라고 입을 맞추기 위해서였다.

"불행 중 다행이오. 천수악 대협의 제자 분이 또 한 분 오게 되었으니. 그렇지 않소?"

서문도가 조금 전까지 적무혁이 앉아있던 자리에 앉으며 말했다. 하지만 서문도의 입가에 떠오른 미소가 금세 메말랐다. 서문도도 나름 이 상황을 타계할 방법을 생각해봤지만 마땅히 떠오르는 게 없었기 때문이다.

"다들 방금 전 일로 충격이 컸을 겁니다."

"그렇소. 지금 다들 격분해서 이성적으로 생각하지 못하고 있소. 이럴 때 흉수들이 쳐들어오기라도 한다면……."

"쳐들어올 겁니다."

진도운은 당연하다는 듯 말했다.

"예전에도 그랬소?"

"제가 겪었을 때와 좀 다릅니다. 제가 보는 앞에서 제가 아는 사람들을 자결시킨 건 맞지만, 흉수들이 오늘처럼 누굴 구하려고 하지 않았습니다."

"그럼, 곽철명이 그들에게 중요한 인물이겠구려."

"그럴 겁니다. 그러니까 그 난리를 치면서까지 데려간 것이겠지요."

서문도가 주먹을 꽉 말아 쥐었다.

"차라리 곽철명을 내주지 말 걸 그랬소."

"그럼 분란만 야기할 뿐입니다."

필시 누군가는 자신의 눈앞에서 동문의 사람들이 죽어나가는 걸 못 보고 곽철명을 내주려 할 것이다. 그리고 그걸 막으려는 사람도 있을 터, 결국 분란만 야기할 뿐이었다.

"알고 있소."

서문도도 충분히 짐작할 수 있는 일이었다.

"흉수들은 시간을 딱딱 맞춰서 움직입니다. 저희들에게 쉴 틈을 주지 않습니다."

오늘만 해도 곽철명이 일을 실패하자마자 바로 찾아오지 않았는가?

"그럼……."

"이번에도 그럴 겁니다."

서문도가 깊게 침음을 삼켰다.

"서문세가를 함정으로 이용하는 건 어떻습니까?"

"그게 무슨 소리요?"

진도운은 자신이 생각하고 있던 계책을 말했고 서문도는 그걸 듣고 잠시 머뭇거렸다.

"흉수들은 제가 예전에 겪을 때와 달리 무위까지 높습니다. 특히, 아까 만났던 그 사내만 보자면 범상치 않았습니다."

서문도는 새빨간 악귀 가면을 쓰고 있던 사내를 떠올렸다.

"그놈이 잡고 있는 인질에게만 너무 신경 쓰고 있던 터라 미처 그 사내의 무위를 가늠하지 못했소."

"그 사내가 본인의 무위를 감춘 것도 있습니다."

"그놈이 그렇게 고수였소?"

진도운은 대답 대신 고개를 끄덕였다. 그러자 서문도의 낯빛이 어둡게 물들었다.

"흉수들이 무슨 억한 심정이 있어서 호남성을 이리 괴롭히는지 모르겠소."

"……."

진도운은 아무 말도 할 수 없었다. 철본혈교의 목적은 단 하나였기 때문이다. 바로 800년 전에 혈교가 그랬던 것처럼 중원을 손에 넣는 것. 진도운은 예전에 구야혈교에서 철본혈교의 교도들을 색출해내면서 그들의 본심을 알아냈다.

'그저 철본혈교의 눈에 호남성이 들어왔을 뿐, 굳이 호남성일 필요는 없다.'

철본혈교는 호남성이든, 호북성이든, 그들 입장에서는 상관없었다. 하지만 그걸 모르는 서문도는 답답해 할 뿐이다.

"알겠소. 백 공자의 말대로 하리다."

서문도가 자리에서 일어나며 말했다.

"자칫 잘못하면 세간에 우습게 보일 수도 있습니다."

"지금 중요한 건 세간의 평가가 아니오. 본가를 지키는 것이지."

"……."

의외였다. 진도운은 그동안 자신이 겪은 백도의 무림인들은 목숨만큼이나 명예를 신경 썼기에 서문도를 설득하는 데 애먹을 줄 알았다.

"흉수들이 오기 전에 미리 움직여야 하니, 이만 가보겠소."

서문도는 착잡한 얼굴로 방을 나섰다. 그리고 그가 나가고 얼마 지나지 않아 문 앞으로 두 사람이 드리웠다.

"나요."

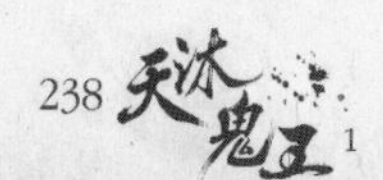

그 중 한 사람은 적무혁이었다.

"들어와라."

그 말에 문이 열리고 적무혁과 웬 젊은 사내 한 명이 나타났다. 눈처럼 하얀 옷을 입고 마른 얼굴에 어린 아이처럼 순수한 미소를 간직하고 있는 얼굴이었다. 진도운은 그 사내를 보자마자 천수악의 두 번째 제자인 담사천임을 알 수 있었다.

"대사형을 뵙습니다."

그는 방 안으로 들어오자마자 정중히 포권을 올렸다.

"그래. 오랜만이다."

그에 담사천은 잠시 멈칫했다가 환하게 웃었다.

"정말 말을 놓는군요. 적 사제에게 듣고도 믿지 않았는데."

"그렇게 됐다."

진도운은 방금 전까지 서문도가 앉아있던 자리를 가리키며 말했다.

"내가 뭐랬소? 대사형이 달라졌다고 했지."

적무혁은 담사천이 앉는 옆자리에 같이 앉으며 말했다. 그리고 담사천은 눈을 동그랗게 뜨고 진도운의 얼굴을 이리저리 살폈다.

"살도 많이 빠지셨습니다. 하마터면 못 알아볼 뻔 했어요. 더군다나 대사형이 이렇게 백선행까지 나올 줄 몰랐습니다."

진도운은 그의 활기찬 목소리를 듣고 있자니 자연스럽게 백의검협(白衣劍俠)이라는 그의 별호가 떠올랐다. 그는 별호에 협(俠)이 붙을 정도로 정의로운 사내였다. 불의를 보면 참지 못하고 생판 모르는 남이라도 제 일처럼 나서기로 유명했다. 그래서 그는 백도 무림에서 그 나이 대에 보기 드문 협객이라고 평가받고 있었다. 하지만 진도운은 그에 관한 소문을 듣자마자 이렇게 생각했다.

'피곤한 놈이군.'

막상 마주 앉아서 힘이 잔뜩 들어간 목소리를 들으니 귀가 먹먹해지는 기분이었다.

"아, 양염평 장로님이 대사형께 주라고 한 게 있습니다."

담사천은 품속에서 주먹만 한 전낭을 꺼내 내밀었다. 그것은 양염평이 자신을 보고 백선문을 떠날 때 쓰라고 준 경비였다. 하지만 그 속사정을 모르는 담사천은 해맑게 웃으며 전낭을 건네주었다.

"양염평 장로님께서 이번 백선행에 보태 쓰라고 주는 겁니다."

"잘 쓰마."

진도운은 쓴웃음을 지으며 전낭을 챙겼다. 그리고 그걸 옆에서 지켜보던 적무혁이 허허 웃었다.

"양염평 장로님은 대사형을 싫어하는 줄 알았는데, 그렇게 따로 챙겨주는 거 보면 대사형을 꽤 아끼는 것 같소."

그 말에 진도운은 어처구니없다는 듯 웃었다.

"그래. 날 아끼나 보구나."

그에 덩달아 활짝 웃은 담사천은 다시 표정을 굳혔다.

"대사형. 오늘 하루 서문세가에서 벌어진 일을 들었습니다."

"오늘 하루 정신없었지."

"앞으로 어쩌실 생각입니까?"

담사천은 일단 대사형이 왔으니, 이번 백선행은 자신보다 배분이 높은 대사형이 이끌어야 한다고 생각했다. 그래서 대사형의 고견을 듣고자 진도운에게 물은 것이다.

"안 그래도 방금 서문 가주와 얘기를 해봤다."

"서문세가를 함정으로 쓰겠다고 허락하더이까?"

적무혁이 끼어들며 말했다.

"그래."

"그건 또 무슨 소리입니까?"

담사천의 말에 진도운이 서문도와 나누었던 얘기를 그대로 해주었다. 그리고 두 사람 모두 애매하게 고개를 끄덕였다.

"자칫 잘못했다가 우리 모두 죽는 수가 있소."

"우린 괜찮습니다만 대사형께선……."

진도운은 덤덤히 웃었다.

"내 걱정은 마라."

‡‡

바로 다음 날, 해가 뜨기도 전에 서문세가 주변으로 안개가 자욱하게 펼쳐졌다. 그리고 그 안개 속에서 방울 소리가 연거푸 울렸다.

딸랑딸랑.

안개 속에는 새빨간 악귀 가면을 쓴 사내들이 나무 작대기를 흔들거나 새카맣고 두꺼운 향초를 피우고 있었다. 그 향초는 수단향이었고 주변에 떠도는 안개는 수단향으로 이루어져 있었다. 그런데 가면을 쓴 사내들은 모두 수단향에 구애받지 않는 듯 수단향이 피워낸 안개 속에서 같이 움직였다.

안개가 서문세가의 담을 넘고 안으로 들어갔다. 새빨간 악귀 가면을 쓴 사내들도 덩달아 서문세가 안으로 들어갔다. 하지만 서문세가 안에는 사람이 한 명도 보이지 않았다.

"한심한 것들."

가장 앞선 사내가 피식 웃으며 말했다. 이미 밤새 서문세가를 지켜보면서 반각 전에 서문세가에서 사람들이 뿔뿔히 흩어져서 빠져나가는 모습을 목격했기 때문이다.

"아무리 새벽에 움직인다 하더라도 그 많은 인원이 움직이는데 우리가 모를 거라 생각했나?"

그 사내의 뒤로 서있던 새빨간 악귀 가면을 쓴 사내들이

사방팔방으로 흩어져 서문세가 밖으로 나갔다. 그들이 나가자 그들을 감싸고 있던 안개들도 갈래갈래 조각나서 여러 방향으로 흩어졌다. 그리고 수단향에 홀린 호남성의 무림인들도 덩달아 따라 나갔다. 이제 서문세가 안에는 그 사내 혼자 남아있었다.

그 사내는 혼자 산책을 하듯 서문세가 안을 거닐었다. 혹시 아직 남아있는 사람이 있을까 싶었다.

"어처구니가 없군. 서문세가씩이나 되는 놈들이 도망을 쳐?"

그 사내는 반각 전에 서문세가에서 사람들이 도망치는 걸 보고 즉시 달려온 것이다.

사내는 새벽이라 날이 어두워 누가 누군지 구별하지 못했지만 당연히 서문세가의 사람들은 여기에 남아 서문세가를 지키려 들 줄 알았다. 가문을 버리고 도망간다는 것은 죽음보다도 치욕스러운 일이니까. 하지만 지금 서문세가는 텅 비어있었다.

전각과 전각 사이에 나있는 길을 밟으며 서문세가를 한 바퀴 돌고 다시 제자리로 돌아온 사내는 돌연 걸음을 멈췄다. 아무도 없어야 할 그곳에 살짝 통통한 체격의 젊은 사내 한 명이 서있었기 때문이다.

"누구실까?"

"백우결이라고 한다."

그 말에 사내가 알겠다는 듯 과장되게 고개를 끄덕였다.

"아, 백우결? 밤새 많이들은 이름이군."

"넌 어제 곽철명을 데리러 왔던 놈이 아니군."

"곽철명은 또 누구지?"

"누구긴. 서문세가로 잠입했다가 붙잡힌 놈이지."

사내가 이번에도 알겠다는 고개를 끄덕이다가 돌연 고개를 좌우로 흔들었다.

"설마, 너 혼자 온 거냐?"

"그래."

혹시 몰라 그 사내는 다시 기감을 퍼트려보았다. 하지만 근처에 잡히는 기척은 눈앞에 있는 한 사람뿐이었다.

"너는 왜 도망가지 않은 거지?"

"묻고 싶은 게 있어서."

"나에게?"

"너나 어제 온 놈이나, 철본혈교의 교도라면 누구라도 상관없다."

그 사내는 일순간 모든 움직임을 멈췄다.

"뭐라고 그랬지?"

"철본혈교의 교도들에게 묻고 싶은 게 있다고 그랬지."

"듣던 대로 많이 알고 있네."

진도운은 주변을 둘러보며 그 사내도 혼자 있다는 걸 깨달았다.

"너도 혼자군. 다른 놈들처럼 호남성에서 납치해간 무림인들을 주렁주렁 달고 다닐 줄 알았는데."

"귀찮아서. 그리고 그런 거 끌고 다니는 게 내 취향도 아니고."

그 사내가 씩 웃으며 말했다. 가면 위로 느껴질 만큼 진한 미소였다. 하지만 곧바로 이어지는 진도운의 말에 사내의 얼굴은 점차 웃음기를 잃었다.

"너희들을 흩어지게 만들어서 각개격파 시키고 너희들이 쓰고 있는 가면을 빼앗아 너희들의 일행인 척 너희 무리로 합류할 생각이었다."

"……."

"우리가 너에게 아무도 발견하지 못했다고 거짓으로 보고를 하면 너는 우리가 아예 도망쳤다고 생각했겠지. 그리고 너는 우리들을 이끌고 본거지로 돌아갈 테고."

"……."

진도운은 입꼬리를 쭉 늘어트렸다.

"예전에 이 방법으로 철본혈교를 무너트린 적이 있지."

"예전이라고?"

그 사내가 고개를 갸웃거리며 말했다.

"지금도 통할지 모르겠군. 예전과 달리 너희들이 무공을 익혀서 가면을 써도 상대방의 호흡이나 기운을 보고 다른 사람이란 걸 알아챌지도 모르니."

"방금 예전이라고 그랬나?"

그 사내의 목소리가 깊어졌다.

"그게 벌써 10년 전이지. 분명히 그때 내가 철본혈교 놈들을 뿌리 채 뽑았는데, 어떻게 다시 자라난 건지 궁금하군."

"도대체 무슨 소리를 하는 거냐?"

진도운은 비릿한 미소를 머금었다.

"이런……. 넌 아무 것도 모르는군."

그 사내가 뺨을 씰룩거렸다.

"듣던 대로 짜증나는 구석이 있네."

진도운은 실소를 흘렸다.

"나도 궁금한 게 있는데, 너희들이 익힌 무공은 어디서 난 거지?"

"뭐?"

그 뜬금없는 물음에 사내가 인상을 찌푸렸다.

"너희들이 익힌 무공 말이야. 철본혈교가 돼서 어디 백도나 흑도에서 무공을 가져왔을 것 같 않고……."

그 말에 사내의 몸에서 진득한 살기가 나부꼈다. 그리고 그의 눈빛이 불길처럼 치솟으며 가면을 뚫고 나왔다.

"일단 그 입부터 찢어놔야겠군. 어디 가서 함부로 떠들지 못하도록 말이야."

사내가 갑작스럽게 땅을 박차고 달려들었다. 그리고 옷속에 감추어둔 기다란 도(刀)를 꺼냈다. 그 도 끝에서 서슬퍼런 도기가 쭉 뻗어 나오며 공기를 갈가리 베었다. 그런데 매섭게 짓쳐드는 사내를 보고도 진도운은 그 자리에서 꿈짝 않고 서있었다.

"구야혈교의 무공이군. 역시 내 짐작이 맞았어."

어느새 눈앞까지 날아든 사내의 도에서 날카로운 도기가 갈라져 나와 꽃이 피듯 둥그렇게 퍼졌다. 그리고 그대로 진도운의 전신을 집어삼켰다. 구야혈교의 도법 중 하나인 혈화만도(血花滿刀)였다.

까앙!

강렬한 쇳소리가 울리며 진도운의 전신을 집어삼켰던 수많은 도기가 사라졌다. 그리고 동시에 사내가 들고 있던 도가 쏜살처럼 옆으로 튀어나갔다.

콰앙!

무시무시한 속도로 날아간 도가 담장 중간에 박혔다. 그리고 사내는 그 도를 쥐고 있던 손을 바들바들 떨며 피를 흘리고 있었다. 도가 튀어나가면서 손아귀를 찢어놓은 것이다.

"……."

사내는 입을 굳게 다물고 있었다. 그리고 믿을 수 없다는 표정으로 담장에 박혀 있는 도를 쳐다봤다. 그런데 자신의 바로 앞에 있어야 할 진도운이 저 멀리 있는 담장 앞에서 솟아나는 게 아닌가? 그리고 그는 담장에 박혀 있는 도를 쥐고 다시 사라졌다.

툭툭.

그와 동시에 등 뒤에서 뺨을 치는 차가운 쇳조각이 느껴졌다.

“……!”

사내가 눈을 부릅뜨며 몸을 들썩이자, 뺨을 쳤던 그 차가운 쇳조각이 목 언저리로 떨어졌다. 목에 닿으니 살갗이 아렸다. 그제야 그것이 방금 전까지 자신이 휘두르던 도임을 알 수 있었다.

주르륵.

사내의 뺨으로 식은 땀 한 줄기가 흘렀다.

“도는 그렇게 쓰는 게 아니야.”

진도운은 사내의 목에서 도를 빼내는가 싶더니 신표혈리술로 바람처럼 사내의 좌측을 훑고 지나가며 허벅지를 베었다.

좌악!

피가 튀며 사내가 한쪽 다리를 절었다. 하지만 사내는 진도운의 움직임을 눈으로조차 쫓아갈 수 없었다. 사내가 고개를 좌측으로 돌렸을 때 이미 진도운의 신형은 우측에서 반대편 다리를 베고 있었다.

“크흑!”

사내는 여인처럼 양다리를 오므렸다.

좌아악!

바람 한 줄기가 그의 어깨를 스쳐지나가고 어김없이 그의 어깨에서 피가 솟구쳤다. 그리고 어깨를 넘어간 바람은 그대로 사내의 등을 훑었다. 그러자 사내의 등에서 사선으로 번뜩이는 도광이 나타났고 그 도광을 따라 사내의 살갗이 벌어지며 피가 뿜어졌다.

"으악!"

사내는 활대처럼 몸이 휘며 앞으로 넘어질 것처럼 고꾸라졌다. 그런데 그때, 사내의 주변에 떠도는 바람이 더 빨라지더니 사내의 몸 구석구석 파고들었다.

츠아앗!

바람이 파고드는 곳마다 살점이 갈라지고 기다란 혈흔이 생겼다. 그 바람은 신표혈리술을 펼치며 공기의 결을 타고 움직이는 진도운이었다. 지금 그는 도를 날카롭게 세워서 사내의 주변을 돌며 사내의 몸을 난도질하고 있었다.

"크아아!"

사내의 온몸이 새빨갛게 물들었다. 얼굴이라고 다를 바 없었다. 뺨과 이마를 가로 지른 혈흔에서 피가 쏟아져 나와 얼굴마저 붉게 적셨다.

"그, 그만! 그만!"

사내는 피 흘리는 몸으로 뛰어가 바람으로부터 도망치려 했다. 하지만 사내를 감싸고 있는 바람은 사내를 끝까지 따라붙으며 연거푸 사내의 몸을 베었다. 하지만 진도운은 사내의 몸을 깊게 베지 않았다. 그저 살점만 베며 뼈는 그대로 두었다. 그래서 사내가 도망칠 때마다 그의 온몸에서 살점이 덜렁 걸렸다.

"끄어억!"

사내는 너덜너덜해진 몸을 던져 전각 안으로 들어갔다. 그리고 문을 닫고 전각 안에 있는 가구를 끌어다가 문 앞에 갖다 댔다. 그제야 안심한 듯 벽에 몸을 기대고 서며 거친 숨을 토해냈다.

"미, 미친 새끼……."

그는 마음속 깊은 곳에서 우러나온 욕지거리를 내뱉었다. 그런데 의외로 문이 조용히 있자 사내는 자신도 모르게 숨을 죽였다.

"뭐, 뭐지?"

지금 당장 저 문과 가구를 베고 안으로 들어와도 이상할 것 없었는데 이상하게도 문은 그대로 있었다. 그래서 그는 뭔가 싸한 분위기를 느끼고 벽에 몸을 기댄 채 구석으로 물러났다.

쾅!

바로 그 순간, 두툼한 손이 옆에 있는 벽을 뚫고 불쑥 튀어나와 사내의 목줄기를 움켜쥐었다. 그리고 그 손이 주먹을 쥐듯 사내의 목줄기를 꽉 말아 쥐었다.

"어억!"

사내는 온몸을 사시나무처럼 떨며 '컥!' 숨넘어가는 소리만 간헐적으로 내뱉었다. 그때 사내의 눈동자엔 흰 자위만 떠올라 있었고 사내의 입에선 노란 침이 줄줄 흘렀다.

진도운은 사내를 자신이 있는 바깥쪽으로 잡아당기며 사내의 목줄기를 놓았다.

콰앙!

벽이 박살나며 사내의 몸이 바깥으로 튕겨져 나와 땅바닥을 굴렀다.

"켁! 케엑!"

사내는 땅바닥을 구르다말고 헛기침만 연거푸 내뱉었다. 그럴 때마다 사내의 입에선 썩은 내가 진동하는 노란 침이 튀었다.

"이, 이 새끼가……."

사내는 욕지거리를 내뱉다가도 점점 가까워지는 진도운을 보고 꼴사나운 모습으로 물러났다.

"너, 넌 누구냐? 백도 무림에 너 같은 놈이 있다는 건 듣지도 못했다."

"네 놈 따위가 함부로 쳐다볼 수 있는 사람은 아니지."

무심한 얼굴에 몸속 깊숙이 파고드는 냉랭한 눈빛까지.

사내는 진도운의 얼굴을 마주하는 것조차 두려워했다.

"저, 저리 가."

"……."

"저리 가라니까!"

급기야 사내는 네 발 달린 동물처럼 땅바닥을 기며 뒤로 도망쳤다. 하지만 사내는 얼마 못 가 담장에 막혔다.

"저리 가라고, 이 개새끼야!"

어느새 진도운은 그의 지척까지 다가갔다. 하지만 사내는 바로 앞에 진도운이 가만히 서있음에도 불구하고 손 한 번 뻗지 못했다. 이미 진도운에 대한 두려움으로 머리가 새하얗게 질려 있었기 때문이다.

"구야혈교의 무공은 어디서 배운 것이냐?"

"그, 그걸 내가 말할 것 같으냐?"

"구야혈교에 배신자가 있으리라곤 생각지도 못했는데."

진도운은 사내의 대답을 듣기도 전에 손을 뻗어 사내의 하관을 움켜쥐었다.

"으, 읍!"

진도운의 손이 사내의 하관을 더 세게 조였다. 그러자 사내의 뺨이 쏙 들어가며 얼굴이 터질 것처럼 달아올랐다.

"크읍! 으읍!"

사내의 발악하는 목소리가 진도운의 손을 비집고 나왔다. 하지만 진도운은 그 소리를 못 들은 척 손에 쥐고 있는 도를 땅바닥에 버리고 그 손으로 사내의 옷을 헤집었다. 그리고 사내가 옷 안에 넣어둔 방울 달린 나무 작대기와 새카만 향초 한 뭉텅이를 찾았다. 진도운은 그 중에서 새카만 향초 한 뭉텅이를 몽땅 한손으로 감싸 쥐고 빼냈다. 그리곤 사내를 한손으로 질질 끌고 멀쩡히 사방이 꽉 막혀 있는 건물 안으로 들어갔다.

진도운은 건물 안에서 호롱불을 찾아 불을 피웠고 그 호롱불에 향초 한 뭉텅이를 갖다 댔다.

치이이익!

새카만 향초 한 뭉텅이가 동시에 타들어가니 금세 전각

안이 매캐한 연기로 가득 찼다. 그것은 바로 호남성의 무림인들을 홀리고 다닌 수단향이었다.

"큭! 크윽!"

진도운이 사내의 코앞으로 수단향 한 뭉텅이를 갖다 댔다. 그러자 사내가 괴롭다는 듯 눈을 질끈 감았다. 그리고 그때 진도운이 사내의 혈도를 누르기 시작했다. 그 나름대로 점혈을 해보려는 것이었지만 진도운은 점혈을 처음 해보기에 힘 조절에 미숙했다. 그래서 그가 혈도를 누를 때마다 사내는 지독한 고통을 느끼며 몸부림쳤다.

어설프게나마 점혈을 한 덕분인지 사내의 기가 급격히 사그라졌다. 그리고 진도운에 대한 두려움으로 정신력도 약해질 대로 약해져 수단향에 무방비로 노출되었다. 그래서인지 사내의 눈빛이 점점 흐릿해졌다.

물론 그 상태론 흉수들처럼 행동까지 조정할 순 없었다. 진도운은 그것까진 바라지도 않았다. 그저 나락에 빠진 사내가 수단향을 맡고 마지막으로 붙잡고 있는 이성의 끈을 놓길 바랐다. 그래서 자신의 말에 순순히 대답해주길 바랄 뿐이었다.

"구야혈교의 무공은 누가 알려준 것이지?"

진도운은 나직하게 물으며 손에 힘을 뺐다.

"비… 조…."

어느새 눈이 풀린 사내는 축 늘어진 입술로 말했다.

"비조라고?"

"그… 래…."

비조는 천본혈교의 교도들이 자신들의 교주를 부를 때 지칭하는 말이었다.

"그럼, 너희들의 본거지는 어디 있지?"

"장… 악… 산…."

장사 뒤쪽에 있는 작은 산이었다. 산세가 험하지 않아 본거지로 삼기 딱 좋은 곳이었다.

진도운은 사내를 끌고 다시 밖으로 나왔다. 그리고 반대손에 쥐고 있는 수단향은 땅바닥에 지저서 향을 껐다. 그러자 사내의 초점이 서서히 돌아왔다. 그리고 그 틈에 진도운은 자신이 땅바닥에 떨어트려놓았던 도를 들고 다시 사내 앞으로 돌아왔다. 그리고 그때 마침 정신이 온전하게 돌아온 사내가 진도운을 보고 경기를 일으키듯 몸을 바들바들 떨었다.

"비, 빌어먹을……."

사내의 입에서 나온 말은 거칠었지만, 그의 얼굴에 떠오른 표정은 울상이었다.

"내가 왜 우리 쪽 사람들을 다 내보내고 나 혼자 온 줄 아느냐?"

"사, 살려줘……."

사내가 흐느끼기 시작했다.

"내가 이러는 모습을 봐서는 안 되거든."

"살려달라고!"

“난 백우결이니까. 이러면 안 되거든.”

“살려주세요. 제발…….”

진도운이 손을 뻗어 사내의 머리채를 잡아당겼다. 그리고 무릎으로 사내의 몸을 눌러 머리만 올라오도록 만들었다.

좌악!

진도운은 도를 휘둘러 사내의 목을 그었다. 그러자 피가 솟구치며 진도운의 얼굴에까지 튀었다. 그리고 사내의 목이 입처럼 벌어지며 꾸역꾸역 피를 쏟아냈다. 사내는 더 이상 살려달라고 말하지 않았다.

“제길! 백 공자는 어디 있는 거요!”

새빨간 악귀 가면을 빼앗아 쓴 적무혁이 서문세가 안으로 들어오며 말했다. 그를 따라 똑같이 가면을 빼앗아 쓴 서문도와 서문기, 그리고 담사천도 서문세가로 돌아왔다.

그들은 진도운의 계획대로 흉수들에게 가면을 빼앗아 쓰기로 한 자들이었다. 본거지로 돌아가기 위해 흉수들을 어느 정도 남겨놔야 하니 그들 소수만 움직인 것이다. 나머지는 좀 떨어진 곳에서 대기하다가 이들이 남긴 표식을 보고 뒤 쫓아와 흉수들의 본거지를 급습하기로 했다. 하지만 그들은 시간이 지나도 진도운이 보이지 않아 혹시 흉수들에게 잡혔나 싶어 서문세가로 되돌아 온 것이다.

“무슨 일이 있던 거지?”

적무혁이 서문세가를 둘러보며 말했다. 바닥에 피가 흥건이 젖어 있었지만 시체는 그 어디에도 보이지 않았다. 이미 진도운이 사내의 시신을 눈에 띄지 않는 곳으로 치운 것이다.

적무혁은 서둘러 서문세가를 뒤지고 다녔다. 하지만 진도운은커녕 흉수들의 코빼기도 보이지 않자 진도운의 처소로 향했다. 그런데 그 처소 안에 종이 한 장이 덩그러니 놓여있었다.

다녀오마.

종이 안에 그 한 마디만 짤막하게 쓰여 있었다.

적무혁은 그 종이를 한 손에 넣고 꾹 말아 쥐었다.

“대사형. 도대체 혼자 뭘 하고 있는 게요?”

적무혁은 답답하다는 듯 깊은 한숨을 내쉬었다.

‡‡

진도운은 신표혈리술을 펼치며 단숨에 장악산을 올랐다. 산세가 험하지 않다고는 하나, 기척을 감추기 위해 진도운은 최대한 조심스럽게 산길을 밟았다.

‘시간이 없다.’

흉수들은 늘 시간을 맞추며 움직였다. 그러니 지금쯤 서문세가를 치러 출정한 흉수들이 돌아오기 전까지 시간을 재고 있을 것이다. 그 시간이 지날 때까지 동료들이 돌아오지 않으면 흉수들은 일을 실패했다고 판단 호남성에서 납치한 무림인들을 죽일지도 모른다.

'그 전에 잡아야 한다.'

제비처럼 표홀하게 날아가던 진도운의 눈에 산속 깊숙이 천막을 치고 대형까지 갖추고 있는 수상한 무리가 들어왔다.

'찾았다!'

멀리서 봐도 눈에 띌 만큼 강렬한 새빨간 악귀 가면이 도처에 깔려 있었다. 그리고 서문세가를 치러 꽤 많은 사람들이 빠져나갔었을 텐데도 아직 본거지에 상당히 많은 수의 교도들이 남아있었다. 그들 대부분이 본거지 안에서도 새빨간 악귀 가면을 쓰고 있었는데, 중간 중간 가면을 쓰고 있지 않은 사람들도 있었다. 그리고 그런 자들의 무위는 단연 돋보였다. 하지만 진도운은 다른 건 무시하고 본거지 중심에 우뚝 솟아있는 가장 큰 천막을 응시했다.

'저기에 비조가 있으려나?'

비조가 없어도 이번 일을 계획한 사람이 있는 건 분명했다. 그 안에 있는 게 누구든 철본혈교 안에서 상당히 높은 사람일 터, 그 자만 잡으면 자신의 궁금증을 어느 정도 풀 수 있을 것이다.

이번에는 진도운의 시선이 본거지 끝에 있는 철갑 천막으로 향했다. 다른 곳에선 볼 수 없는 특이한 천막이었으나 진도운의 눈에는 익숙해 보였다. 그는 이미 10년 전에 한 번 봤기 때문이다.

'철판을 덧댄 이유는 수단향이 빠져나가는 걸 막기 위해서지.'

10년 전에도 그랬듯 철갑 천막 안에는 필시 호남성에서 납치한 무림인들이 갇혀 있을 것이다. 납치한 숫자들이 많아 일일이 감시할 수 없으니 저렇게 한 곳에 모아놓고 수단향을 지속적으로 투입하는 것이다.

진도운은 주변에 보이는 나무를 타고 올라가 곧장 건너편에 있는 나무로 넘어갔다. 그런 식으로 본거지 중심에 있는 천막과의 거리를 점차 좁혀갔다. 이상하게 그 천막 주변에만 사람들이 없었다. 한, 두 명 정도가 천막 입구에서 경계를 서고 있었지만 그게 다였다. 천막 뒤에는 한적했다. 그래서 진도운은 천막 뒤편으로 넘어가면서도 꺼림칙했다. 그리고 천막 안에 인기척이 없는 걸 느끼고 천막 뒤편에서 천막 안으로 잠입했다.

천막 안에는 침상 하나만 덩그러니 놓여있을 뿐 다른 가구는 없었다.

"뭐지?"

그런데 천막 안으로 들어온 진도운은 자신도 모르게 걸음을 멈췄다. 이 내부가 어딘지 모르게 익숙했기 때문이다.

"뭘까……."

주변을 둘러보던 진도운은 문득 바깥에서 들리는 소란스러운 소리를 듣고 침상 아래로 들어갔다. 그리고 얼마 지나지 않아 누군가 천막 안으로 들어왔다. 침상 아래에 숨어있는 진도운은 이리저리 움직이는 발 밖에 볼 수 없었다.

"밖에 누구 있느냐?"

늙수그레한 목소리, 아무래도 노인인 듯 했다. 그런데 그 목소리를 엿들은 진도운은 온몸이 얼어붙은 것처럼 꼼짝도 못했다.

"예, 비조님."

한 사내가 천막 안으로 들어왔다.

"내 잠시 쉬어야겠으니 아무도 들이지 마라."

"예, 알겠습니다."

사내가 다시 밖으로 나갔다. 그리고 그가 나가자마자 노인은 침상 앞에 바로 섰다.

"이만 나오게."

"……."

진도운은 못 들은 척 했다.

"내가 침상 밑으로 고개를 숙여야지만 나올 생각인가?"

진도운은 그제야 침상 뒤로 몸을 빼고 서서히 몸을 일으켰다. 그리고 침상 건너편에 우뚝 서있는 노인을 똑바로 바라봤다. 길고 뾰족한 눈매에 마른 얼굴, 그리고 윤기 있는 백발이 어깨와 등으로 떨어져 있었다.

"……!"

진도운은 도저히 믿을 수 없었다. 구야혈교에서 지난 20년 넘게 봐왔던 익숙한 얼굴이 바로 눈앞에 있었기 때문이다. 처음 목소리를 들을 때까지만 해도 긴가민가했다. 그런데 이제 얼굴을 마주한 지금 바로 알 수 있었다. 지금 맞은편에 서있는 노인은 바로 자신이 혁련굉의 반란에서 대피시켜 놓은 구야혈교의 교주 송표기였다.

하지만 진도운은 내색하지 않았다. 지금 자신은 백우결의 몸에 들어와 있으니, 본인을 못 알아볼 거라 생각했다. 그런데 송표기가 싱긋 웃으며 사람 좋은 미소를 내보이더니…….

"오랜만이구나. 도운아."

진도운의 이름을 불렀다.

하지만 진도운은 너무 놀라 입을 뗄 수 없었다. 그는 그저 혼란스럽다는 표정으로 우두커니 서있었다.

"네가 올 줄 알았다."

진도운은 입이 굳어버리기라도 한 것처럼 아무 말도 못했다.

"그래서 천막 주변에 교도들을 물리고 나 혼자 기다리고 있었다."

진도운은 그제야 이 천막 주변에만 인적이 드문 이유를 알았다. 하지만 지금 그게 중요한 게 아니었다. 바로 눈앞에 이곳에 있지 말아야 할 사람이 이곳에 있는 게 중요했다.

"어째서 교주님이 이곳에 계신 겁니까?"

진도운은 힘겹게 입을 열었다. 하지만 송표기는 여유 있는 미소를 지으며 침상 끝에 걸터앉았다.

"어디서부터 말해야 될지 모르겠구나."

송표기는 진도운을 등지고 앉은 채 말했다.

"제가 분명 혁련굉 각주를 절강성으로 유인하면서 교주님을 사천성으로 대피시키지 않았습니까?"

절강성과 사천성은 서로 반대 방향인 중원의 끝과 끝에 위치해 있었다.

"그런데 어째서 이곳에 계신 겁니까? 그것도 철본혈교의 비조가 되어서……."

진도운은 믿을 수 없다는 듯 말끝을 흐렸다.

"……."

이번에는 송표기가 말이 없었다. 그는 대답 대신 씁쓸히 웃을 뿐이었다.

"그리고 저는 어떻게 알아본 겁니까?"

"먼저 내 이야기부터 듣거라."

"말씀해 보십시오."

"네가 10년 전에 철본혈교의 교도들을 색출해내며 그들이 일으킨 반란을 잠재웠지."

송표기는 그때 당시 기억을 떠올리며 천천히 말을 이었다.

10년 전, 진도운은 구야혈교 안에서 반란을 일으킨 철본

혈교의 교도들을 뿌리 채 뽑았다. 그리고 당시 구야혈교의 교주였던 송표기는 800년 만에 다시 등장한 철본혈교의 잔당들을 직접 찾아가 만났다. 그때까지만 해도 송표기는 그저 말로만 전해 듣던 철본혈교가 과연 어떤 놈들인지 궁금해서 찾아간 것뿐이었다. 그런데 철본혈교의 잔당들은 송표기조차 놀랄 만큼 신기한 수법들을 많이 지니고 있었다. 그리고 그중의 하나가 바로 만라전상대법(萬羅轉相大法)이었다.

"그게 뭡니까?"

진도운이 물었다.

"불사(不死)의 대법이다."

"예?"

진도운이 눈살을 찌푸리며 말했다.

"철본혈교의 교도들이 과거에 혈교를 종교처럼 떠받든 이유가 뭐라 생각하느냐?"

"800년 전의 일입니다. 그걸 제가 어찌 알겠습니까?"

"그건 바로 혈교의 교주가 죽지 않는 불사의 존재였기 때문이다. 그래서 교도들은 혈교의 교주가 자신들 같이 목숨이 정해진 인간들과 다른 신이라 여기고 신이 지배하는 혈교를 종교처럼 떠받든 것이지."

"말도 안 되는 소리입니다."

"나도 그리 생각했었네."

송표기가 덤덤히 웃으며 말했다.

만라전상대법(萬羅轉相大法)은 철본혈교의 교도들 사이에서 불사의 대법이라고 불렸다. 그 대법을 펼친다고 사람이 죽지 않는 것은 아니었다. 그럼에도 불사의 대법이라 불린 이유는 만라전상대법을 통해 다른 사람의 몸으로 들어갈 수 있기 때문이다. 바로 진도운이 백우결의 몸 안으로 들어갔듯이 말이다.

"……."

거기까지 얘기를 들은 진도운은 벼락이라도 맞은 것처럼 몸을 부들부들 떨었다.

"내가 만라전상대법을 통해 너의 영혼을 백우결의 몸으로 집어넣었다."

"왜 그런 겁니까? 왜 저를……."

"왜 그랬냐고? 그야 혁련굉 때문이지."

송표기는 혁련굉이 반란을 일으키기 훨씬 전부터 혁련굉을 경계하고 있었다. 혁련굉이 언젠가 자신의 자리를 노리고 올라올 것이란 걸, 그리고 그때가 되면 자신은 무력하게 물러나야 한다는 걸 알고 있었다. 그만큼 혁련굉이 마음속에 품은 야망은 지독했다.

"10년 전에도 혁련굉을 따르는 이들이 많았지. 너 또한 그랬고……. 그래서 혁련굉을 쳐낼 수가 없었다. 그랬다간 나도 만만찮은 피해를 입을 게 뻔해 보였거든."

"그래서 철본혈교를 몰래 키운 겁니까?"

송표기는 고개를 끄덕였다.

“그때 당시 살아남은 철본혈교의 잔당들은 내 손으로 모조리 죽였다. 그리고 그들에게 빼앗은 괴상한 수법들을 가지고 내가 새롭게 철본혈교를 세웠지.”

송표기는 남들 몰래 철본혈교를 세우고 철본혈교의 수법들뿐만 아니라 구야혈교의 무공들까지 교도들에게 전수했다. 그야말로 800년 전에 멸문했던 혈교를 재건하려 한 것이다. 그리고 그래야지만 구야혈교를 이끄는 혁련굉을 이길 수 있다고 생각했다.

“예전에 나와 함께 만금성에 몇 번 갔던 걸 기억하느냐?”

“기억합니다.”

진도운은 그때를 기억했다. 그래서 백우결의 몸에 남아있는 기억 속에서 만금성의 성주도 알아보지 않았는가?

“만금성의 성주는 내 조언을 듣기 위해 나를 초대한 것이었고 그때 나는 만금성 성주의 아주 재밌는 계획을 듣게 됐지.”

“그게 뭡니까?”

“만금성의 성주는 만금성을 무림의 문파로 탈바꿈시키고 백도도 흑도도 아닌 새로운 길을 열려고 했다. 그리고 그 길에서 왕으로 군림하려 했고.”

“아주 위험한 생각이군요.”

“그래. 위험한 생각이지. 그 사실이 알려졌다간 백도와 흑도, 양쪽에서 모두 가만히 있지 않을 테니까. 이미 중원은 백도와 흑도가 사이좋게 나눠가졌으니 다른 길이 침범하는 걸 좌시하고 있지 않을 거다."

"그래서 만금성처럼 양쪽에 속하지 않는 교주님을 부른 겁니까?"

송표기는 고개를 끄덕였다.

"문파에 대한 내 전반적인 조언을 원하더군. 그리고 자랑스럽게 자신의 아들도 보여주더라고. 지금 네가 들어가 있는 백우결을 말이야."

"……"

"만금성의 성주는 자신의 아들을 그곳의 왕으로 만들려고 했어. 그러려면 먼저 무림인으로 만들어야했지. 그것도 만인의 위에서 군림할 수 있는 아주 강력한 무림인으로 말이야."

진도운은 그제야 백우결 몸속에서 떠다니는 기억들을 이해할 수 있었다.

"그래서 어떤 이상한 노인을 불러서 백우결의 몸을 개조시킨 겁니까?"

"그걸 어떻게 알았느냐?"

송표기가 고개를 반쯤 틀며 물었다.

"백우결의 몸속에 남아있는 기억이 가끔씩 떠오릅니다. 그 기억 속에서 본 적이 있습니다."

송표기는 다시 앞으로 고개를 돌렸다.

"그렇군. 아무튼 네가 말한 그 이상한 노인이 바로 신환방의 주인이다."

"처음 듣습니다."

"그럴 거다. 지금은 사람들 기억 속에서 잊힌 전설이니까. 중요한 건 신환방의 주인은 사람의 몸을 개조시킬 수 있는 특별한 의술을 알고 있다는 것이다. 그리고 신환방의 주인은 그 의술을 통해 백우결의 몸을 개조시켰지. 그것도 무림 역사에 다시없을 신의 몸으로."

진도운은 그 말을 이해할 수 있었다.

"신의 몸……."

"그래. 신의 몸. 그 몸에 들어가 있는 너라면 아주 잘 알겠지."

귀살류를 비롯한 그 어떤 무공을 익혀도 백우결의 몸은 아무런 무리 없이 받아들였다. 인간이라면 당연히 가져야 할 부작용 따위는 우습다는 듯이 발생하지 않았다.

"그때가 꽤 오래 전 일이다. 벌써 10년도 더 된 일이지. 그래서 난 철본혈교의 잔당들에게 만라전상대법을 얻자마자 백우결의 몸을 떠올렸다. 만약 새로운 몸을 얻게 된다면 그보다 완벽한 몸은 없을 테니까."

"……."

"하지만 백우결은 그동안 몸이 개조당하면서 끔찍한 고통을 감내해야 됐고 결국엔 만금성에서 도망치고 말았지. 그러다 우연찮게 천수악의 눈에 띄어 백선문으로 들어갔

고. 그건 나도 예기치 못한 일이었다."

"그럼 어떻게 백우결의 몸에 만라전상대법을 펼친 겁니까?"

"그 녀석은 백선문에 붙어있질 않더군. 하루도 빠짐없이 기루를 들락날락거렸어. 그래서 만라전상대법을 펼칠 기회는 많았지."

진도운은 품속에서 반으로 접혀 있는 종이를 꺼내 펴보았다. 그 종이 안에는 새빨간 악귀의 얼굴이 그려져 있었다.

"백선문 안에 있는 저를 끌어내려고 철본혈교의 표식이 담긴 이 종이를 뿌린 겁니까?"

"만라전상대법이 제대로 펼쳐졌다면 네가 그 종이를 보고 찾아올 줄 알았다."

역시나, 호남성은 불운하게 송표기의 눈에 띈 것에 불과했다.

"백도 놈들은 원래 어린애들처럼 백선문에다 일러바치는 걸 좋아하니까. 당연히 이번에도 백선문에 쪼르르 달려가 도움을 청할 거라 여겼다."

"만약 제가 이 종이를 못 봤으면 어쩔 뻔 했습니까?"

송표기는 피식 웃었다.

"그럼 내가 지난 10년 동안 키워 온 철본혈교가 무림에 통한다는 걸 확인하는 기회로 끝났겠지."

송표기는 침상에서 일어나며 진도운을 향해 몸을 돌렸다.

"같이 나가자구나."

송표기가 한쪽 천막을 걷어내고 밖으로 나갔다. 진도운은 잠시 머뭇거리다가 이내 그를 따라 밖으로 나갔다. 그러자 주변에 떠돌던 철본혈교의 교도들이 모두 자신을 힐끗거렸다.

"오랜만에 같이 걷는구나. 구야혈교에서 종종 이렇게 걷곤 했는데."

"……."

"그때마다 넌 하루 종일 내 등쌀을 떠밀었지. 이렇게 해야 한다, 저렇게 해야 한다, 잔소리를 끝없이 해대면서."

송표기가 잠시 과거의 기억을 떠올리며 흐뭇한 미소를 지었다.

"이들도 그때와 같이 다 똑같은 혈교의 사람들이다."

"수단향 같이 잡스러운 수법들을 쓰는 자들을 어찌 구야혈교와 똑같단 말씀하십니까?"

"너는 아직도 구야혈교의 사람인 것처럼 말하는구나."

"……!"

진도운은 우뚝 걸음을 멈춰 섰다.

"잊었느냐? 넌 이미 혁련굉에게 죽은 몸이다. 이제 더 이상 구야혈교의 사람이 아니야."

"이들을 데리고 구야혈교를 칠 생각입니까?"

"네가 내 곁에 있어준다면 구야혈교뿐만 아니라 천하도 손에 넣을 생각이다."

송표기도 멈춰 서며 말했다.

"800년 전 혈교가 그랬던 것처럼 말입니까?"

"그래. 네가 내 옆에서 나를 도와다오."

그에 진도운은 말없이 송표기의 얼굴을 빤히 들여다봤다. 그리고 무어라 말할 찰나, 옆에서 가면을 쓰지 않는 사내가 끼어들었다. 그 사내는 호리호리한 체격에 매서운 눈빛을 지닌 젊은 사내였다. 그리고 사내의 얼굴은 멀쩡한 구석을 찾아볼 수 없을 만큼 칼자국으로 도배되어 있었다.

"비조님?"

진도운은 그 목소리를 듣자마자 어제 서문세가로 찾아와 곽철명을 데리고 간 자가 바로 이 사내임을 알아차렸다.

"우린 구면이군."

진도운은 씩 웃으며 말했다. 그러자 그 사내도 방긋 웃었다.

"여기서 만날 줄 몰랐는데."

"그래? 그런데 그때 데리고 갔던 곽철명은 어디로 간 거지? 도통 보이질 않는군."

진도운이 주변을 살피며 물었다.

"그 녀석은 지금 널 죽이겠다고 뼈를 갈고 있어. 웬만하면 그 녀석 눈에 띄지 않는 게 좋을 거야."

송표기는 실소를 흘리며 그 둘 사이로 끼어들었다.

"둘 다 그만하지."

"비조님. 어째서 저 자가 여기 있는 겁니까?"

"뭘 그거 가지고 놀라나? 앞으로 자주 보게 될 사이일 텐데. 그러니 더 이상 싸우지들 마라."

"알겠습니다."

사내는 군말 없이 고개를 숙이며 물러났다.

"교도들을 잘 키우셨군요."

진도운이 그 사내가 조용히 물러나는 걸 보며 말했다.

"다시 혁련굉 때처럼 안을 정리하지 않고 밖으로 나가는 일이 없어야지."

"이 정도 되니까 호남성을 정신없이 흔들어놓은 거겠죠."

"그래. 네가 방해했다고는 들었다."

"제가 있는 줄 아셨으면 제가 어떤 식으로 나올 줄 짐작하셨을 텐데, 저들에게 귀띔도 하지 않는 이유가 무엇입니까?"

만약 송표기에게 진도운이 10년 전에 철본혈교를 처리했던 방식을 들었다면 서문세가로 쳐들어 온 철본혈교의 교도들이 서로 흩어지는 일은 없었을 것이다.

"시험해 본 것이다. 너만 한 인재가 있는지. 그 덕분에 방금 인사를 나눴던 천호처럼 제법 쓸 만한 녀석도 추려낼 수 있었다. 그리고 내가 귀띔이라도 했다가 혹시나 네가 이곳으로 오지 못할 수도 있지 않느냐?"

진도운은 마치 그럴 리 없다는 듯 피식 웃었다.

"방금 저 자가 천호입니까?"

"네 손에서 지호를 빼온 걸 보면 상당히 능력이 좋은 녀석이야. 이미 만나봤으니 잘 알겠지만."

진도운은 송표기가 말하는 지호가 자신이 곽철명이라고 알고 있는 사내란 걸 알 수 있었다.

그 뒤로도 송표기는 진도운을 데리고 본거지를 돌아다니며 철본혈교에 대해 이것저것 설명해주었다. 그리고 다시 본인이 머무는 천막 앞으로 돌아왔다.

"여기는 호남성을 치러 오면서 세운 임시 본거지가 아닙니까?"

"그렇지."

"본성은 어디 있는 겁니까?"

그 말에 송표기가 방긋 웃으며 천막 안으로 들어갔다.

"안으로 들어오게."

진도운도 그를 따라 천막 안으로 들어갔다.

"아직 자네는 대답하지 않았네. 자네 대답을 듣고 나면 본성이 어디 있는지 말해주겠네."

"철저하시군요."

"어떤가? 본교로 들어올 텐가?"

그 말에 진도운은 뒤돌아 자신이 들어오며 위로 올라간 천막 쪼가리를 내렸다. 그리고 다시 송표기를 향해 몸을 돌렸다.

"그 전에 두 가지 묻고 싶은 게 있습니다."

"뭐든지 묻게나."

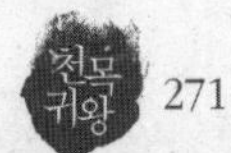

"왜 백우결의 몸에 제 영혼을 집어넣은 겁니까?"

"자네 머리와 백우결의 몸이라면, 혁련굉을 이길 수 있을 거라 생각했네."

"그렇습니까?"

진도운은 덤덤히 말했다.

"그렇다네. 그리고 묻고 싶은 게 두 가지라 하지 않았나? 나머지 하나도 묻게나."

"제가 제 머릿속에 든 무공들을 이 몸에 모두 체화시켜 놓으면 저를 죽이고 이 몸을 빼앗아 갈 생각입니까?"

"자네 지금 무슨 소리를 하는 건가?"

송표기는 다시 사람 좋게 웃어 보이며 말했다.

"교주님은 이미 자신의 밑에 있는 혁련굉 각주에게 배신을 당하고 구야혈교를 빼앗겼습니다. 그런데 또 자신의 밑에 혁련굉 같은 사람을 둘 리 없죠. 그것도 혁련굉의 부하로 있던 저를 말입니다."

"허허, 자네가 도통 무슨 소리를 하는지 모르겠군."

진도운은 입꼬리를 쭉 늘렸다.

"아까 교주님께서 직접 그러셨습니다. 혈교의 교주는 불사의 존재였다고. 그럼, 만라전상대법으로 여러 번 몸을 옮겨 다니며 삶을 이어나갈 수 있는 것 아니겠습니까?"

그의 말이 옳았다. 한 번 옮기고 끝날 거면 처음부터 불사의 대법이라 부르지도 않았을 것이다.

"자네 못 보던 사이에 의심이 많아졌어."

"제가 구야혈교에 있었을 때 저는 무공은커녕 제대로 뛰지도 못하는 허약한 체질이었습니다. 그런 저에게 교주님이 대법을 거는 건 아주 쉬운 일 이었을 겁니다. 막말로 제가 자고 있을 때 들어와서 제 몸에 만라전상대법을 펼쳐 놓을 수도 있는 거고."

송표기의 입에 떠있는 미소가 점점 흐려졌다.

"그래서 제가 죽자마자 백우결의 몸으로 이동한 것이겠지요."

송표기가 하얀 이를 드러내며 웃었다. 하지만 어떤 말도 하지 않았다. 그저 진하게 웃으며 진도운을 바라볼 뿐이었다. 그에 신노운은 두 팔을 활짝 벌렸다.

"저는 이미 제가 알고 있는 모든 무공을 이 몸에 체화시켰습니다. 이대로 제 몸을 가져가시면 됩니다. 그러니 어서 제 몸을 가져가시지요."

"……."

"어서요!"

"……."

송표기가 꿈쩍도 않자 진도운은 씩 웃었다.

"단순히 백우결의 몸에 제 머릿속에 든 무공이 체화되기만을 기다리는 건 아닐 겁니다. 아마 만라전상대법에 어떠한 제약이 있어서 지금 당장 이 몸을 가져가지 못하는 걸 테지요."

"크하하하하!"

돌연 송표기가 입이 찢어져라 웃기 시작했다. 진도운은 그 모습을 말없이 바라봤다.

"자넨 정말 똑똑하단 말이야. 내가 그래서 자네를 참 좋아했는데."

"꼭 이렇게까지 하셔야 했습니까?"

"당연하지 않은가? 내가 이렇게 된 이유에는 자네 책임도 있으니."

"제 책임이요?"

송표기의 눈빛이 강렬하게 타올랐다.

"자네가 혁련굉을 천하제일인으로 만들지 않았나? 그것도 교주인 나를 두고 말이야. 그게 얼마나 괘씸한 일인지 모르겠나?"

진도운은 자신도 모르게 씁쓸한 미소를 지었다. 혁련굉이 자신을 죽이기 직전에 한 말이 송표기와 비슷했기 때문이다.

'그때도 그랬지. 혁련굉 각주는 나보고 왜 자신을 배신하고 교주님 편에 서냐고 나무랐지.'

그제야 진도운은 그동안 구야혈교에서 지내오면서 자신이 혁련굉이나 송표기, 그 어느 쪽에도 속해있지 못했단 걸 깨달았다. 그들은 그저 겉으로만 자신을 포용하고 있었을 뿐이다.

"전 교주님을 위해 제 목숨까지 걸었습니다."

"이미 한 번 건 목숨, 다시 한 번 내게 걸어라."

그 말을 하는 송표기의 얼굴에선 탐욕의 빛이 이글거리고 있었다. 그 모습이 보기 싫다는 듯 진도운은 고개를 돌렸다.

"제가 목숨을 걸었던 교주님은 지금처럼 추잡한 광기를 드러내는 교주님이 아니었습니다."

"결국엔 너도 혁련굉이랑 똑같은 길을 걷겠다는 거로구나. 너도 혁련굉이랑 똑같은 놈이었어."

그 말에 진도운은 씁쓸히 웃었다. 자신의 처지가 한심하게 느껴졌기 때문이다.

'우습구나. 내가 평생 모셔온 두 사람 모두 내 목숨을 원하니.'

진도운은 눈을 꾹 감았다. 그리고 자신이 왜 그토록 다른 사람들을 모셔왔는지 생각했다. 그리고 그렇게 살아온 자신을 꾸짖었다.

'어쩌면 처음부터 내 잘못이었을지도 모른다.'

애초에 혁련굉이나 송표기의 밑으로 들어가는 게 아니었다. 진도운은 진하게 후회하고 있었다.

"너도 혁련굉에게 죽지 않았느냐? 내가 아니었으면 넌 다시 살아날 수 없었어."

"……."

"그러니 나와 함께 가자구나. 내 너의 복수도 해주마."

"예전에는 제 자신이 약해서 살아남기 위해 누구 밑으로만 가야 했습니다. 하지만 이제는 아닙니다."

진도운은 명백히 거절의 뜻을 내비쳤다. 그러자 송표기가 어쩔 수 없다는 듯 손을 털기 시작했다.

"억지로라도 널 데려가야겠다."

진도운은 자신의 등 뒤에서 이글거리는 송표기의 기운을 느끼고 서서히 내공을 끌어올렸다. 이곳 호남성까지 뛰어오면서 밤새 운공을 한 덕분에 청천백혼공은 어느덧 4성을 훌쩍 뛰어넘었다. 여전히 단전 안에 굳어있는 내공이 있었지만 그래도 이전보다 많은 양의 내공이 몸속을 떠돌았다.

파지지직!

진도운의 온몸에서 살기가 번뜩였다.

귀살류가 시작된 것이다.

진도운의 몸에서 떠돌고 있는 살기가 돌연 오른팔을 뱀처럼 휘감았다. 그리고 그 순간, 진도운은 오른팔을 내밀며 무언가 움켜쥐려는 것처럼 손가락을 오므렸다. 그것이 바로 귀살류의 3초식, 혈혼(血魂)이었다.

파지직!

살기를 허공에 뿌리며 뻗어간 그 오른손이 송표기의 심장을 쥐어뜯으려 했다. 그에 송표기는 마주 주먹을 내질러 진도운의 손을 아작 내려고 했다.

빙글!

그런데 진도운의 오른손이 한 바퀴 돌면서 송표기의 주먹을 피해내더니, 그대로 송표기의 손목을 덥석 잡아챘다.

그리고 확 끌어당겼다. 덩달아 송표기의 신형이 휘청거리며 따라왔다. 그때 진도운은 송표기의 가슴팍으로 파고들며 팔꿈치로 그의 명치를 가격했다.

퍼억!

둔탁한 음향, 하지만 팔꿈치에서 느껴지는 감촉은 달랐다.

"……."

진도운은 자신의 팔꿈치를 꽉 움켜쥐고 있는 송표기의 손을 보았다.

"제법이구나."

송표기는 하얀 이를 드러내며 웃었다. 하지만 진도운은 무표정한 얼굴로 몸을 밀어 쳐내며 그 반동으로 훌쩍 물러났다. 그리고 멀쩡하게 서있는 송표기를 쳐다봤다.

'내공에서 밀린다.'

자신은 아직 청천백혼공이 4성에 머물러 있어서 몸 안에 지닌 내공을 전부 사용할 수 없었다. 하지만 송표기는 한때 구야혈교를 호령하던 몸으로 백 년 가까이 쌓아온 내공을 온전히 사용할 수 있었다. 그런데…….

"쿨럭!"

송표기가 갑자기 피를 토해내는 게 아닌가? 그것도 검붉은 피였다. 그건 내상을 입어야지만 나오는 색깔이었다. 그걸 바라보는 진도운의 눈매가 날카롭게 찢어졌다.

'이번 일격으로 내상을 입진 않았을 텐데.'

이번 공격은 송표기가 완벽히 막았다. 그럼 전부터 내상을 입었다는 뜻이다. 하지만 어디서 내상을 입었단 말인가? 지금 같은 상황에서 짐작 가는 것은 하나뿐이었다.

"만라전상대법 때문입니까?"

그 말에 송표기가 손등으로 피를 닦아내며 씩 웃었다.

"역시 눈치가 빨라."

만라전상대법은 시전자의 생명력을 소진하며 펼치는 대법이었다. 거창하게 생명력이라고 해봤자 결국엔 몸에 남아있는 생기를 말하는 것이다. 하지만 만라전상대법으로 다른 사람의 몸을 갖게 되면 다시 그 몸에 있는 생명력을 지닐 수 있었다. 그것이 바로 만라전상대법이 주는 영생(永生)의 비밀이었다.

"그 몸으로 저에게 만라전상대법을 펼칠 수 있을 것 같습니까?"

그런데 그 말을 내뱉은 진도운은 불현 듯 어떤 불길한 생각을 떠올렸다.

"제가 백우결의 몸에 제 머릿속에 든 무공을 체화시키면 교주님이 어떻게 제 몸을 뺏어갈까 궁금했습니다. 그때가 되면 누구든 제 몸을 건드는 게 불가능해질 거라고 생각했기 때문이죠."

"……."

송표기는 말없이 듣기만 했다.

"그런데 그게 아니었습니다. 애초에 저에게 만라전상대

법을 펼칠 필요가 없는 겁니다. 이미 이 몸에 만라전상대법을 펼쳐놨으니까요."

송표기가 비릿한 미소를 머금었다.

"이제야 눈치 챘군. 아무렴 내가 그런 것 하나 염두 하지 않았을 것 같으냐?"

진도운은 잠시 자신의 몸을 내려다보다가 다시 송표기를 쳐다봤다.

"만라전상대법을 걸어둔다고 바로 몸이 바뀌는 건 아닐 겁니다."

"그래. 그건 아니지."

"그럼 만라전상대법을 발동시키려면 어떤 조건이 있다는 건데……."

진도운은 자신이 죽자마자 백우결의 몸에서 눈을 뜬 걸 떠올렸다.

"제가 죽어야지만 만라전상대법이 발동되는 겁니까?"

"그래. 네가 죽으면 그 몸은 내 게 된다."

그런데 이번에도 진도운은 개운하지 않다는 듯 인상을 찌푸렸다.

"저보다 교주님이 먼저 죽으면 결국엔 소용없는 게 아닙니까?"

송표기가 피식 웃었다.

"누가 먼저 죽는지는 중요한 게 아니지. 그건 애초에 만라전상대법을 펼칠 때부터 정해져 있으니까."

“그게 무슨 소리입니까?”

“네가 그랬지. 네가 죽자마자 백우결의 몸으로 들어갔다고.”

“…….”

진도운은 아무 말도 할 수 없었다. 또 머릿속에서 불길한 생각이 떠올랐기 때문이다.

“넌 죽자마자 백우결의 몸으로 들어간 게 아니야. 단지 네가 그렇게 느낀 것뿐이지. 사실은 네가 죽고 며칠이 지나고 나서 백우결의 몸으로 들어간 거다.”

그 말에 진도운은 자신이 깨어난 날 바로 백선문의 장문인과 가졌던 독대를 떠올렸다. 그리고 그때 서문세가에서 도움을 청하는 서찰을 받았다는 말도 기억해냈다.

‘교주님은 내가 죽었다는 소식을 듣고 호남성을 쳤다고 했지. 그럼, 내가 깨어나고 며칠 있다가 서문세가에서 서찰이 와야 했다.’

그런데 자신이 깨어난 당일 바로 그런 서찰이 왔다는 건 이미 철본혈교가 그 전부터 호남성을 쳤다는 뜻이다.

“네가 죽었다는 소식을 듣고서야 백우결을 죽였다. 그리고 그 몸에 다시 만라전상대법을 펼쳐두었지.”

진도운의 동공이 흔들렸다.

“만라전상대법의 발동 조건은 만라전상대법이 걸린 두 사람의 죽음이군요.”

진도운은 그제야 자신의 몸뿐 아니라 송표기의 몸에도

만라전상대법이 펼쳐져 있다는 걸 깨달았다. 하지만 당황하는 내색을 않고 차분하게 송표기의 손등을 바라봤다. 아직도 그 손등엔 검붉은 피가 남아있었다.

"그 몸으로 저를 죽일 수 있을 거라 생각하십니까?"

"꼭 내가 할 필요가 없지."

송표기는 뒤로 몸을 날려 천막을 찢고 밖으로 나갔다. 그리고 밖에 돌아다니고 있는 철본혈교의 교도들을 불러 모았다.

"철본혈교를 이용하려는 속셈이군."

진도운은 깊은 한숨을 내쉬며 천막 밖으로 걸어 나갔다. 어느새 천막 주변에는 새빨간 악귀 가면을 쓴 사내들이 둥그렇게 포진해 있었고 그 중간 중간에 가면을 쓰지 않은 사내들도 여럿 보였다. 그리고 그들은 주변에 가면을 쓴 자들과 달리 독보적인 기운을 품고 있었다.

"그저 조용히 따라왔으면 이런 일도 없었을 것을……."

송표기가 나지막하게 말했다.

"전 그동안 교주님의 설계 안에서만 놀아났군요. 이런 제 꼴이 우습습니다."

"네가 너무 총명했던 게 탈이다. 그렇지 않다면 애초에 여기까지 올 일도 없었겠지."

진도운은 씁쓸히 웃으며 뒤로 세 걸음 물러섰다. 그러다가 등 뒤에 있는 천막에 막히자 땅을 박차고 천막을 뛰어넘었다. 그리고 천막 뒤에 포진한 교도들을 향해 몸을 날렸다.

퍼억!

진도운은 교도들 중 한 사람의 명치를 어깨로 박으며 그대로 어깨에 걸고 뒤에 있는 바위에 그 자를 쳐 박았다.

콰앙!

산봉우리처럼 뾰족하게 솟아있는 바위 밑에서 먼지 구름이 일어났다. 그리고 둥그렇게 포진되어있던 교도들 사이에 뻥 뚫린 구멍이 나타났다. 그 주변에 있는 교도들이 진도운을 피해 다 물러났기 때문이다.

파지지직!

뿌연 먼지 구름 속에서 살기가 퍼져 나왔다. 그 주변에 있는 교도들은 피부를 꿰뚫고 몸속 깊이 들어오는 살기를 피해 뒤로 슬금슬금 물러났다.

"뭣들 하느냐!"

송표기는 그 모습을 보고 역정을 냈다. 그제야 교도들이 먼지 구름을 피해 물러나지 않았다. 다들 먼지 구름을 노려보며 먼지 구름이 가라앉길 기다렸다. 그런데 먼지 구름이 가라앉고 나타난 사람은 진도운의 어깨에 걸려 바위에 쳐 박힌 사내뿐이었다.

"저기다!"

누군가 바위 꼭대기를 가리키며 소리쳤다. 그 자의 말대로 진도운은 바위 위에서 그들을 내려다보고 있었다.

냉랭하고 뾰족한 눈빛. 그 눈빛이 철본혈교 교도들의 눈동자를 찔렀다. 기세 싸움이 시작된 것이다. 그 눈빛 속에

하나, 둘 고개를 돌렸다. 그리고 그들은 자신들이 눈을 돌린 것이 치욕스러운 듯 얼굴이 빨개져서 곧장 바위를 향해 몸을 날렸다.

순식간에 다섯 명의 교도들이 바위를 타고 진도운을 향해 오르기 시작했다. 그런데 그들이 반쯤 도달했을 때, 진도운은 한 발을 들어 바위를 내리찍었다.

콰콰콰쾅!

그 거대한 바위가 산산조각 작살이 나며 폭삭 가라앉았다.

"으아아악!"

"크윽!"

바위를 타고 오르던 다섯 명의 교도들은 산사태처럼 쏟아지는 바위 부스러기에 휩쓸려 더 이상 보이지 않았다. 그리고 정적이 찾아왔다.

"……."

철본혈교의 교도들은 모래성처럼 흘러내린 바위 부스러기들을 보고 주춤거렸다. 그리고 그들의 얼굴에서 가면을 쓰고 있음에도 당혹스러워하는 기색이 드러났다. 그런 그들을 향해 진도운은 몸을 날렸다.

휘이익!

철본혈교의 교도들이 뭉쳐있는 곳으로 날쌘 바람 한 줄기가 파고들었다. 그 바람은 신표혈리술을 펼친 진도운이었다. 그는 공기의 결을 타고 쭉쭉 뻗어가며 교도들 사이를 휑하니 지나갔다.

퍼퍼퍼퍼퍽!

그 바람이 지나가는 곳마다 정교한 타격음이 울렸다. 그리고 그 타격음이 울리는 곳에서 철본혈교의 교도들이 걸레짝처럼 튕겨져 나갔다.

"크윽!"

실이 끊어진 연처럼 뒤로 날아간 교도들의 가슴뼈는 망치로 후려친 것처럼 함몰되어 있었다. 바위마저 으스러트릴 만큼 강력한 타격에 당한 흔적이었다. 그런데 송표기는 그 광경을 보고도 방긋 웃고 있었다.

"그래. 그거야……."

지금 그는 진도운이 펼치고 있는 신표혈리술에서 눈을 떼지 못했다. 그건 구야혈교 안에서도 지난 몇백 년 동안 아무도 익히지 못했던 경공이었다. 그런데 지금 그 신표혈리술이 눈앞에서 모습을 드러냈다.

"너의 머리와 백우결의 몸이라면 해낼 줄 알았다."

그는 광기에 젖은 표정으로 웃고 있었다.

"천호야."

"예."

송표기의 뒤에서 얼굴에 칼자국이 난 사내가 앞으로 튀어나왔다. 이미 진도운과 안면이 있는 천호였다.

"막을 수 있겠느냐?"

"예."

"정말 막을 수 있겠느냐?"

천호는 더 이상 대답하지 않고 몸을 튕겨 앞으로 튀어나갔다. 그때 그의 입술이 굳게 닫힌 것이, 반드시 진도운을 잡고야 말겠다는 의지가 엿보였다.

파팡!

비호처럼 날아든 천호가 진도운의 앞을 막아서며 그를 두 손으로 쳐냈다. 그러자 기다랗게 이어진 바람 줄기가 끊기며 진도운이 모습을 드러냈다.

"함부로 날뛰는 건 여기까지다."

"……."

진도운은 새빨갛게 달아올라 있는 자신의 손을 내려다봤다. 그곳은 천호가 자신을 밀쳐내면서 건든 곳이다.

"다시는 날뛰지 못하도록 그 다리부터 분질러주지."

그때였다.

저벅.

진도운이 한 발자국 내딛으며 손을 뻗었다. 그러자 진도운의 신형이 천호의 눈앞에서 솟아나며 그의 손 안으로 천호의 머리통이 들어왔다. 있는 힘껏 내공을 끌어올려 신표혈리술을 펼치고 금나수로 천호의 머리통을 잡은 것이다.

"으읍!"

천호는 얼굴이 하얗게 질리며 숨을 쉬기 힘들다는 듯 아등바등거렸다. 하지만 진도운의 손은 그의 머리통을 움켜쥔 채 꿈쩍도 안했다. 그리고 그 순간, 진도운의 손으로 파지직 거리는 살기가 몰려들며 팔 전체를 휘감았다. 귀살류의 3초식, 혈혼(血魂)이 다시 한 번 모습을 드러낸 것이다.

우드드득!

진도운의 손 안에서 천호의 머리통이 으스러졌다.

“끄아아아아아!”

천호의 비명 소리가 울려 퍼졌다. 그 비명 소리가 어찌나 처절한지, 주변에 있는 교도들의 얼굴이 새파랗게 질려서 멍하니 보고만 있었다.

“으아아아…….”

점점 비명이 희미해지며 진도운의 손가락 사이로 회색빛 뇌수와 새빨간 핏물이 뒤섞인 액체가 삐죽 튀어나왔다. 그리고 천호의 몸이 힘없이 축 늘어졌다.

툭.

진도운은 더 이상 머리라고 부를 수 없는 천호의 머리통을 땅바닥에 버렸다. 그런데 그 단단하던 머리통이 땅바닥에 닿자 가죽 껍데기처럼 축 늘어졌다. 그리고 피로 뒤범벅되어 온통 새빨갛게 물들어 있었다. 그것은 귀살류의 혈혼만이 남길 수 있는 잔혹한 표식이었다.

“좋구나.”

송표기가 희열에 찬 얼굴로 말했다. 지금 그는 자신이 구상해오던 계획이 진도운의 몸에서 실제로 일어나는 걸 보고 흡족해 하고 있었다. 그러다가 문득 천호의 주검이 눈에 들어왔다.

“쯧쯧. 아깝게 됐어.”

송표기는 천호의 시신에 다시는 시선을 주지 않았다. 그리고 그는 앞으로 나서며 입을 모아 괴상한 소리를 내기 시작했다.

우우우우우.

그 울적한 소리에 내공이 실리긴 했으나 음공이라고 보기엔 무리가 있었다. 그런데 그 소리가 퍼지자 사그라졌던 교도들의 기운이 되살아났다. 아니, 되살아난 것 이상이었다. 교도들의 눈빛이 거칠어지며 지독한 광기로 변했다. 마치 그들의 눈에서 붉은 빛이 쏟아지는 것 같은 착각이 들었다.

그때, 송표기는 다시 손을 들었다. 그러자 진도운을 포위한 교도들 중에서 일부가 빠져나가 본거지 한쪽에 있는 철갑 막사로 달려갔다. 그리고 그들은 철갑 막사로 들어가 수단향에 취해 있는 호남성의 무림인들을 끌고 나왔다. 그 의도가 뻔히 보이는 행동에 진도운은 피식 웃었다.

"내가 저들을 구하러 온 건 맞습니다만, 지금 같은 상황에 내 목숨보다 저들의 목숨을 더 신경 쓰겠습니까?"

그 말에 송표기가 실소를 흘리며 손을 흔들었다. 그러자 교도들 중 일부가 방울을 흔들어 호남성의 무림인들을 조종했다.

"저들도 너를 쫓게 될 거야."

송표기가 환하게 웃으며 말했다. 그리고 그 순간, 진도운의 뒤에서 교도들이 우르르 달려들었다. 그들의 눈에서 더 이상 이성이라곤 찾아볼 수 없었다.

퍼억!

진도운은 가장 앞서 달려든 교도의 배를 발로 찼다. 그런데 그 교도는 잠깐 움찔할 뿐이지 조금도 아파하지 않았다. 오히려 자신의 배에 박힌 진도운의 발을 양손으로 잡고 놔주지 않았다.

"크으으……."

그 교도는 짐승이라도 된 것처럼 으르렁거렸다. 그뿐만 아니라 그의 뒤로 달려드는 모든 이들이 그랬다. 그들은 하나 같이 광기가 차 오른 눈으로 무섭게 달려들고 있었다. 그에 진도운은 손을 뻗어 자신의 다리를 잡고 있는 교도를 쳐내고 다리를 빼냈다.

타앗!

진도운은 땅을 박차고 몸을 날렸다. 그러자 그의 신형이 주변을 포위한 교도들을 뛰어넘어 본거지를 에워싸고 있는 숲속으로 들어갔다.

"쫓아라."

송표기가 말했다. 그 한 마디에 본거지에 있는 모든 교도들이 진도운을 쫓기 시작했다. 그리고 교도들 사이에 호남성의 무림인들까지 껴있었다.

"저건 뭐지?"

10년 전에 못 봤던 것이다. 철본혈교에 듣도 보도 못한 신비한 수법들이 많다고는 들었으나, 이렇게 예측 불가능한 것일 줄은 몰랐다.

"분명 발로 찼는데도 아파하지 않았다."

진도운은 방금 전에 자신의 발을 붙잡고 놔주지 않은 교도를 떠올렸다.

"두려움도, 고통도 느낄 수 없는 건가?"

사람이 많을 때 누군가 두려워하면 군중 전체에 그 두려움이 퍼진다. 그럼 군중들 사이에 틈이 생기기 마련이다. 하지만 저렇게 아무런 두려움도 느끼지 못하면 더 이상 그 틈을 노릴 수 없었다.

나무와 나무 사이를 통과하며 쭉 나아가던 진도운은 뒤에서 쫓아오는 교도들을 흘겼다. 송표기가 무슨 짓을 했는지 몰라도 그들의 얼굴엔 야수처럼 거친 본능만이 남아있었다.

타앗!

질풍처럼 나아가던 진도운이 땅을 박차고 뒤로 몸을 돌렸다. 그리고 가장 앞서 오고 있는 교도의 무릎을 노리고 발을 뻗었다.

빠악!

무릎 연골이 나가는 소리가 들리며 그 교도가 앞으로 고꾸라졌다. 그런데 그 교도는 비명은커녕 쓰러져서까지 광기가 번뜩이는 얼굴을 유지했다. 그리고 그때 양옆에서 두 명의 교도가 날아들었다. 그 두 교도는 각자 검과 도를 들고 진도운의 양옆구리를 베어왔다. 그에 진도운은 다리를 접으며 신형을 띄웠다.

채챙!

진도운의 발 아래로 두 교도의 검과 도가 부딪혔다. 그리고 그 순간에 진도운이 다리를 펴서 두 교도의 머리를 내리찍었다.

콰!

두 교도의 머리는 진도운의 발에 깔려 땅바닥에 처 박혔다. 그리고 진도운은 그들이 쥐고 있는 검과 도를 빼앗아 들고 다시 도망쳤다. 하지만 이번에는 일부러 속도를 줄여 자신의 등 뒤로 교도들이 따라붙게 만들었다. 그의 뜻대로 얼마 가지 않아 교도들이 모습을 드러냈다.

진도운은 그들이 따라붙는 걸 느끼고 바로 앞에 있는 나무를 타고 올라갔다. 그리고 나뭇잎 속에 몸을 숨겼다. 그걸 본 교도들도 덩달아 진도운이 숨어들어간 나무를 향해 몸을 날렸다.

파파파파팟!

교도들이 나무를 향해 무차별적으로 공세를 퍼부었지만, 애꿎은 나뭇잎만 휘날릴 뿐 진도운은 그곳에 없었다. 그에 교도들은 숲속에서 갈 길을 잃고 두리번거렸다. 그리고 그때 다른 나무 위에서 바람이 뚝 떨어져 내리더니 교도들을 훑고 지나갔다.

서걱!

바람이 지나가자 교도들의 머리가 몸과 어긋나며, 목에서 깨끗한 단면이 드러났다. 그리고 머리통이 몸통에서 분

리되어 땅에 떨어졌다.

바람은 그치지 않고 이곳저곳 파고들며 교도들의 목을 베고 다녔다. 서걱서걱, 목을 베는 소리가 숲속을 잠식했다. 하지만 눈앞에서 자신들의 동료들이 죽어나가도 교도들은 동요하지 않았다. 여전히 그들은 살벌한 광기를 머금고 진도운만 찾고 있었다. 하지만 진도운은 이미 바람이 되어 그들의 눈으로 쫓을 수 없었다.

'끝이 없군.'

베고 또 베도 교도들의 수는 줄지 않았다. 한 명의 목을 베면 두 명의 교도들이 다시 나타났다. 숲속은 이미 피로 뒤덮여 단풍이라도 든 것처럼 새빨갛게 물들어 있었다.

'일단은 빠져야…….'

바로 그때였다. 교도들 사이에서 고요하게 짓쳐드는 기척이 있었다. 그 기척에게 파지직 거리는 살기가 튀어나왔다. 귀살류를 펼친 송표기였다.

"그 몸으로 무리하는 거 아닙니까?"

"생명력은 줄었어도 내공은 그대로이니라."

송표기가 진도운을 향해 양손을 휘둘렀다. 그러자 그의 손에서 기둥처럼 길고 두터운 강기가 쏟아져 나왔다.

콰콰콰콰쾅!

소낙비처럼 퍼붓는 강기 공세에 그 일대가 초토화 되었다. 사방에 있는 나무들이 종잇장처럼 찢겨져 나가고 땅바닥은 움푹 파였다. 하지만 진도운은 신표혈리술로 이미 그곳을 빠져나가 한참 뒤에 물러나 있었다.

"쿨럭."

역시나 무리하게 내공을 끌어올린 탓에 송표기는 이번에도 검붉은 피를 토했다. 하지만 그의 표정은 밝았다.

'뭐지?'

진도운은 송표기의 표정에서 한 줄기 불안감을 느꼈다.

싸아아아.

문득 발밑에서 올라오는 알싸한 향을 느꼈다. 그에 시선을 내렸더니 땅 밑에 떨어진 씨앗에서 푸른 연기가 올라오고 있었다. 강기 공세는 눈속임용이었고 이 씨앗이 진짜 공격이었다.

"철본혈교에 수단향만 있는 건 아니지."

송표기가 멀리 떨어져서 말했다. 진도운은 불길한 낌새를 눈치 채고 뒤로 훌쩍 물러났다. 그리고 그 순간, 진도운이 한쪽 무릎을 꿇으며 손에 쥐고 있던 검과 도를 놓쳤다.

쿵!

자신의 의지대로 꿇은 게 아니었다. 다리 쪽 근육이 마비되어 몸이 절로 꿇은 것이다. 그리고 근육 뿐 아니라 피나, 신경을 포함한 몸속에 있는 모든 것이 마비되고 있었다.

"내 너를 위해 특별히 준비했지."

"으읍!"

"서서히 네 몸이 마비되다가 결국에는 네 심장까지 멈출 것이다."

진도운은 서둘러 내공을 끌어올려 몸을 마비시키는 기운을 몰아냈다. 다행히 푸른 향을 조금만 맡은 탓에 금방 몰아낼 수 있었다. 문제는 송표기의 손에서 멈추지 않고 씨앗이 계속 날아왔다는 것이다. 그리고 동시에 주변에 있는 교도들까지 득달같이 달려들어 진도운을 에워쌌다.

진도운은 신표혈리술을 펼치며 교도들 사이를 요리조리 빠져나갔다.

"잡아라."

송표기가 교도들과 함께 몸을 날렸다. 그리고 앞서 도망가는 진도운을 향해 암기처럼 내공을 실어 씨앗을 날렸다.

피윳!

쏜살처럼 날아간 씨앗이 진도운의 주변에 있는 나무에 맞고 푸른 연기를 터트렸다.

"흐음."

진도운은 몸속으로 스며드는 푸른 향을 내공으로 몰아내며 앞으로 쭉쭉 나아갔다. 그렇게 교도들과 어느 정도 거리를 벌렸다고 생각한 순간 눈앞에 숲의 경계가 나타났다. 그런데 그 경계를 넘어선 진도운은 그 자리에서 우뚝 멈춰 섰다. 그의 눈앞에 전혀 예상치 못한 사내가 서있었기 때문이다.

금테를 두른 검은 장포에 파도가 치는 무늬가 생생하게 박혀있는 도를 꽉 쥐고 있는 중년의 사내, 그는 다름 아닌 혁련굉이었다.

꿀꺽.

진도운은 자신도 모르게 침을 삼켰다.

'철본혈교가 남긴 표식을 보고 찾아온 건가?'

진도운은 충분히 짐작할 수 있었다. 흉수들이 호남성에서 벌인 짓으로 중원 전체가 떠들썩했을 테니, 당연히 혁련광의 귀에도 들어갔을 것이다.

'하지만 이리 직접 올 줄이야……. 그것도 단혼수라각을 직접 이끌고.'

진도운은 혁련광의 등 뒤로 서있는 150여명의 사내들을 보았다. 그들은 하나 같이 보라색 초승달이 듬성듬성 박혀 있는 검은색 무복을 입고 있었다. 그들이 바로 구야혈교 최강의 조직이자 한때 진도운이 부각주로 있었던 단혼수라각(斷魂修羅閣)의 무인들이었다.

진도운은 자신도 모르게 쓴웃음을 지었다. 그들 사이에서 아는 얼굴들이 보였기 때문이다. 그리고 아는 얼굴들은 혁련광이 반란을 저지를 때 혁련광의 편에 붙은 자들이었다.

혁련광은 진도운을 위아래로 살폈다.

"철본혈교의 교도는 아닌 것 같군."

목소리 하나에도 근엄한 기운이 서려 있었다. 하지만 진도운은 대답하지 않고 그 자리에서 몸을 훌쩍 띄웠다. 그러자 그가 서있던 자리로 철본혈교의 교도들이 들이닥쳤다.

"크으……."

그들은 여전히 이성을 잃고 맹수처럼 날뛰고 있었다. 하지만 그들이 해일처럼 밀려들어도 혁련굉은 눈 하나 꿈쩍하지 않았다.

"하나도 남기지 말고 모조리 죽여라."

그의 말이 떨어지자 그의 뒤에 있던 단혼수라각의 무인들이 질풍처럼 튀어나가며 철본혈교의 교도들을 베기 시작했다. 철본혈교의 교도들이 수적으로 우세였으나, 무위의 격차가 너무나도 컸기에 그들은 단혼수라각의 무인들이 휘두르는 도 앞에 무참히 목숨을 잃었다.

"자네는 누구인가?"

혁련굉은 옆으로 한껏 물러난 진도운에게 다가가며 물었다. 진도운은 예전에 송표기를 따라 만금성으로 간 사람은 자신뿐이라는 걸 떠올렸다.

"자네를 꼭 어디서 본 것 같군."

진도운은 자신도 모르게 눈을 깜빡거렸다.

"지금 그게 중요한 게 아닌 것 같소."

"중요하고 말고는 내가 정하네."

혁련굉은 은연중에 기를 퍼트렸다. 그가 퍼트린 기가 단숨에 진도운의 전신을 옥죄였다.

"으음."

하지만 진도운은 청천백혼공을 운용하며 그의 기운을 교묘하게 흘려보냈다. 천수악을 통해 한층 부드럽게 변한 청천백혼공이기 때문에 가능한 일이었다.

"백선문의 제자로군."

혁련굉은 용케도 천수악에 의해 바뀐 청천백혼공을 알아봤다.

"한동안 내 앞에서 그렇게 당당히 고개를 치켜들고 있는 놈은 없었는데."

그 순간, 진도운은 자신의 몸을 옥죄는 기가 더 강대해지는 걸 느꼈다.

"……!"

진도운은 입을 꽉 닫고 자신의 몸을 내리누르는 기운을 버텨냈다. 혁련굉이 흘려보내는 기운이 너무나 강대해진 탓에 더 이상 흘려보내지 못하고 온몸으로 받아냈다.

"제법……."

혁련굉은 진정 놀란 듯 눈썹까지 들썩였다.

"교주님."

그때, 누군가 혁련굉의 옆으로 다가왔다. 머리카락을 끈으로 묶고 눈에 칼자국이 나있는 중년의 사내였다. 그는 이번에 새롭게 단혼수라각을 이끌게 된 삭무원이었다. 그리고 한때 진도운의 밑에 있었던 부하이기도 했다.

"무슨 일이냐?"

혁련굉은 진도운에게 계속 막대한 기를 흘려보내면서 삭무원과 대화까지 나누었다. 웬만한 무인은 흉내조차 낼 수 없는 엄청난 무위였다.

"저들 사이에 전대 교주……. 아니, 송표기가 있습니다."

"뭐라?"

혁련굉의 눈동자가 흔들렸다. 그리고 그제야 진도운에게 쏟아지던 기운이 사라졌다.

"후우, 후."

진도운은 재빠르게 숨을 고르며 혁련굉의 눈치를 살폈다. 하지만 혁련굉의 시선은 철본혈교의 교도들과 단혼수라각의 무인들이 싸우고 있는 숲속에 고정되어 있었다.

"이제 갈 때까지 갔군. 다른 곳도 아니고 철본혈교와 어울리다니."

"어울리는 정도가 아닌 것 같습니다. 철본혈교의 교도들이 송표기의 말을 따르고 있습니다."

"하하하!"

혁련굉이 호탕하게 웃어재낀 후 숲속을 향해 걸음을 움직였다.

"일이 재밌게 돌아가는군."

그때, 삭무원의 눈에 우두커니 서있는 진도운이 들어왔다.

"이 녀석은 어떻게 처리할까요?"

"잡아두어라. 아무래도 뭔가를 알고 있는 모양이다. 그러니 여기까지 혼자 온 거겠지."

"예."

혁련굉은 몸을 날려 숲속으로 들어갔다. 지금 그의 눈에는 오직 송표기만 보였다.

"네 놈은 누구냐?"

삭무원이 진도운을 흘기며 말했다. 그 말에 진도운은 자신도 모르게 피식 웃었다. 한때 자신의 밑에 있던 자가 자신을 깔보듯이 말하고 있으니 우스웠기 때문이다.

"네 놈이 누구냐고 물었다."

"그걸 알아서 뭐하게?"

삭무원의 눈썹이 파르르 떨렸다.

"오만한 놈이군."

삭무원은 수중의 도를 세우며 다가갔다. 그리고 그가 반쯤 다가왔을 때, 진도운은 기습적으로 신표혈리술을 펼쳐 몸을 날렸다.

서어걱!

한 줄기 바람이 일어나 삭무원의 어깨를 훑고 지나갔다.

"……!"

삭무원은 그 자리에서 걸음을 멈췄다. 도를 쥐고 있는 오른손의 감촉이 느껴지지 않았기 때문이다. 그래서 그는 오른쪽으로 고개를 돌렸는데, 어깨에 붙어있어야 할 오른팔이 땅에 떨어져 있는 게 보였다.

챙그랑!

그 팔이 쥐고 있던 도도 같이 떨어졌다. 그리고 팔이 잘려나간 어깨에서 하얀 연기가 모락모락 피어났다.

뚜두둑.

어깨에서 쏟아지는 피가 땅바닥을 적셨다.

삭무원이 왼손으로 오른쪽 어깨를 붙잡으며 비틀거렸다.

"크아악!"

무심하게 삭무원을 바라보는 진도운의 손은 수도처럼 바짝 서서 피에 젖어있었다. 그것은 방금 전 천목수의 1초식인 천목도를 펼쳐서 삭무원의 팔을 벤 흔적이었다.

"이, 이 놈……."

삭무원은 얼굴이 새빨갛게 달아올라서 온몸을 부들부들 떨었다. 하지만 진도운은 삭무원을 눈앞에 두고 저 멀리 숲속을 바라봤다. 숲속에선 혁련굉이 숲에 있는 나무를 모조리 쓰러트리며 송표기를 쫓고 있었다.

'곧 잡히겠군.'

진도운은 다시 고개를 돌려 삭무원을 쳐다봤다. 어느새 그는 왼손으로 도를 쥐고 자신을 노려보고 있었다. 그에 진도운은 다시 천목도를 펼쳤다. 그는 제자리에 서서 수도를 삭무원의 어깨높이까지 올리며 좌에서 우로 허공을 그었다.

서걱!

창!

삭무원은 모든 움직임을 멈췄다. 그리고 그가 쥐고 있던 도가 반 토막이 난 채 땅에 떨어졌다.

주르륵.

삭무원의 목에 기다란 혈흔이 생겼다. 그리고 그 혈흔을 따라 삭무원의 머리와 몸이 어긋났다. 뒤이어 '쿵!' 소리와 함께 삭무원의 머리와 몸통이 땅에 닿았다.

"……."

진도운은 삭무원의 시신을 일별하고는 다시 숲속으로 고개를 돌렸다. 그리고 숲속 깊숙한 곳에서 혁련굉이 송표기를 붙들고 있는 광경을 보았다. 그에 진도운은 다급히 반대쪽으로 몸을 날리며 그곳을 벗어났다.

'혁련굉이 송표기를 붙잡았다.'

진도운은 더 이상 혁련굉의 뒤에 각주를 붙이지 않았고 송표기를 보고 교주님이라고 부르지도 않았다.

‡‡

장악산을 내려온 진도운은 뒤도 돌아보지 않고 신표혈리술을 펼쳐 한참을 달렸다. 그리고 인적이 드문 숲으로 들어가 최대한 몸을 낮추고 밤이 되길 기다렸다. 하지만 밤이 될 때까지도 혁련굉이나 단혼수라각의 무인들은 나타나지 않았다.

'내가 살아있다는 걸 알면…….'

혁련굉은 끝까지 쫓아와 죽이려 들 것이다.

'송표기가 내가 살아있다는 걸 말하진 않겠지.'

자신이 살아있다는 걸 말하려면 만라전상대법에 대해서 말해야 할 터, 그럼 혁련굉이 무슨 일을 벌일지 뻔했다. 아마도 자신을 죽이는 것도 모자라 사지를 잘라서 중원 전체에 뿌려놓을 것이다. 더불어 송표기의 몸도 똑같이……. 그래야지만 몸이 바뀌어도 다시 살아날 일은 없을 테니 말이다. 그래서 송표기가 자신이 살아있다는 건 말하지 않을 것 같았다. 무엇보다 그는 자신의 몸을 원하고 있으니까 말이다.

'어쩌면 괜한 걱정일지도…….'

그동안 자신이 봐온 혁련광은 무른 사람이 아니었다. 자신을 죽이려고 절강성까지 쫓아온 것만 봐도 알 수 있었다. 그러니 그가 송표기를 살려둬서 후환을 남겨두는 일은 없을 것이다.

'잡자마자 죽였겠지.'

거기까지 생각이 미치자 진도운은 조금은 안심할 수 있었다. 하지만 그것도 잠시였다. 마음이 진정되자 머릿속에서 만감이 교차했다. 자신이 목숨까지 걸어가며 대피시켰던 송표기는 탐욕 어린 눈으로 이 몸을 뺏으려 들었고 자신이 천하제일인으로 만들어준 혁련광은 자신을 죽였다.

진도운은 주먹을 꾹 말아 쥐었다. 그리고 분노에 찬 눈빛으로 장악산을 바라봤다. 지금까지 살아온 자신의 삶이 남에게 이용만 당하다 끝난 것 같았다. 그래서일까? 그는 한동안 입을 꾹 닫고 주먹을 부들부들 떨고 있었다.

숲에서 나온 진도운은 장사로 향하는 길목에서 머뭇거리고 있었다. 막상 서문세가로 가려니 발이 안 떨어졌다. 호남성에서 납치당한 무림인들을 구하지 못했기 때문이다.

'뭐라고 말해야하지?'

단혼수라각의 무인들이 철본혈교의 교도들 사이에 껴있는 호남성의 무림인들을 구분해서 살려 두진 않았을 것이다. 보나마나 호남성에서 납치된 무림인들까지 죽였을 터. 진도운은 한참을 그 길 위에 서서 고민하고 있었다.

저벅저벅.

얼마나 지났을까? 그 길 위로 한 사내가 나타났다. 그 사내는 뒷짐을 쥐고 이 앞까지 걸어와 진도운을 빤히 바라봤다. 그는 백선문에서부터 진도운을 쫓아온 단유휘였다.

"저는 그대를 죽이러 왔습니다."

그가 다짜고짜 내뱉은 말에 진도운은 말없이 그를 바라봤다. 그가 정말 자신을 죽일 생각이었다면 지금 이렇게 눈앞에 나타나지 않았을 거라 생각했다.

"아무런 말씀도 없으시군요."

"……."

갑자기 나타나서 죽일 거라는데 무슨 말을 하겠는가?

"저는 그대가 백선문을 떠난 순간부터 그대를 지켜보고 있었습니다."

"그럼 다 봤겠군."

"방금 그대가 장악산에서 벌인 짓까지 모두 보았습니다. 그래서 몇 가지 묻고 싶은 게 생겼습니다."

"……."

"흉수들과는 무슨 사이입니까?"

단유휘는 그동안 진도운을 쭉 지켜봤지만 들키지 않기 위해 멀리 떨어져 있어서 진도운이 누군가와 나누었던 대화까진 엿듣지 못했다. 하지만 멀리서도 송표기와 나란히 걷던 것과 진도운이 펼쳤던 무공들은 볼 수 있었다.

"온몸에서 살기가 발현되는 그 무공은 무엇입니까?"

진도운은 말이 없었다.

"그리고 어떻게 천목수를 알고 있는 겁니까?"

그 말에 진도운은 눈을 동그랗게 뜨며 단유휘를 쳐다봤다.

"네가 이번 대의 대나귀더냐?"

"대나귀도 알고 있는 겁니까?"

"천목수를 알고 있는데 대나귀를 모를까."

단유휘가 피식 웃었다.

"그것도 그렇군요. 그럼, 대나귀는 어떻게 알고 있는 겁니까?"

"우연이었다."

진도운은 자신이 비동에서 겪었던 일을 그대로 해주었다. 그리고 그 얘기를 들은 단유휘는 실소를 흘렸다.

"운도 좋습니다."

"그런 셈이지."

"어쨌든 대나귀를 알고 있으니 제가 하는 말을 무리 없이 알아들겠군요. 저는 대나귀의 명령을 받고 그대를 죽이러 왔습니다."

진도운은 뺨을 씰룩거렸다.

"작금의 대나귀는 누구지?"

"그것까진 말씀 드릴 수 없군요."

진도운은 씁쓸히 미소를 지었다. 대나귀는 백선문에 해가 된다고 판단이 될 때만 이런 식으로 나오리라는 걸 알고 있기 때문이다.

〈2권에서 계속〉